KB030787

# 朴賢淑
# 受賞戲曲選集

박현숙 수상희곡선집

지은이 / 박현숙
펴낸이 / 조은경
편　집 / 이부섭
디자인 / 박민희
펴낸곳 / 늘봄

등록번호 / 제1-2070 1996년 8월 8일
주소 / 서울시 종로구 동숭동 19-2
전화 / 02)743-7784
팩스 / 02)743-7078

초판발행 2013년 4월 5일

ISBN 978-89-6555-020-4 03810



※ 값은 표지에 있습니다.

# 박현숙
# 수상희곡
# 선집

---

늘봄

이 책은 2013년 대한민국 예술원 예술창작활동 지원사업의 도움으로 출간되었다.

이 책을

외할머니와 아버지 어머니 영전에

바칩니다.

▲ 일흔이 되시기 전
필자의 외할머니(金德星).

▲ 50세 무렵 필자의 어머니(宋貞玉).

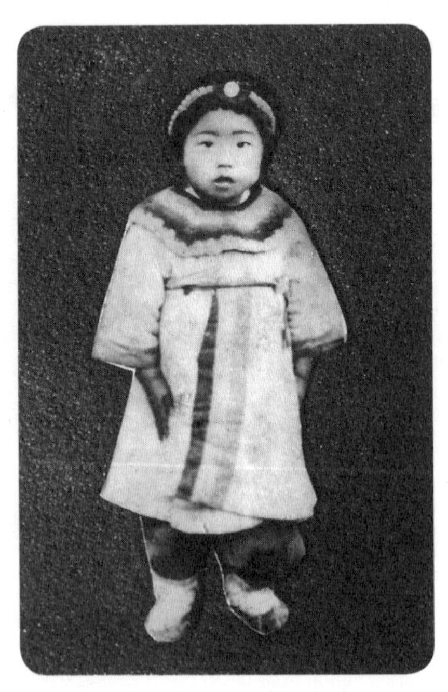

◀ 4~5세 무렵의 필자

▲ 중앙대 연극부 시절 김진수 作 「코스모스」 교내 공연 때. 뒷줄 맨 오른쪽이 필자.

▲ 1949년 명동 시공관 무대에서 우리나라 최초로 공연된 「햄릿」의 오필리어 역으로 출연한 필자. 상대배우는 故 최무룡 씨.

▲ 1945년 3월 해주도립간호학교
졸업식 때의 필자.

▲ 1950년 중앙대학교 졸업식 때의 필자.
왼쪽은 부산여대 총장을 지낸 정남이 씨.

▶ 중앙대학교 대학원
졸업식 때의 필자.
왼쪽은 친구 송영숙 씨.

◀ 1962년 조선일보 신춘문예 당선 수상 후 찍은 기념사진.

▲ 중앙대학교 개교 58주년 기념식에 참석한 필자(앞줄 오른쪽에서 세 번째).
필자 왼쪽이 당시 중앙대 임영신 총장.

▲ 1965년 일본 전국주부좌담회에 한국 대표로 초청되어 참석한 필자(오른쪽 세 번째).

▲ 1971년 모윤숙 선생 국회의원 당선 축하연에서. 왼쪽 여섯 번째가 모윤숙 선생, 필자와 여성문학인회 고문단 일동.

▲ 1976년 제13회 한국문학상을 수상하고 있는 필자. 당시 문인협회 조연현 이사장이 시상하고 있다.

▲ 한국문학상 수상 인사말을 하고 있는 필자.
축사하러 나오신 월탄 박종화 선생님께서 뒤에 앉아계시다.

▲ 1986년 희곡문학상 수상 당시 인사말하고 있는 필자. 김동리, 홍승주 선생도 연단에 함께 자리하고 있다.

▲ 희곡문학상 수상 직후 김동리(가운데), 홍승주 선생에게 축하를 받고 있는 필자.

◀ 1988년 10월 세계 여성극작가 대회에 참석하여 대회장과 함께 한 기념촬영.

▲ 1988년 10월 세계여성극작가대회에서 주제발표를 하고 있는 필자(왼쪽)와 통역의 김기자 교수.

▶ 1988년 9월 해주도립간호학교 동문 모임을 가진 후 선후배들과 함께. 오른쪽 두 번째가 필자.

▲ 1992년 제2회 조국문학상을 수상하는 필자.

▲ 1995년 서울가정법원으로부터 공로패를 받은 필자. 왼쪽이 당시 법원장.

▲ 2000년 펜문학상 수상 후 동료문인들과 함께.

▲ 2001년 대한민국 예술원상을 수상한 필자가 다른 수상자들과 함께.

▶ 예술원상 시상식을
지켜보고 있는 필자.

▲ 2012년 12월 13일 제118차 대한민국예술원 임시총회 후. 앞줄 왼쪽 두번째가 필자.

賞狀

中央大學 朴賢淑

本學會主催第一回全國大學演劇競演大會에優秀한演技를보여주었기에玆에個人演技賞을授與함

檀紀四二八二年十月二十九日

演劇學會長柳致眞

1949년에 연극학회(회장 유치진)가 주최한 제1회 전국대학연극경연대회에서 개인연기상을 수상한 상장.

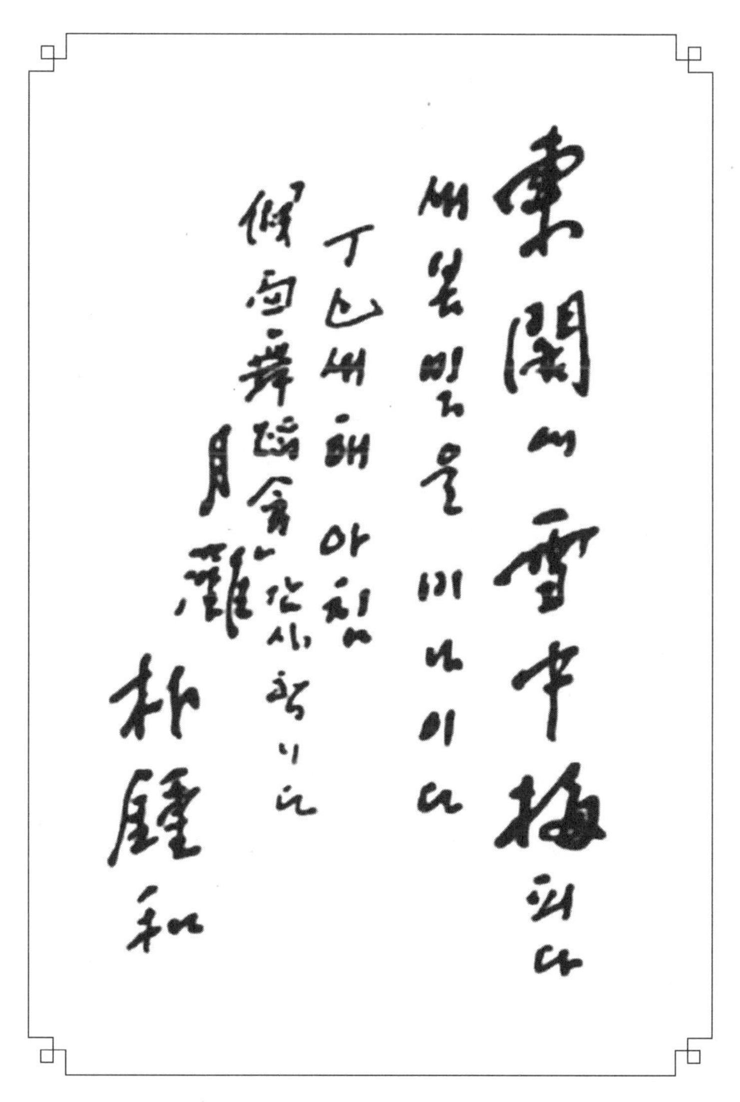


월탄 박종화 선생께서 희곡집 『가면무도회』를 받으신 후 필자에게 '雪中梅'란 아호를 붙여주시며 정사년 신년 휘호를 보내주셨다(1977년).

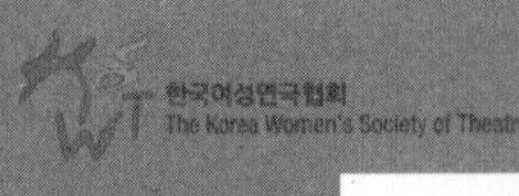


# 제1회 여성극작가전

한국 1세대 여성극작가와 1.5세대 여성연출가와의 만남

그때 그 사람들
박현숙 작, 문삼화 연출
2.13.수 ~ 2.17.일

일어나 비추어라
오혜령 작, 송미숙 연출
2.20.수 ~ 2.24.일

꽃 속에 살고 죽고
故 강성희 작, 노승희 연출
2.27.수 ~ 3.3.일

당신의 왕국
강추자 작, 백은아 연출
3.6.수 ~ 3.10.일

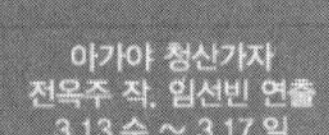

앉은 사람 선 사람
김숙현 작, 박은희 연출
3.20.수 ~ 3.24.일

새벽하늘의
고운 빛을 노래하라
최명희 작, 류근혜 연출
3.27.수 ~ 3.31.일

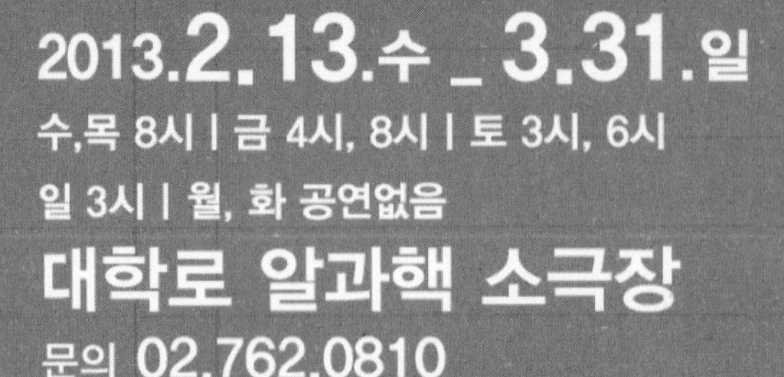


주최 한국여성연극협회 주관 여성극작가전 집행위원회 후원 알과핵소극장 기획 문화아이콘 예매 인터파크 AUCTION YES24.COM 대학로티켓.com

집행위원장 이승옥 | 집행위원 김명자, 최명희, 류근혜 | 사진 민환기, 류 호 | 문화아이콘 정유란, 이재진, 이상훈, 윤선경, 장용아, 이유지, 윤종현 | 프로듀서 김국희

2013년 2월 13일부터 3월 31일까지 있었던 제1회 여성극작가전에서 <그때 그 사람들>에 출연한 배우들과 필자. 제일 왼쪽은 필자의 공연마다 찾아와 챙겨주던 홍익대 허성필 교수다.

## 1세대 여성 극작가 7인 작품 '부활'

### 그때 그 사람들 등 무대에 올라, 1.5세대 여성 연출가들이 연출

우리나라 1세대 여성 극작가 7명의 작품이 연극계 대표 여성 연출가들의 손을 거쳐 무대에 오른다. 여성연극협회는 2월 13일부터 3월 31일까지 서울 대학로 알과핵소극장에서 '제1회 여성 극작가전-한국 1세대 여성 극작가와 1.5세대 여성 연출가의 만남'을 개최한다. 선정된 극작가들은 강성희(1921~2009) 작가를 비롯해 박현숙 전옥주 김숙현 오혜령 강추자 최명희 작가 등 한국을 대표하는 1세대들. 이들의 작품을 무대에서 살아 숨 쉬게 하는 연출을 맡은 사람들은 박은희 류근혜 송미숙 노승희 백은아 문삼화(사진) 임선빈 씨 등 1.5세대 여성 연출가들이다.

개막작으로 선정된 작품은 박현숙 작가의 2009년 작 '그때 그 사람들'. 일제강점기 잃어버린 청춘을 소재로 한 작품으로 학도병으로 끌려가지 않기 위해 도주한 '철호', 일본에 취직하러 간다고 했지만 영영 돌아올 수 없는 곳으로 납치돼 간 '선희'와 '석화' 등을 통해 역사의 소용돌이에 휘말린 젊은이의 삶을 그린다. 공상집단 뚱딴지의 문삼화 대표가 연출을 맡고, 배우 이우진, 김시영, 한상훈 등이 출연한다. 여성연극협회 측은 "1974년부터 2012년까지의 작품을 다양하게 만날 수 있다"며 "여성작가들이 떠안고 있던 시대적 고민을 함께 생각하는 자리가 될 것"이라고 밝혔다. (문화일보 김영번 기자)

| 머리말 |

그동안 50여 년 간 쓴 희곡 30여 편을 놓고 한 권의 선집으로 묶어 낼 생각을 했으나 나름대로 하나 하나 애착이 가서 힘겨웠다.

서울에서 7편이 공연되었고 대구에서 6편, 합쳐서보니 책 한 권으로 낼 수가 없었다. 그래서 수상작으로 결정했다. 4편의 수상작과 근래에 쓴 희곡 2편 「그의 고백」과 「그때 그 사람들」을 넣어서 묶어 내기로 했다.

※ 수상작 4편

1976년 한국문인협회 제정 제13회 한국문학상 수상작인 「**가면무도회**」

1986년 한국희곡작가협회 제정 제6회 한국희곡문학상 수상작인 「**그 찬란한 유산**」

1992년 민족문학협의회 제정 제2회 조국문학상 본상 수상작인 「**조국의 어머니**」

2000년 한국국제펜클럽 제정 펜문학상 수상작인 「**태양은 다시 뜨리**」

이상 총 6편의 희곡을 선정했다. 그리고 「태양은 다시 뜨리」에 뒤쪽에는 희곡작가이며, 현재 한국문인협회 희곡분과 회장이신 곽노흥

교수님께서 『월간문학』에 상재했던 평을 재수록 하였다. 또 떠나온 고향과 돌아가신 외할머니와 어머니를 그리는 짧은 에세이와 기도문도 함께 실었다.

희곡이 발표될 때마다 정확한 평을 해주신 유민영 교수님(서울예대 석좌교수, 평론가)과 대구 연극학회 김일영 교수님의 고마움을 잊지 않고 있다. 또한 대한민국 예술원 김정옥 회장님과 관계자 여러분께도 감사를 드린다.

이번에도 흔쾌히 출간해주신 늘봄 조은경 사장과 이부섭 편집장에게도 고마운 마음 갚을 길이 없다.

2013년 3월

박현숙

| 저자 약력 |

## 박 현 숙 (朴賢淑)

劇作家

1926年 6月 1日 生

황해도 재령군 신대리

父 : 박순일(朴順一)

母 : 송정옥(宋貞玉)

**‖ 학력 ‖**

| | |
|---|---|
| 1941년 | 황해도 해주 의정여학교 졸업 |
| 1945년 | 해주도립병원 부설 간호학과 졸업 |
| 1945년 | 해주음악전문학교 입학 |
| 1946년 | 서울 중앙여자전문학교 교육과 입학 |
| 1947년 | 학제 개편으로 중앙대학교 학부 심리학과로 전과 |
| 1950년 | 중앙대학교 심리학과 졸업 |
| 1972년 | 중앙대학교 사회개발대학원 입학 |
| 1974년 | 중앙대학교 사회개발대학원 졸업 |

**‖ 활동경력 ‖**

| | |
|---|---|
| 1948년 | 서울중앙방송국(성우 2기생 수료) 성우 입사 |
| 1949년 | 한국 초연 셰익스피어 작 〈햄릿〉에서 '오필리어'역으로 출연(이해랑 연출) |

/ 영화 〈북위 38도〉 배우로 발탁(촬영 완결되었으나 6·25 때 필름 훼손)

1950년 한국문화연구소 문예지 기자 입사(사장 신명구, 주간 최태영, 편집장 이한직) / 한국문화연구소 현상작품 응모수필 〈어머니〉 당선으로 문단 데뷔

1951년 부산 희망잡지사 기자(사장 김용완, 편집장 공중인)

1953년 대구문화극장 〈마리우스〉(마르셀 빠뇰 작)에 '화니'로 출연

1956년 제작극회 창단 멤버

1960년 조선일보 신춘문예 희곡 〈항변〉으로 입선

1961년 조선일보 신춘문예 희곡 〈사랑을 찾아서〉 가작 입선

1962년 조선일보 신춘문예 희곡 〈땅 위에 서다〉로 당선

1963~67년 중앙문학인회 초대회장

1963~71년 제작극회 2대 대표 역임

1965~96년 서울가정법원 가사조정위원 위촉

1965년 全일본부인연맹 초청 좌담회 참가(여권신장문제 관련 주제 발표)

1969년 제36차 국제펜클럽 프랑스 망똥 대회 참가

1970~82년 한국문인협회 이사

1972년 일본문화연구 국제회의 참가

1976~77년 국제극예술협회 한국본부 상임위원

1979년 제3회 대한민국 연극제 심사위원

1979~80년 한국희곡작가협회 회장

1980년 한국희곡문학상 제도 창설

1980~84년 한국공연윤리위원회 희곡 심사위원

1988~89년 한국연극협회 희곡분과 위원

1988년 미국 버펄로 세계여성희곡작가대회 참가(한국여성희곡작가의 현황과 작품세계에 대한 주제 발표)

1989~91년 한국여성개발원 자문위원

1991년 '연극의 해' 심사위원 / ITI 경기심포지움에서 '세계여성희곡작가대회' 참관 기행 발표

1994~95년 한국여성연극인협회 자문위원

1994~96년 한국여성문학인회 회장

1996년 '문학의 해' 조직위원(상임위원)

1997년 대한민국 예술원 회원 / 서울시 서초문학인회 고문 / 한국공연예술원 평생회원 / 한국여성연극인협회 고문 / 중앙대학교 총동창회 고문

1998년 한국문화예술진흥원 연극분과 심의위원 / 한국여성문학인회 희곡 심의위원

1999년 한국연극협회 종신회원

2000년 한국문화예술진흥원 운영위원 / 대한민국예술원상 심사위원

2004년 한국공연예술원 자문위원 추대

**‖ 수상경력 ‖**

1948년 중앙대학교 교내연극경연대회에서 최고인기상(총장상) 수상, 〈코스모스〉 주연

1949년 제1회 전국남녀대학연극경연대회 개인연기상 수상 / 한국문화연구소 현상작품 응모수필 〈어머니〉 당선

1962년 조선일보 신춘문예 〈땅 위에 서다〉로 당선

1973년 서울가정법원 공로패 수상

1976년 희곡 〈가면무도회〉로 제13회 한국문학상 수상(한국문인협회) / 한국문인협회 희곡문학상 제정 개설로 공로패 수상

1980년 한국문인협회 공로패 수상

1983년 서울가정법원 감사패 수상

1986년 희곡 〈그 찬란한 유산〉으로 제6회 한국희곡문학상 수상(한국희곡작가협회)

1991년 제1회 한국중앙문학인상 대상 수상(중앙대학교 총동창회)

1992년 희곡 〈조국의 어머니〉로 제2회 조국문학상 본상 수상(조국문학회)

1993년 중앙문학인회 공로패 수상

1995년 대한민국 화관문화훈장 수훈(대한민국 정부) / 한국희곡작가협회 공로감사패 수상

1996년 한국여성문학인회 공로패 수상 / 서울가정법원 30년 가사조정위원 감사패 수상 / 제4회 훌륭한 중앙인상 수상

2000년 희곡 〈태양은 다시 뜨리〉로 국제펜클럽 펜문학상 수상 (국제펜클럽 한국본부)

2001년 한국희곡작가협회 문학상운영위원회 공로상 수상

2002년 대한민국예술원상 / 자랑스런 중앙인상 수상(중앙대학교 총장)

2007년 제2회 올빛상 수상(한국여성연극인협회)

**‖ 희곡작품 ‖**

1959년 〈항변〉(1막) - 조선일보 신춘문예 입선

1960년 〈사랑을 찾아서〉(1막) - 조선일보 신춘문예 가작

1962년 〈땅 위에 서다〉(1막) - 조선일보 신춘문예 당선

1963년 〈언덕으로 가는 골목길〉(1막) - 소인극 17인 선집

1964년 〈방관자〉(1막)

1965년 〈여인〉(4막5장)

1965년 〈출발〉(1막)

1967년 〈가문〉(4막6장)

1969년 〈타인들〉(2장)

1971년 〈세상은 온통 요지경 속〉(2장) - 『월간문학』

1972년 〈빛은 멀어도〉(4막5장)

1975년 〈가면무도회〉(2막)

1977년 아동극 「영이의 일기」 시리즈 〈행복한 봄이 되기를〉, 〈꽃을 키우는 마음〉, 〈할아버지 만세〉 KBS 방영

1977년 〈이상촌〉(촌극) - 주말농장 志

1986년 〈그 찬란한 유산〉 - 『한국문학』 7월호

1989년 〈여자의 城〉(7장) - 『월간문학』 10월호

1991년 〈조국의 어머니〉(2막10장) - 『월간문학』 6~8월호

1993년 〈청사에 빛나라 그 이름 임영신 박사〉(6막18장)

1995년 〈생명의 전화를 받습니다〉(모노드라마)

1996년 〈회로, 파도야 말해다오〉(2막)

1998년 〈태양은 다시 뜨리〉(2막) - 『월간문학』

2005년 〈그의 고백〉(1막5장)

2010년 〈그때 그 사람들〉(1막5장)

**‖ 작품공연 ‖**

1960년 〈사랑을 찾아서〉, 제작극회, 오사랑, 원각사

1962년 〈땅 위에 서다〉, 청포도극회, 국립극장

1962년 〈방관자〉, 서울대 연극부, 서울대 문리대 강당

1971년 〈여인〉 - 너를 어떻게 하랴, 제작극회, 김정옥, 국립극장

1977년 〈빛은 멀어도, 성좌, 김학원, 세실극장

1987년 〈방관자〉, 극단 두레박, 관악구민회관

1999년 〈여자의 城〉, 청주 신세대주부극단, 너름새극장

1999년 〈여자의 城〉, 제3회 전국주부연극제, 여의도 굿모닝

2001년 5월 1~31일 박현숙연극제(대구연인무대극장) 대구 무천극예술학회 주최

1~10일 : 〈태양은 다시 뜨리〉, 온누리극단, 이국희

12~13일 : 〈가면무도회〉, 극단 시민, 정철

15~18일 : 〈전화를 받습니다〉, 극단 레퍼토리, 표원섭

19~20일 : 〈여자의 성〉, 온누리극단, 김대현

22~31일 : 〈조국의 어머니〉, 극단 예전, 김태석

22~31일 : 〈땅 위에 서다〉, 힘엘극단

1977년　아동극 「영이의 일기」 시리즈 KBS 방영
〈행복한 봄이 되기를〉, 〈꽃을 피우는 마음〉, 〈할아버지 만세〉

2013년　〈그때 그 사람들〉, 제1회 여성극작가전(한국여성연극협회), 대학로 알과 핵소극장

**‖ 저서 및 논문 ‖**

희곡집 : 『여인』, 창조사, 1965

수필집 : 『막은 오르는데』, 세종문화사, 1976

논　문 : 「연극의 사회적 기능에서 본 제 문제」, 중앙대학교 서사학위 논문, 1976

수필집 : 『쫓기며 사는 행복』, 유림사, 1982

희곡집 : 『그 찬란한 유산, 범우사』, 1986

수필집 : 『나의 독백은 끝나지 않았다』, 혜화당, 1993

희곡집 : 『여자의 城』, 대한, 1996
박현숙 문학전집 1~7권, 늘봄, 2001

수필집 : 『그리움은 강물처럼』, 늘봄, 2005

희곡집 : 『추억의 산책』, 늘봄, 2010

| 차례 |


화보 • 6

머리말 • 22

저자약력 • 24

**1** 가면무도회(한국문학상 수상작) • 32

**2** 그 찬란한 유산(한국희곡문학상 수상) • 62

**3** 조국의 어머니(조국문학상 본상 수상작) • 135

**4** 태양은 다시 뜨리(펜문학상 수상작) • 228

**5** 비극적 결말 구조와 휴머니티(곽노홍 평론) • 279

**6** 그의 고백 • 286

**7** 그때 그 사람들 • 341

**8** 지울 수 없는 나의 그림자 • 380

**9** 나의 기도 • 388

# 가면무도회 假面舞蹈會

(2장)

1976년 한국문학상 수상

1970년대에 춤바람이 우리 사회를 어지럽게 휩쓸며 가정 파탄이 줄지어 일어났었다. 그때 나는 가정법원 가사 조정위원으로 있을 때여서 그곳에서 일어났던 여러 사건 중 하나를 테마로 쓴 희곡이 「가면무도회」이다. 어느 날 남편의 이혼 소송 제기로 한 아내가 끌려 왔다. 내용을 알아본 즉, 매일 밤 춤바람으로 남편의 외박이 잦아졌고 그로 인해 학대가 심했다는 아내의 진술이었다. 참지 못한 아내는 춤 교습소를 찾아갔고 그곳에서 속칭 젊은 '제비족'을 만나 어느 날 여관방까지 갔다가 오히려 남편의 수사망 덫에 걸려 그만 간통죄로 재판정에 나온 것이었다. 그녀는 나를 붙잡고 어린 자식 남매를 두고 이혼할 수 없으니 제발 이혼만은 못하게 막아 달라는 애절한 호소를 했다. 나는 그녀의 남편에게 이런 말로 몇 차 타일러 보았다.

"원인 제공은 당신이 먼저 했으니 용서해 주시오."라고. 그때 우리팀 조정위원들은 합심해서 연장전을 시도했다. 결국 남편의 이혼 취하로 그들의 재결합의 개가를 올렸다.

나는 이 사건을 다루며 부부 관계의 애정 결핍에서 일어나는 미움과 복수심 등이 궁극적으로 자기 자신을 깊은 함정에 빠트리게 되는 무서운 결과를 가져올 수도 있다는 경고를 주고 싶어 쓴 내용이 희곡 「가면무도회」이다.

**등장인물:**

남편 _ 40세 전후

아내 _ 30대 후반

남편의 애인 _ 20대 초반

경아 _ 30대 후반

옥마담 _ 40세 가량

남자 _ A, B

**때:** 현대

**장소:** 서울

**무대:** 좌우 두 개의 방으로 되어있는 무대, 우측방은 전축과 소파가 놓여있고, 좌측방은 침실분위기의 더블베드가 놓였다. 이 두 방은 떨어져 있는 호텔방과 가정집의 거실로서 편의상 한곳에 모아 놓았을 것이라는 걸 계산에 넣어야 한다. 무대 중앙은 다방같은 분위기의 넓은 홀로 사용할 수 있도록 되어 있다.

# 1장

요란한 음악소리와 함께 막이 오르면 우측 거실에 불이 들어가고, 소파에 아내가 화려한 잠옷을 입고 서투른 솜씨로 담배를 피워 물고 허공으로 연기를 날리고 있다.

시계는 밤 2시

아 내　(벌떡 일어서며 담배를 끄고 전축을 끈다. 히스테리칼하게 갈팡질팡 초조해 한다) 흥, 오늘도 늦도록 안들어 오는 꼴이 또 골탕을 먹일 작정인가? 뻔뻔스러운 야생마 같은 것, 10년 전 그때 내가 바보였지…. 당신 아니면 세상의 아무와도 결혼할 수 없소. 당신은 나의 하나밖에 없는 태양이요 하며 눈물을 찔끔찔끔거리는 통에 홀딱 넘어가서 지금 이 모양 이 꼴이 되다니…. 팔자치고는 더러운 팔자지…. 이삼 년 전만 해도 내가 좀 아프다고 하면 이리 뛰고 저리 뛰고 하더니 그 젊은 계집이 생긴 후론 매일 어디가 그리 아프냐고? 일찍부터 늙은이 행세 작작하라고? 그렇게 아플 바에는 하루라도 빨리 죽어버리라는 식의 말투…. 흥 내가 왜 죽어, 누구 좋으라고 죽어? 흥, 나도 아직 매력이 있어, 분풀이로 슬쩍 젊은 미남과 (깜짝 놀라며) 아니 안 돼, 누가 듣고 있는 것은 아니겠지. (거울에다 전신을 비춰 보며) 아직 이 탄력 있는 가슴과 다리. 이때 전화벨소리 요란하게 울린다. 그녀는 잠깐동안 수화기를 노려본다. 서서히 수화기를 든다.

아 내 (앙칼진 목소리로) 네~에~.

경 아 (필터를 통한 소리) 여보세요, 나야, 나 경아야, 너무 늦게 걸어서 화났어?

아 내 (당황해서) 어쩐 일이야? 이렇게 늦게….

경 아 응, 그냥 걸었어…. 계시지?

아 내 아니… 아직 안 들어 왔어…. 가뜩이나 심심한 판에 잘 걸었어.

경 아 종종 독수공방해서 안 됐다.

아 내 알아줘서 고맙다.

경 아 얘, 그래도 넌 행복한 줄 알아라, 내가 다 살지 않니?

아 내 차라리 너처럼 기한부 과부로 살았으면 마음이나 편하겠다.

경 아 누가 아니? 미국에서 재미 보는지….

아 내 안 보는 게 약이라지 않니…?

경 아 맞았어, 삼 년이면 돌아온다던 그 님이 박사학위 따고도 좀 더 있다 오겠다는 이유가 뭐겠니?

아 내 도피증 아니겠니?… 훗훗… 안 됐다. 밤에 우는 갈대의 노래도 외면한 채….

경 아 호호… 얘, 그 유행가 가사 멋지다….

아 내 그런데, 용긴은?

경 아 실은 나 내일 여행 갈 거야, 요새 마음도 울적한데 같이 여행이나 가자고 전화 한 거야.

아 내 누구같이 갈 수 있는 멋쟁이라도 생겼니?

경 아 그랬으면 오죽이나 좋으련만, 동행할 사람이 없으니까 너한테 건게 아니겠니? 나 같은 호박꽃을 누가 돌아다나 보겠니? 그냥 눈요기라도 할겸.

아 내 불쌍한 생과부 신세, 처량한 달밤이다. 너나 잘 다녀와, 난 집에 불이 났는데 여행하게 됐니?

경 아 그래, 생과부 아닌 너, 네 걱정이나 잘해. 다녀와서 다시 전화할게.

수화기를 놓자 마자 또 벨이 울린다, 아내 엉겁결에 수화기를 든다.

우측 집에도 불이 켜진 채 좌측 방에도 불이 들어온다. 남편이 애인을 껴안은 채 전화를 건다. 그러니까 우측무대에 들어왔던 노란 불이 그냥 있고, 침대가 있는 좌측 무대엔 붉은 불이 들어간 것이다.

(이 두 장면은 전혀 다른 곳이라는 것을 나타내 주어야 한다.)

남 편 (일부러 짜증스럽게) 아니, 도대체 어떻게 된 거야?

아 내 네? 뭐가요?

남 편 아닌 밤중에 누구하고 그렇게 오래 전화질이야, 한 시간도 더 걸렸으니 말이야. 남편이 안 들어오면 응당 무슨 소식이 있나

기다릴 것이지….

아 내　저 경아란 친구한테서 왔어요. 그런데 여보, 당신 지금 어디 있어요?

남 편　응, 나 저… 친구들과 한잔 마시고 운전을 하다 재수없이 단속에 걸려서 파출소에 와 있다고.

아 내　뭐요? 파출소요? 아니 그럼 어느 파출소예요?

남 편　가만있어. (멋쩍게) 여기가….

애 인　(낮게) 명동파출소라고 해요….

남 편　(송신기에 댔던 손을 떼고) 명, 명동파출소,

아 내　뭐라고요? 좀 크게 하세요, 왜 목소리가 그래요?

남 편　응, 술을 좀 마셨더니 목이 쉬었나봐….

애 인　(남편의 옆구리를 쿡쿡 찌르며 킬킬 웃는다)

남 편　아야.

아 내　네, 여보, 왜 그러세요?

애인과 남편 수화기를 서로 막으며 킬킬댄다. 남편, 목청을 가다듬으려고 헛기침을 한다.

아 내　여보세요? 아니 왜 그러세요? 왜 대답을 안해요?

남 편　아니야, 저… (당황해 하며) 아무것도 아니야.

(애인, 까르륵 웃는다)

아 내　어머! 옆에 누가 있지 않아요? 여자 목소리가?

남 편　아니야, 저….

아 내　왜 말을 못해요. 누구예요? 거짓말을 하려고 그러세요?

남 편　아니라니까, 그건 밤중에 돌아다니다 잡혀온 여잔데 술도 취하고 머리가 돈 여자인가봐. 공연히 앉아 웃고만 있어, 아마 내가 당신한테 전화거는 것이 우스운 모양이지….

아 내　네~ 에~. 그러세요?

남 편　(애인의 몸을 끌어안으며) 그럼 문단속 잘하고 걱정말고 잘자요, 내일 아침 일찍 들어갈게….

아 내　네, 하룻밤 고생하시겠어요. 수고하세요.

남 편　수고는 무슨 수고.

애인, 입을 삐쭉 한다. 서로 수화기를 놓는다. 아내 방 F.O.

애 인　(남편에게) 수곤 수고지, 수고하시겠어요. (침대방 F.O.)

다시 우측 방에 불어 들어온다. 다음 날 저녁, 이번엔 남편 혼자 소파에 앉아 양주병을 앞에 놓고 혼자 마신다.

남 편　결국 여편네란 큰소리를 치지만 별거 아니더군요. 조금만 늦게 들어 왔으면 들통이 났을 걸 그나마 일찍 들어와 슬슬 어루만져 주니 꼼짝없이 속고 말더군요. '피곤할 테니 꼼짝 말고 집에서 쉬고 계세요, 어젯밤 찬 마루방에서 잠도 제대로 못 주무셨을테니….' 그러고는 곈가 뭔가 갔다 온다던 여편네가 벌써 저녁 때가 다 됐는데도 안 들어오니 말이에요. 이 여편네가 바람이 난 게 아닐까요? 도대체 요새 여편네들 제멋대로 돌아다니는데, 질색이라고요. 남녀동등이니 뭐니해 가지고 남편을 '너는 뭔데' 식으로 다루니 왜 우리 남자들이 바람이 안나겠어요. 이건 시집와서 자식 하나만 낳아 놓으면 잡아잡수… 식이 되니 꼴 보기 싫단 말이에요.

한 달에 한번씩 주기적으로 찔끔찔끔 눈물을 흘리는 꼴하며… 주기적으로 오는 생리적 현상이라나 … 원 결혼 전에 그렇게 싹싹하고 어질고 착해보이던 여자가 변해도 유분수지…. 이건 하루 종일 윗사람 눈치보고 자존심 다 빼고 죽어라 벌어다 먹이고 애쓰는데, 계집은 집에 앉아서 하는 꼴이란 견딜 수가 없군요.

밖에 나가 선 사장, 회장, 이사장, 무슨 놈의 장이 그리 많은지 장에 굽실거릴라, 집에 들어 와선 여편네 비위맞출라 이거 어디 살 재미가 있어야지요. 제기랄, 가뜩이나 세상만사 권태롭기 만한 판국에 술과 계집이 없다면 무슨 재미가 있겠어요? 그러나 저러나 콧대가 높은 우리 집 여편네, 그 높으신 콧대가 꺾일 때까지 이런 작전을 계속할 뿐입니다. 아니, 지가 사회적으로 뭐 아무 아무개면 제일인가요? 동창회 회장, 무슨 회 회장, 그 징하고 난 거리가 멀 뿐이며 아니 꼽고 메스껍단 말씀이야….

아니, 그런데 이 여편네가 이렇게 늦도록 안 들어오는 까닭이 뭘까? 혹시 어제 그 일을 알고 있지나 않을까? 아니, 모를 거야. 종종 이런 식으로 했으니까. (지친 듯이 소파에서 몸을 일으키고 전화다이얼을 돌린다) 여보세요… 박과장댁 이지요?

A　응, 나야. (필터)

남편　그래, 엊저녁 건은 무사했나…?

A　무사가 다 뭔가? 아주 하루종일 구라파 전쟁일세. 몽땅 싸 가지고 갔어.

남편　가다니, 어디로?

A　그 잘난 친정이겠지.

남편　훗훗, 솜씨가 서툴러서 그렇지, 이 사람아.

A　그래, 자넨 무사한가?

남편　머… 무사 할 것까진 못되더라도 감쪽같이 속아넘어가더군.

A　자넨 능숙한 전과자니까 그렇지.

남편　머릴 좀 쓰게, 원래 계집들이란 앙칼지고 약아 빠진 고양이 같지만 잘만 어루만지면 길이 잘든 순둥이가 된단 말일세….

A　핫 핫, 약아 빠진 고양이라…, 그 약아 빠진 고양이가 잘 넘어가다가 무서운 호랑이로 변모할까 걱정이니 조심 조심….

남편　핫 핫 맞았어, 바로 그 점이야.

A　그런데 이 사람아, 오늘은 웬일로 일요일인데 골프도 안치고 일찍부터 집에 들어박혀 있는 건가, 그것도 작전상 계획인가 아니면 어제 죄 값으로?

남 편　응, 저… 여편네가 오늘 뭐 동창곈가 뭔가 간다고 집 좀 보라고 해서 피곤도 하고….

A　(필터) 가정부가 있을 텐데 뭐.

남 편　응, 며칠 전에 고향엘 가서 아직 안 올라왔어요.

A　그런데 자넨 한잔 한 모양인데….

남 편　목이 컬컬해서 양주 한잔하고 있는 중일세.

A　혼자서 무슨 재미로 마시나? 3번 아가씨라도 부르지 그래.

남 편　에끼 이 사람아, 우리 여편네 들었단 살인날 소리….

A　핫핫, 그 도도하고 높은 콧대 아예 꺾어버리고 애교스럽고 젊은 3번을 데려다놓지 뭐.

남 편　하핫, 싫진 않지만 차마 그럴수야 있나 이 사람아, 그래도 조강지천데….

A　아참, 그러잖아도 내가 자네에게 전화를 걸 작정이었네만.

남 편　왜 무슨 일이…?

A　응, 뭐… 다른 게 아니라, 대단한 용건은 아니고, 재미있는 뉴스가 있어서….

남 편　뭔데?

A　(필터) 우선 눈을 꼭 감고 듣게.

남 편　(눈을 꼭 감고) 자아, 감았네, 어서 해봐. 무슨 얘긴지.

A　자네가 너무 좋아서 눈이 튀어나올 것 같아서 그러네. (사이) 실은….

남 편　뭔가?

A　　핫핫, 자네 옥마담 알지…?

남 편　옥마담, 응 가고파홀에 있는 여자?

A　　그래, 그래.

남 편　그래서…?

A　　망년회 때 가면무도회를 열 작정이라면서 나보고 멋진 남자 둘만 준비해서 나타나라는거야. 그래서 자네하고 영식이를 생각해 놓았는데 어때, 갈 수 있겠지?

남 편　응, 그것 멋진데, 그런데 올나이트할 거 아냐?

A　　물론이지….

남 편　언제, 어디서?

A　　옥마담 다방홀이지 뭐. 시간은 내일 저녁 아홉시.

남 편　그거 멋진 계획인데, 그래 상대 여자는?

A　　그건 저쪽 옥마담에게 맡겼어. 아주 멋쟁이로 골라오라고 했으니까….

남 편　그거 신나는 건수인데….

A　　벌써부터 너무 좋아하지 말게, 이 사람아…. 그리고 아홉시에 홀에 들어 갈 땐 모두가 가면을 착용해야 한다네.

남 편　가면무도회란 말이지?

A　　그렇지, 서로 상대의 신원을 모르도록 해야 하네.

남 편　하하, 그것 참 잘 생각했네. 공연히 하루밤 사이에 정들어 놓고 회사로 죽는다 산다 만나자 전화질하는 꼴도 없을 터이고….

A 서로 부담 없이 노는 것도 좋지 않나?

남 편 그런데 이 사람아, 가면은 어떡하지…?

A 걱정 말라고…. 우리 집에서 내가 준비할 터이니 자넨 몸만 잘 빠져 나오라고.

남 편 그건 걱정마, 우리 마누란 아예 길을 잘 들여놓아서 감쪽같이 잘 넘어가니 말일세.

A 조심조심 뒷덜미 안 잡히게 잘 부탁하네. 그럼 내일 퇴근 후 우리회사로 오게.

남 편 알겠네…. (수화기를 놓는다. 이것저것 궁리하는 듯 고개를 갸웃거린다)

남 편 자 …신나긴 한데 어떻게 집을 빠져나간다? 하룻밤을 또 뭐라고 속인다지? 이번에도 여편네가 순한 양처럼 하루 슬쩍 넘어 가주면 좋으련만…, 아무튼 내일 저녁이니까 오늘밤 연구해 보기로 하고, 그런데 이 여편네 왜 아직 안 들어오지? 엣다, 모르겠다. 들어가서 먼저 드러누워야지.

불이 꺼진다. 다시 불이 켜지면서 그 이튿날 아침이다.

남 편 (옷을 다 입고 빽을 챙긴다)

아 내 아니, 왜 빽은 챙기죠?

남 편 응, 갑자기 출장을 가게 됐어.

아 내 어디로요?

남 편 으…ㅇ, 저… 부산으로.

아 내　며칠이나 걸리는 데요?

남 편　한 이틀이면 돌아올거야.

아 내　여보, 이번엔 나도 따라가면 안되나요?

남 편　따라가기는 무슨 호화판 여행이라고, 이리뛰고 저리뛰고 시간이 쫓기다 지쳐 올 텐데….

아 내　그럼 나 혼자 해운대 등 구경하며 다니면 되지않아요? 결혼한 지 십오년이 되도록 함께 여행 한 번 못 갔는데….

남 편　(성을 내며) 그럴 돈이 어디 있어…? 정신나간 소리말고 집이나 잘 보고 있어요. (다시 미안한 표정으로) 여보, 그럼 갔다 올께….

아 내　(섭섭한 표정으로) 알겠어요, 잘 다녀오세요.

아 내　아, 이제 해방 됐군, 그런데 혹시 어떤 젊은 계집을 데리고 떠나는 건 아닐까? 내가 번번이 알고도 모르는척 했더니 전연 눈치 못 챈 줄 알고…. 설마하니…. 그럴 리가 없다고 믿어야지…. 믿는다는 것은 편한 삶의 자세인지도 몰라. (이때 전화벨 소리 요란하게 울린다) 여보세요.

경 아　(필터) 마침 집에 있었구나.

아 내　응, 경아구나. 이심전심이라더니 나도 지금 막 너한테 전화라도 걸 참이었어….

경 아　잘됐군 그래, 그러잖아도 너한테 신나는 뉴스가 생겨서 말이야.

아 내　뭔데?

경 아　실은 여행갈 예정을 그만둘만한 다른 멋진 플랜이 생겨서….

오늘 저녁시간 좀 낼 수 있겠니?

아 내　어떤 일인데?

경 아　글쎄, 시간 낼 수 있느냐니까?

아 내　응, 사건부터 말해 봐.

경 아　다른 게 아니고 가고파다방 옥마담 알지?

아 내　그래서.

경 아　그 여성의 초댄데 말이야, 자기 홀에서 오늘 저녁 아홉시부터 망년회 파티를 가진대…. 단 세 쌍 멋쟁이 남녀만 초대되는데…. 날더러 친구 한 명만 데리고 오래.

아 내　그래서 네가 날 추천한다 이 말씀이시군 그래.

경 아　맞았다, 그래, 어때?

아 내　그래, 그것 신나는 찬슨데, 마침 우리 집 그이가 출장 떠났어.

경 아　(환성을 지르며) 야… 멋지다. 때는 바야흐로 이때다. 안성마춤이다. 얘, 감쪽같이 하룻밤 놀아보는거야.

아 내　얘, 그렇지만 어떤 놈팽이인지도 모르고 함부로 놀다가 큰 코다칠라….

경 아　훗 훗, 나는 실상 이혼한거나 다름없는 여자니까 뭐 겁날 건 없지만, 옥마담두 남편 뺏긴 판국인데 별일이야 없을 테고, 요는 네가 걱정이지? 잘 생각해서 결정해라 얘.

아 내　그야 별 실수만 없으면 되지 않겠어?

경 아　물론 너 할 탓 아니겠니?

아 내　좀 생각해 보자 얘.

경 아　생각해 볼 시간적 여유가 없어요. 이건 시종 얼굴을 가리고 말도 안하고 일종의 무언극 형식의 가면무도회니까 끝까지 가면만 벗지 말고 말만하지 않으면 누구 여편넨지, 어떤 추한 할멈인지 통 모른다니까.

아 내　어째 구미가 당기는데.

경 아　어때? 올 거야, 안 올 거야?

아 내　(용단을 내린 듯) 오케이!

경 아　그럼 다시 연락 안 한다, 이따 만나자.

아 내　그래, 알았어.

수화기 놓는 소리 들린다. 아내 수화기를 든 채로 한참 서 있다가 무슨 생각을 했는지 수화기를 급하게 놓고 옷장문을 열고 울긋불긋한 화려한 옷을 끄집어 내놓고 몸에 걸쳐보며 고개를 갸웃거리고 있다.

## 제2장

중앙무대인 다방홀에 불이 들어간다. 의자가 서너개 한가운데 놓여 있는데 거기 옥마담과 아내와 경아, 셋이 이상야릇한 가면을 쓰고 서로 쳐다보고 웃으며 앉아 있다. 밖은 번잡스러운 거리라서 그런지 자동차 크락션 소리와 버스 엔진소리가 요란하고 사람들 떠드는 소리도 들린다. 아마 옆 가게가 레코드 파는 집인지 속된 유행가가 스피커를 통해 쾅쾅 울린다.
세 여자는 지루한 듯 서로 무언가를 속삭이기도 하고 웃기도 하고 일어섰다 앉았다하며 안절부절못한다.
모든 소음이 사라지기 시작하면서 자동차 크락션 소리만 이따금씩 크게 들려온다. 자동차가 와서 멎는 소리가 들린다.

옥마담 그렇지, 지금들 오는 모양이군.

경 아 그럼 우리는 이제부터 벙어리가 되어야 겠네.

아 내 우선 제비뽑기 할 것을 우리가 만들어 둬야 하잖겠어? 우리가 남자를 선택하기로 했으니까.

옥마담 그보담도 파티음식을 내다 놓아야지. 자아 경아 그리고 당신도 (아내를 가리키며) 신랑 맞을 채비를 해야지. (일어선다)
두 여자 일어서서 옥마담을 따라 주방으로 들어간다. 이윽고 큰 테이블에 오드볼과 양주를 놓아 가지고 셋이서 들고 나와서 적당한 자리에 놓는다.

경 아 (하나 집어먹으면서) 어머! 맛있네.

옥마담 초치지마, 신랑들이 와야 손을 대는 거야.

아 내 흥, 첫날밤 색시 같군!

경 아 그치, 영락없이 첫날밤 새색시지 뭐.

옥마담 어쩜! 사실 가슴이 두근거려, 산전수전 다 겪은 나도 말이야.

경 아 옥마담이 그렇다면야 우린 더 말할 나위가 없게?

아 내 근데 왜 아직 안 들어오지?

옥마담 아마, 우리들 줄려고 선물이라도 사가지고 오는 모양이지.

아 내 선물?

옥마담 그럼 선물도 안받고 함께 밤을 지내겠어?

경 아 (기도조로) 선물은 고사하고 제발 멋진 남자가 걸렸으면 좋겠다.

아 내 얜….

옥마담 셋 모두 멋질 테니 두고 봐.

경 아 어쩜! 아예 미지의 그이와 함께 밀월여행이라도 떠나고 싶어진다.

아 내 나도 그래.

옥마담 왜 남편은 어떡하고?

경 아 남편? 그 사람은 요새 젊은 애인과 연애중이라고.

옥마담 저런!

아 내 그래, 그러니까 나도 멋있는 남자하고 좀 놀아나야겠다 그 말씀이야, 내 말씀이.

옥마담 멋진 생각이야, 이거야말로 무언의 복수라는거야.

아 내 나도 지금까지는 새장에 갇혀있는 새였어, 하지만 오늘은 해방 됐거든…. 아니, 이제부터 해방돼야겠어.

경 아 너 정말 큰일나겠구나, 아주 바람이 잔뜩 들었는데. (아내의 배를 두드려 보고) 역시 바람이 많이 들었는데….

아 내 호,호,호… 그런 공기바람이 아니고, (자기의 가슴을 두드리고) 여기 장밋빛 바람이 가득 찼단 말이야.

경 아 난 분홍빛 욕망이 가득 들어찼어, 전신에.

옥마담 특히 살갗에.

경 아 (때리는 시늉을 하면서) 그런 바람을 넣어준 건 누군데…?

옥마담 그야 자기 자신 이지, 누가 아무리 꼬셔도 자기만 얌전하면 바람이란 스치고 지나가는 법이야.

경 아 하긴 바람이 들 소질이 있으니까 바람이 든 건 사실이고.

아 내 모두 처음엔 단단하지만 날아가고, 바람이 불고, 추위가 오고 하면 성글성글 바람이 들게 마련이다.

옥마담 그때가 되면 인생 초치는 거야, 그전에 엔조이해야지.

경 아 그래서 오늘 저녁에도 이렇게 가슴을 두근거리면서 (손짓으로) 오! 님이시여.

아 내 그나저나 왜 아직 안 나타난나시?

이때 크락숀 소리 요란하고 자동차 멎는 소리 들린다. 모두 귀를 기울인다.

**옥마담** (낮게) 얌전한 색시들, 이리들 와서 앉아요. (종이로 꼬은 제비를 내놓으며) 자아, 어서 제비 뽑자. (아내, 제비를 뽑는다) 당신이 먼저 세 사내 중 하나를 고르고 그 다음은 경아가 뽑지?(고개를 끄떡한다)

층계를 올라오는 세 남자도 가면을 쓰고 나타난다. 두 편 즉, 여자쪽과 남자쪽이 서로 한참동안 쳐다본다. 여기서부터 잠깐동안은 판토마임이다. 옥마담이 세남자에게 앉으라고 권한다. 세 남자, 앉는다. 마치 벙어리들 같다. 옥마담이 양주병을 들고 여섯 개의 글라스에 얼음을 넣고 위스키를 따른다. 모두 받아서 옥마담의 지시로 마시기 시작한다. 안주도 집어먹고 손짓으로 맛있느니, 어떻다느니 하고 한참동안 마시고 먹고 한다. 이번엔 옥마담이 가면쓴 아내에게 하나 골라잡으라고 손짓한다.
아내 성큼나서서 한 남자를 지적한다. 그 남자가 아내 옆으로 가서 공손하게 인사를 한다. 물론 말없이 손짓만으로, 세 짝이 모두 정해진다. 세 쌍은 서로 부둥켜안고 춤을 추기 시작한다. 삼바, 차차차, 트위스트 그리고 마침내 고고로 변한다. 이쯤 되면 밖에서 나던 소음은 전혀 들리지 않고 옥마담이 자주 갈아 끼우는 레코드에서 요란한 음악소리만 가득 차고, 또 옥마담이 조명을 울긋불긋하게 켜놓아 흡사 댄스홀과 같다. 춤이 한참 무르익어 간다. 남편은 어떻게 해서든지 아내의 몸을 꼭 끌어안고 흥분시키려고 한다. 말하자면 자기 다리를 여자 두 다리 사이에 넣고 자극시키려고 애를 쓴다. 그러다가 가면 속에 가리운 여자의 얼굴이 어떤 것인가하고 그려보기도 한다.

**남 편** (이 목소리는 스피커를 통해서 나온다. 말하자면 남편 마음의 소리인 것이다) 이 여잘 한번 건드려야겠는데 정말 미끈하고 살도 포동포동할 것 같은데, 으흐흐… (음탕한 소리로) 어차피 이 파티가 여기에서 끝나지 않을 테니까 취하게 만들어놓고 호텔로 데려가서 내 것으로 만들어 놓는 거야.

음악소리 점점 고조되고 빠른 템포로 올라갔다가 다시 멎고 이번엔 느린 부르스 템포로 바뀐다.

**아 내** (역시 마음의 소리) 이 남자는 어떤 남자일까… 얼핏 몸집을 보면 우리 그이 같기도 한데… 하지만 부산 출장 간 그이가 나타났을 리는 만무하고, 아무려면 어때, 오늘은 아주 해방됐으니까 나도 한번 바람을 피워볼까? 사실 이젠 그이와 사는 것은 지겨워졌어. (자신의 생각에 놀란 듯) 아니, 내가 정말 바람이 났나? 아니 그렇잖지. 누구나 다 오래 살다보면 이런 마음이 생기게 마련이지, 내가 불량해서 이런 마음을 가지게된 건 아닐 거야.

다시 모두들 테이블로 가서 술도 마시고 안주도 한 조각 씩 먹는다. 음악이 다시 시작된다. 이번엔 탱고의 리듬이 흐른다. 모두들 다시 자기 짝을 붙잡고 춤을 추기 시작한다.

남 편 (마음의 소리) 이번 곡만 끝나면 그만이겠지, 빨리 끝났으면 좋겠는데 이거야 정말 미칠 지경인데.

아 내 (마음의 소리) 아쭈, 오늘밤은 탁 풀어 헤치고 이이를 받아 들여볼까? 그러면 저 남자가 날 갈보로 알겠지?

남 편 (마음의 소리) 아쭈 이 여자탱고도 잘 추는데 어디서 배웠을까? 보기엔 순진해 보이는데 빠걸일까? 아니면….

아 내 (마음의 소리) 역시 춤 솜씨가 보통이 아닌데… 여간한 한량이 아닌 모양인데, 허긴 한량인 오입쟁이가 여자를 다루는 솜씨가 좋다는데.

남 편 (마음의 소리) 살짝살짝 스치는 허벅다리가 아주 탄탄한데, 무용을 한 여잔가 탄력이 대단한데, 분명 이 여자는 20대 일거야.

아 내 (마음의 소리) 내가 너무 음탕한 생각을 하는 게 아닐까? 어엿한 유부녀가… 이러다가 정말 탈선하면 큰일인데.

남 편 (마음의 소리) 옳지, 저 남자친구들에게 술을 권해서 나가떨어지도록 만들어 놓고, 호텔엔 이 여자와 둘이 가서 마음껏 한

번 놀아 봐야지.

아 내 (마음의 소리) 이이와 단둘이 호텔로 가면 좋겠다. 가면을 벗으면 멋진 얼굴이 나타날 것에 틀림없어. (사이) 아니 안 되지, 아무래도 난 내 본분을 지켜야지.

음악, 점점 열정적으로 올라간다.

남 편 (마음의 소리) 그렇지, 이제 음악도 그치게 됐군.

아 내 (마음의 소리) 모두들 멋들어지게 추는데 아마 늘 어울려서 댄스홀에 다니는 사람들인 모양인데….

남 편 (마음의 소리) 저 친구에게 걸린 여자는 누굴까?

아 내 (마음의 소리) 마담한테 걸린 남자도 괜찮아 보이는데….

남 편 (마음의 소리) 하여튼 난 이 여자가 일등이야.

아 내 (마음의 소리) 그렇지, 남의 사낼 생각하면 뭘해.

음악이 점점 작아진다.

남 편 (마음의 소리) 그렇지, 인제 음악이 끊어지려고 하는군! 얼른 그치면 좋겠다. 술을 먹는 척 하면서 저자들을 곯아떨어지게 퍼먹여야지.

음악이 그친다. 모두들 테이블로 간다. 남편은 글라스에 위스키를 붓는 척하면서 남이 보지 않는 사이에 자기 잔에는 콜라와 물을 가득 붓는다. 그리고 남의 잔에는 스트레이트로 독한 위스키와 스카치를 가득 따라 준다. 다른 사람들이 그렇게는 못 마신다고 손짓을 하자, 자기 잔을 가리키며 자기도 마시지 않느냐고 한다. 물론 자기 잔엔 콜라와 물만 부은 것인데, 빛깔은 꼭 양주와 같아. 모두들 마신다. 두 남자들, 여자들 앞이라 울면서 겨자 먹는 식이다. 옥마담과 경아는 멋도 모르고 술을 물 마시듯 들이킨다.

그야 아무리 술을 잘 마신다고 해도 여자들이니까 술을 잘 마시는 편도 아니어서 얼마나 독한지 또 그렇게 마셔도 괜찮은지 모르는 모양이다.

이윽고 한 남자가 술에 곯아 떨어져 구석에 있는 의자에 가서 코를 골기 시작한다. 모두들 그 꼴을 보고 한바탕 웃는다. 하지만 소린 낼 수 없으니까 배꼽을 잡고 웃는다. 이번엔 또 다른 남자가 비칠비칠 하다가 그만 마루에 쓰러진다.

또 여자들이 웃는다. 마루에 쓰러진 남자는 역시 코를 드렁드렁 골기 시작한다.

또 이번엔 경아(아내의 친구)가 마루에 쓰러진 남자 옆에 쓰러진다.

옥마담 마침내 비틀거리기 시작한다. 그러나 역시 집주인이라서 그런지 정신을 차리고 구석의자에 가서 끄덕끄덕 졸다가 스스로 쓰러져서 역시 코를 골기 시작한다.

이제는 남편과 아내가 남았을 뿐이다. 남편은 아내의 손을 끌고 나가자고 한다.

아내는 끌려서 나가는데 그녀도 술이 많이 취한 듯 남편에게 기대어서 끌려나간다. 다방홀에 불이 꺼진다.

침대방에 불이 들어간다. 그건 호텔 방인 것이다. 몸을 제대로 가누지 못하는 아내를 끌어 침대에 눕힌다. 아내 벌떡 일어난다.

남 편 자 … 이젠 우리 둘만의 세계요, 재미는 지금부터….(자기의 가면을 벗은 다음 아내의 가면을 벗기려 한다)

아 내 앗! (소리를 지른다. 처음으로 남편의 얼굴과 육성을 듣고 당황하는 모습이다) 이 남자가 부산 간다던 남편인데 어떻게 한다. 이곳을 감쪽같이 빠져나가야 할 터인데 어쩐다?

남 편 (술이 취해서 자기아내란 의식은 전혀 없다) 이것 봐 …. 이 어여쁜 생쥐새끼야, 당신은 이제 내 꺼야, 우린 오늘부터 제2의 인생을 탄생시키는 거야, 내 새로운 사랑아…. (가까이 다가가며) 왜, 안되나?(여유 있게) 뭐, 그리 도도하지

아 내 (가면을 두 손으로 붙잡고 피할 길을 모색한다)

남 편 왜, 내가 싫은가? 뭐, 오늘은 당신이 제비를 뽑아 나를 선택하지 않았소? (물을 마시고) 당신은 억세게 재수 좋은 여자야. 그 놈팡이 자식들에게 걸리지 않고 내가 당신 상대가 됐다는 사실 말이요. 자, 나를 봐요, 보다시피 이렇게 미남이겠다 그만

당신도…. (가면을 벗기려 한다)

아 내　(놀라며 문가로 달아나려 한다)

남 편　꼼짝 말아, 이 생쥐야. 당신은 이제 독 안에 든 쥐새끼야. 그렇지, 이 얄미운… 핫핫.

아 내　(두 손으로 빌며 나가게 해달라고 애원한다)

남 편　그래 여자가 너무 자기 정조를 턱턱 내줘도 매력이 없단 말이야, 역시 손이 닿을락 말락하는데 더 매력이 있어요. (관중석을 향해) 저 여자가 필시 화류계 여자는 아닌 모양이야, 저렇게 몸을 도사리는 것을 보면. 유부녀일까, 아니면 숫처녀일까, 점점 더 구미가 동하는데.

아 내　(필터) 저 남자가 틀림없는 내 남편인데… 어쩐다? 어차피 방문이 잠겼겠다, 꼼짝달싹 못하게 되었으니 무슨 묘안이 없을까?

남 편　(열쇠를 보이며) 자 나갈 테면 나가 보시지, 열쇠는 깊숙이 내 안주머니에 넣고 있으니까. 이곳은 자그마치 15층이니 창문으로 뛰어 내릴 수도 없을 터이고, 자, 어서 그만 사양말고 이리로 와서 내 곁에. (침대에 벌렁 누워 버린다)

아 내　(필터) 어쩐다, 빠져나갈 구멍이 없으니 저 남자가 어서 곯아떨어져야 감쪽같이 열쇠를 가지고 열고 나갈 터인데…. 옳지, (목청을 가다듬고 남편이 끌어당기는 대로 가서 옆에 앉아 목소리를 변조해서) 먼저 주무세요.

남 편　(아내의 허리를 끌어당긴다) 자, 어서….

아 내　뭘 그렇게 조급하게 생각하세요?

남 편　아니, 왜 누굴 굶겨 줄 셈인가?

아 내　오늘이 아니라도 우리들은 기회가 얼마든지 많지 않아요?

남 편　뭐라고? 처음 옥마담 약속과는 전연 다르지 않소?

아 내　어쩐지 마음이….

남 편　(잠깐 생각) 으…ㅁ, 남편이 있는 여잔가? 아니면…, 뭐 그렇다 치더라도 나도 마찬가지지, 여편네가 있으니 피장파장이지

아 내　부인이 계신 분이군요.

남 편　그럼, 홀아빈줄 알았나?

아 내　어쩜 전 과분데요.

남 편　주인도 없으면서 뭐 그리 도도해?

아 내　홀아비 같으면 그런대로 희망이 있지만.

남 편　그야 내일이라도 헤어지면 되지 않소?

아 내　엿장수 마음대로 되는가요?

남 편　그야 여자란 죽는다 산다하다가도 이유 없이 몇 번 두들겨 패거나 들들 볶아대면 제발로 달아나 버린다는데….

아 내　아, 그러세요? 오히려 부인에게서 쫓겨날 짓은 안 하셨어요?

남 편　그야 내 비밀을 알면 맨발로 쫓겨날 입장에 처해있지만 말이요, 핫핫….

아 내　(억지로 웃어 보이며) 호호, 어머나, 그러시면 딴데 여자라도 두신 모양이죠? 밑이 몹시 구린 모양이신데.

남 편　밑 안구린 놈이 이 세상에 몇이나 있게?

아 내　어머…그래요? (필터) 이 양가죽을 쓴 늑대야, 이제야 실토를 하는군.

남 편　(아내를 끌어당기며) 자, 우리 그런 김빠진 소리 그만 집어치우고… 우리에겐 오늘이 중요해요, 그렇게 않소?

아 내　(완강히 거부하며) 이러지 마세요, 내일도 있고 모레도 있는데.

남 편　그야, 오늘 시작이 우리들의 영원불멸의 찬스인지도 모르지 않소?

아 내　앞으로 당신이 책임을 지신다면 모르지만….

남 편　왜 그래, 난 당신을 사랑해…. 진작 당신 같은 여자와 만나지 못한 것이 한이요, 당신은 틀림없이 미인일테고… 이 날씬한 몸매, 이 탄력….

아 내　책임질 수는 없단 말이죠?

남 편　(가면을 벗기려고 하며) 책임지지. 자, 어서 애태우지 말고.

아 내　(저지하며) 안 돼요, 미인이 아니라서 실망하실까봐 그냥 이대로….

남 편　그러지마, 미칠 것 같소. 미인이 아니라도 좋소, 내 마누라보다야 백배 천배 나을 테니까.(당긴다. 또 가면을 벗기려 한다)

아 내　이러심 안 돼요, 약속이 틀리지 않아요? 끝날 때까지 이 가면 안 벗기로 약속이 돼 있지 않아요?

남 편　그야 여럿이 있을 때 얘기고 지금은 우리 단둘 뿐이잖소? 그 너구리같은 게으름뱅이 마누라와 십년 넘게 살고 나니 이젠 진절머리가 난다고요. 집에선 일년내내 똑같은 옷을 입으면서 나갈 때는 누구보라고 새옷을 끼어 입는지…. 그러잖아도 요샌 냉전 중이오. 꼭 헤어질 수 있으니까. (무언가 생각난 듯) 아차, 내 얘기만 늘어놓았군. 그런데 당신은? 당신 남편은 죽었소? 헤어졌소?

아내 네… 저요? 저 생이별했어요.

남편 뭐? 생이별…?

아내 네. 그래요.

남편 그럼 아직 남의 부인?

아내 그렇다니까요, 왜 겁이 나세요?

남편 (좀 떨리는 어조로) 유부녀?

아내 걱정할 것 없어요, 깨끗이 헤어진 거나 다름없으니까요.

남편 확실하겠지? 날 쇠고랑 채우지는 않을 테지?

아내 홋홋, 쇠고랑이요? 모르죠, 둘이 같이 찰지도.

남편 제발 그것만은….

아내 어때요 당신같이 멋진 남자와라면 오히려 쇠고랑 인연, 멋지지 않아요?

남편 그건 안 되지.

아내 홋홋, (관중석을 향해) 어디까지나 슬쩍 놀아달라는 꼴인데…. 뭐 나하고 살 재미가 없다고, 아이 분해, 그렇지만 이대로 정체를 드러낼 수도 없고, 그렇다면 내 약점을 도로 이용할테고… 이대로 뛰쳐나가 집으로 돌아가 시치미를 뗄 수도 없고, 차라리 가면을 벗고 내가 누구라고 밝히고 끝장을 낼까? 아니 안 돼, 저 남자가 범죄자라면 결국 나도 마찬가지로 죄인이야. 여기가 어디라고 유부녀가 남의 남자와 호텔에….

남 편　일어서서 불을 끈다. 강제로 부인의 가면을 벗기는 소동이 벌어진다.

남 편　됐어, 이젠 거추장스런 것들을 다 벗고 알몸이 되는 거야.

아 내　안 돼요, 이러시면… 그 가면 이리주세요.

남 편　그 가면은 저 창문으로 던져 버렸소.

어둠 속에서 엎치락뒤치락 괴상한 율동이 지속된다. 그것은 가면을 찾는 것 같은 아내의 몸짓과 남편의 흥분이 고조된 상태의 이상야릇한 움직임이다.

아 내　불을 켜면 안돼요, 제발….

남 편　(불을 켠다. 그리고는 구석에 얼굴을 가리고 앉은 아내의 두 손을 확 떼버린다) 아니, 이게 누구야?

아 내　(멋쩍게) 여보….

남 편　(놀랍고 멋쩍은 어조로) 아니, 당신이…, 당신이 처음부터 꾸민 연극이었소?

아 내　(관중을 향해) 이럴 땐 뭐라고 대답해야 모두 무사할 수 있을까요?

남 편　(억지로 꾸미며) 뭐 나도 처음부터 당신일 줄 알고 있으면서도… (관중을 향해) 거짓말도 때로는 약이 될 수 있거든요. 그러니 이런 식으로 여편네를 또 감쪽같이.

아 내 (멍청하게 서서) 여보….

남 편 (아내를 끌어안으며) 여보, 우리 지금까지의 모든 일을 깨끗이 잊읍시다. 실은 당신이 제일이야. 지금까지의 한 얘기는 다 엉뚱한 거짓이었소.

아 내 실은 저도. (무슨 고백을 하려는데)

남 편 여보… 서로 묻지 말기로 합시다. 다 내가 잘못했소.

아 내 제가 당신에게 너무 소홀했던 탓으로….

남 편 아니야, 모두 내 잘못이야.

아 내 우린 서로 소중한….

남 편 천생연분의 한 쌍인가 보구려.

아 내 오늘밤, 여기가 부산 출장 온 것이라 생각하고….

남 편 우리 진짜 신혼여행 온 기분으로… (아내를 끌어안는다).

아 내 여보, 행복해요

남 편 나도. (불이 꺼진다)

음악 고조, 막이 내린다.

(1976년 作)

# 그 찬란한 유산

(2막10장)

1986년 제6회 한국희곡문학상 수상

이 작품은 할머니와 어머니 2대가 식민지 압제와 해방 직후 소련군정 밑에서 겪었던 쓰디쓴 아픔을 진솔하게 그려 쓴 작품이다.

식민지 시대를 정면으로 거부했기 때문에 3대까지 그 고통의 유산을 물려받아야 했던 몰락가문과 동족탄압의 앞잡이 노릇을 하고서도 해방 후 아무런 속죄 없이 잘 사는 가문과의 갈등에서 왜곡된 현대사를 되돌아보게끔 한 작품이다.

일제 앞잡이 2세로 하여금 참회하지 않을 수 없게 만들고 동시에 피해가문으로 하여금 관용을 베풀게 한 작품으로 기독교 정신을 나타내고자 사랑과 관용의 십자가를 상징시킨 작품이다.

**등장인물:**

박순일 _ 남편

송정옥 _ 순일의 아내, 2막에선 할머니

김덕성 _ 순일의 어머니

김철 _ 순일의 친구

재령댁

헌병대장 _ 일본인

형사A _ 조선인 정보원

도하수 _ 형사 B, 조선인

임학봉 _ 목사

박선희 _ 순일의 딸, 2 막에선 어머니

김기호 _ 선희의 남편

김민 _ 선희의 아들

유라 _ 김민의 처

이삭 _ 김민의 아들

박사장 _ 도하수의 아들

도영미 _ 박 사장의 손녀

행인 A, B, C

제1막 1925년, 황해도 재령 어느 산골의 화전민 부락

제2막 1986년, 서울 근교

**무대:** 산비탈. 초가집이 중앙에 있고 전면은 툇마루. 왼쪽에는 바깥으로 출입할 수 있는 길이 보이고 오른쪽에는 부엌과 뒷산으로 가는 통로가 있다.

## 1막 1장

막이 오르면 무대 F.I.

노래가 배경음으로 흘러나오는 가운데 마당에 선 곡식을 거두는 어머니와 재령 댁이 흘러간 옛이야기와 지나간 일년을 회고한다.

**어머니** (어깨를 주무르며) 재령댁, 오늘이 이 산골로 이사 온지 꼭 일년이 되는구려!

**재령댁** 글쎄요, 벌써 그리됐나요?

**어머니** 첫해는 글쎄, 농사를 어떻게 짓는지도 모르고 살아 왔으니 (바깥을 내다보며) 저 아이들도 어쩔 줄을 모르고, 아이 참, 메눌애 말이야요? 한여름에 솜옷을 입고 김을 매지 않았겠수. 태양빛이 뜨거워서 그런다구. (호호 웃는다)

**재령댁** (같이 웃다가) 그래도 젊은 여자가 참 잘도 참아 냈지요?

**어머니** 죽기 아니면 살기라고 생각하니까 사는 것이지. (말을 흐리며 표정이 굳어진다)

**재령댁** 참, 악독한 놈들이지 어쩌자고 남의 땅을 송두리째 먹으려고 하는지 원 참. (혀를 찬다)

**어머니** (사면을 둘러보며) 에그, 누가 들으면 어쩌려고.

재령댁 후유, (한숨을 쉬며) 하나밖에 없는 아들, 3.1운동때 길바닥에서 놈들 총칼에 맞아 죽은 시체조차 제대로 묻지 못하고 내려온 지도 벌써 6년이란 세월이 흘러갔군요!

어머니 그때 생각은 잊읍시다. 잊고 살아야지 앞으로 좋은 세상을 보고 죽을 게 아니오?

재령댁 어디 지금 같아서야 좋은 세상 올 것 같은가요?

어머니 하늘이 무심치 않을 거요.

재령댁 그래도 아주머님 댁 아저씨는 제대로 장사나 치렀지 않았어요?

어머니 땅 속에 묻히기야 좀 잘 묻히고 못 묻히면 어떻겠소? 어차피 인생을 흙으로 되돌아가는 건데….

재령댁 (눈물을 닦으며) 이 가슴에 맺힌 한을 내 눈에 흙이 들어가기 전에야 어떻게 잊겠어요?

어머니 (같이 눈물을 닦으며) 아이 참, 재령댁, 요샌 그 젊은 엿장수가 통 안 보입디다. 재령댁은 혹시 어디서 보았나요? 어디 가 죽었는지 원….

재령댁 근래 통 안 보입디다. 아, 온전한 사람도 살기가 힘든 세상인데 그런 정신이상자가 어디 가서 제대로 거동이나 할 수 있겠어요? 어디서 말이 나왔는지 그가 일본 헌병한테 맞아서 그리 됐다나 봐요. (목소리를 낮추고) 어떤 사람들은 일부러 미친 척 한다고들 하더군요.

어머니 (혀를 차며) 원, 저런 고약한 놈들 같으니라고. 앞으로 우리 청년들이 모두 이래 죽구 저래 죽구, 아니면 병신 만들구, 아예 약한 유부녀자들만 남길 셈인가 봐요.

**재령댁** 한심하기 짝없는 세상이야요.

이때 문 밖에서 지게에 벼를 메고 들어오는 순일과 뒤따라 들어오는 정옥.

**순 일** 아주머니 오셨어요?

**재령댁** 응, 궁금해서 마실 왔네.

**정 옥** 잘 오셨어요. 그러잖아도 어머님이 혼자 적적해 하시는데….

**어머니** 저 사람도 어디 마실 다닐 겨를이 있겠니? 아저씨가 늘 병환이시라 그 알량한 농사 다 도맡아 하는 형편일 텐데….

**순 일** 아, 그러세요. (옷의 먼지를 털며) 몹시 위중하세요?

**재령댁** 좀 차도가 있다가도 아들 생각이 나면 또 식음을 전폐하니 자연 몸이 약해질 수밖에….

**순 일** 언젠가는 좋은 세상이 오겠지요.

**재령댁** (마루에 걸터앉았다 일어서며) 아이구! 이젠 가봐야겠어요.

**어머니** 아픈 사람이 있으니 더 잡을 수도 없군요.

**재령댁** 그럼, 안녕히들 계세요.

**정 옥** 또 오세요.

**재령댁** (나가려다 정옥의 손을 만지며) 원, 이런 쯧쯧…. 백옥같던 손이 갈쿠리가 다 됐구먼. (나가며) 잘 있어요.

일 동 안녕히 가세요.

어머니 그래도 저 사람 내외가 6년 전에 이 첩첩 산중에 와 살았기에 망정이지. 저 사람네가 아니었으면 우리가 쫓기는 신세에 어느 곳으로 흘러갔을지. (혼잣말) 사람이 죽으란 법 없다구. 지금 같아선 아무 탈없이 지내구 있으니….

정 옥 욱, (구역질을 한다) 욱….

어머니 아니, 얘, 얘야! 너 애기 서는 것 아니냐?

순 일 아마 그런가 봐요.

어머니 아이구, 다행이다. 그러잖아노 애기가 없어 은근히 기다리고 있었다.

정 옥 아직은 잘 모르겠어요. (부엌으로 들어간다)

순 일 어머니, 어머니가 머지 않아 할머니가 되신다구요. (어깨를 주무른다)

어머니 그래, 자식은 빨리 두어야 하느니라. (기색이 달라지며) 아이구, 너희 아버님이 살아 계시면 얼마나 좋아하셨겠니?

순 일 어머니, 이젠 아버님 생각일랑 잊어버리세요. 우리 집만 당한 일이 아니잖아요. 조선 사람이면 누구나 다 당하고 있는 불행이니까요.

어머니 그래, 잊어야지 하면서도 늘 옆에 같이 계시는 것만 같아 어떤 땐 혼자 중얼거리게 되더구나.

이때 정옥, 밥상을 들고 방으로 들어간다.

정 옥　어머님, 진지 잡수세요.

어머니　오냐, 먹자. (옷의 먼지를 털고 들어간다)

순 일　당신도 들어와요. (들어간다)

정 옥　아니야요, 속이 안 좋아 이따 먹을게요. (밖에서 이것저것 치우고 나서 들어간다)

밖이 어두워지면 각종 새소리가 들려 온다. 이때 김 철, 사방을 두리번거리다 뒷걸음을 치며 들어온다.

김 철　박 동지. (조용히 문을 노크한다)

순 일　(황급히 문을 열고) 아니, 김 동지 그동안 어디 갔었댔소?

어머니와 아내, 문 열고 나와 뒤꼍을 살핀다.

김 철　지금 막 만주에서 오는 길이오.

순 일　그럼, 평양 지부에 들러 동지들도 만나고? 잘들 있습디까?

김 철　놈들이 우리 본부를 습격해서 숨겨 두었던 비밀 명단을 가져갔대나 봐.

순 일　그럼, 이곳 지부장인 내 주소도 발각 나지 않았겠소?

김 철　물론 다 탄로난 셈이지, 그건 그렇고 지금 교회 임 목사 댁에 다녀오는 길인데 약 1시간 전에 주재소로 붙들려 갔다네.

순 일　아니, 임학봉 목사님이? 왜, 무슨 죄로?

김 철 나를 숨긴 죄란 거야. 지하실에 놓아두었던 그 엿목판을 증거물로 압수해 가고.

순 일 그럼, 우리는 어떻게 되는 건가?

김 철 이 자리를 또 떠야겠네.

이때 정옥, 앞골목을 망보다 황급히 뛰어든다.

정 옥 여보, 숨으세요. 저 산비탈에서 전등불이 비쳤는데 그 불빛이 이쪽을 향해 오고 있어요.

일동 갈팡질팡하다 부엌 뒤로 순일이 김철을 끌고 들어간다. 어머니가 정옥을 끌고 방으로 들어간다. 순일, 아무 일 없었던 것처럼 마루에 눕는다.

형사 A (무작정 들어오다 순일을 보고 놀란다) 아니, 댁은 누구요?

순 일 아니, 당신이야말로 누구요? (일어난다)

형사 A 당신 이름을 대라우?

순 일 나 박순일이오.

형사 A 박순일? 흠, 잘 만났소. 당신 좀 조사할 게 있어서 우리 주재소로 가야겠는데.

이때 어머니와 정옥, 나온다.

**어머니** 아니, 우리 아들이 뭘 잘못했기에 주재소로 갑니까 나으리?

**형사 A** (형사 B를 보고) 도 형사 방과 뒤꼍을 다 조사해 봐, 이상이 없나.

형사 B, 전지를 들고 샅샅이 조사한다.

**어머니** (뒤꼍으로 돌아가려는 형사 B를 가로막으며) 여보세요, 우리가 뭣을 숨겼다고 이러세요?

**형사 A** 물러서시오.

형사 B, 어머니를 밀치고 들어간다.

**순 일** (신 신은 채 웃옷을 입고) 자, 갑시다. 가서 얘기합시다. (빨리 김철이 발각나지 않게 하려고)

이때 뒤꼍에서 비명 소리가 나고 김철이 달아나고 형사 총질을 한다. 형사 B, 손수건으로 이마에 피를 닦으며 나온다.

**형사 A** 달아난 새끼 잡으려다 이 새끼 놓칠라. 이 새끼들 맛 좀 봐야겠어.

순일, 뒤를 돌아보며 형사 B에게 포승을 맡긴다.

순 일 어머니, 곧 돌아올게요. 여보, 너무 염려 말아요. 몸조심하고. 어머니를 잘 부탁하오.

어머니 순일아, 안 된다. 못 간다. (가로막는다)

정 옥 여보. (가슴에 안기며 흐느낀다. 형사 A, 낚아채며 끌고 간다)

어머니 (아들 뒤들 쫓으며) 야, 이놈들아-. 안 된다. 안 돼. 오, 하느님! (흐느끼며 따라가다 정옥의 부축을 받으며 마루에 엎드려 운다)

정 옥 여보, 여보, 무사히… 꼭 돌아와야 해요. 죽으면 안 돼요. (흐느낀다)

잠시 음악이 흐르다가 무대가 서서히 전환된다.

(암전)

## 1막 2장

주재소 전경. 감방이 두 칸 보이는 주재소 중앙에 책상과 걸상이 서너 개 놓여 있고 구식 전화기 책상머리에 놓여 있다. 조명 밝아지면 목사가 지친 표정으로 앉아 있다.

헌 병 잠을 한잠도 안 재우니 피곤하지 않소? 바른대로 말을 하시오.

임 목사 몇 밤을 안 재워도 모르는 건 모른다구 해야지. 그 김철이란 사람을 모른다고 하지 않았소.

헌 병 당신이 모르는데 당신네 교회 지하실에서 그놈이 메고 다니던 엿목판이 왜 나왔겠소?

임 목사 그 지하실은 우리가 통 쓰지도 않고 요사이 들어가 본 일도 없으니 누가 그곳에 숨어 있었는지 알 수 없는 것 아니겠소.

헌 병 그런 거짓말이 통할 것 같소?

임 목사 설사 그 엿장수가 와서 자고 갔다고 하더라도 우리로선 불쌍한 정신 이상자가 하룻밤 쉬고 간다면 재울 수도 있지 않소?

헌 병 이제, 제법 실토를 하시는구만. (일어서서 다가가 발길로 찬다) 이 새끼들 너희들이 우리를 해치려는 공모자들이 아닌가? 이 조선놈의 새끼들아, 독립단 단원이란 놈들 아직도 맛을 덜 봐서 그러지. 맛을 단단히 보여주어야겠어. 이 독립단을 돕고 있는 목사 놈아.

임 목사 당신들이야말로 회개하시오.

헌 병 회개? (더 화가 나서) 회개는 무슨 놈의 회개야. 우리가 너희 미개국을 형제로 알고 잘 보살펴 주려고 하는데 너희 놈들은 우리를 죄인이라고, 빠가야로 멍청한 놈! (구둣발로 짓누른다)

임 목사 (입술이 터져 피가 흐른다) 우린 너희들이 탄압으로 발전시키는 것도 원치 않을뿐더러 우리는 우리 민족으로 살아가는 것이 우리들의 소망이다.

헌 병 그래도 그 아가릴 못 닥쳐? 정말 뜨거운 맛 좀 더 봐야 알겠나, 응?

이때 순일, 포승을 찬 채 먼길에 시달린 듯 끌려들어온다.

순 일 (사색이 된 임 목사를 보고 끌어안으며) 임 목사님! (목메어 흐느낀다)

임 목사 아니, 자네가?

형사 A (의자에 털썩 앉으며) 아, 피곤해. 밤새도록 30리를 걸어왔으니.

헌 병 (구둣발로 순일을 차며) 이 새끼야, 넌 이름이 무엇이냐?

순 일 박순일이오.

헌 병 박순일?

순 일 그렇소.

헌 병 (서류를 조사하다) 그럼, 이곳 재령 지부장 아닌가? (뺨을 친다)

순 일 (옆으로 꼬꾸라진다)

임 목사 아니, 여보시오?

헌 병 야, (형사 A에게) 이 새끼 처넣어.

형사 A 일어서! (임 목사를 간신히 일으켜 세우고 끌고 들어간다)

임 목사 (뒤돌아보며) 순일이 말조심하게….

순 일 (일어서며) 목사님, 몸조심하세요.

헌 병 자, 난 좀 들어가 쉬겠으니 이놈의 새낀 당신이 (형사 A에게) 잘 다루어 일체를 불게 하라고. (들어간다)

형사 A (교활하게 의자를 손짓하며) 자, 이리로 앉지 그래?

순 일 (말없이 앉는다)

형사 A (안쪽을 향해) 야, 도 형사, 냉수 두 컵 가져와.

형사 B (물을 두 컵 들고 들어온다)

형사 A (한 컵 들고 또 한 컵을 가리키며) 갔다 줘.

순 일 고맙소. (마시려는데)

형사 A 야, 그 물 이리 가져와. 조갈증이 나서 내가 더 좀 마셔야겠어. (형사 B가 물을 갖다 준다. 단숨에 쭉 마신다) 어때, 목마르지? 좋아! 그럼, 자세히 모든 것을 빨리 밝히라고. 그러면 물도 마음대로 주고 또 곧 풀어 줄 수도 있지 않고. 자, 어때? 재령의 지부장 박순일. 이 고장에선 누구누구가 너희 동지들인가? 고통 당하지 말고 선선히 불어 버리면 네 목숨은 살려준다.

순 일 도대체 무엇을 어떻게 불라는 거요?

형사 A 몰라서 묻나?

순 일 모릅니다.

형사 A 그럼, 무엇을 묻나 가르쳐 주지. 독립 단원들인가 혁명 단원인가 하는 것들 말이다.

순 일 그런 거 들어보지도 못했고, 그런 명단이 있을 리도 없소.

형사 A 무엇이? (노려보며) 야, 이 새끼야. (뺨을 친다) 그래서 너희 집 뒤곁에 그 엿장수로 가장하고 연락원으로 다니던 놈을 숨기고 있었나?

순 일 난 그 사람이 엿장수라는 것밖엔 아는 것이 없소.

형사 A (발길로 차며) 야, 이 새끼야, 모른다면 다 되는 줄 아나, 응? 우리 도형사의 얼굴을 찌르고 달아난 그놈이 뭐 엿장수라고? 속아 주면 좋겠지?

순 일 보시오, 당신들은 같은 조선 사람 아니오?

형사 A (의자에서 벌떡 일어서며) 그래서? 이 새끼가 누굴 약올리고 있어. (구둣발로 찬다)

순 일 (쓰러졌다 일어서서 얼굴에서 흐르는 피를 닦는다)

형사 A (담배를 한 대 피워 물고) 시간을 준다. 감방에서 반성하라고. 그리고 살고 싶으면 있는 그대로 다 털어놓으라고. (안을 향해) 도형사, 도형사?

형사 B (얼굴에 반창고를 붙이고 형사 B 나온다) 네.

형사 A 우선 김 철을 붙잡을 때까지 유치장에 처넣어.

순일이 형사 B에게 끌려 들어간다. F.O. 다시 F.I. 이때 헌병 등장.

헌 병 어때, 그 새끼도 말을 잘 안 듣지?

형사 A 아주 고집 불통입네다.

헌 병 도대체 조선사람들 매운 고추를 잘 먹어서 그런지 통 말이 안 통한다 말이오. 당신만 빼고 말이오

형사 A 저도 형사가 되기 전엔 누구도 제 고집을 당해 내지 못했지요. 그런데 헌병대장님 밑에 와서는 연시 모양 말랑말랑해졌지요.

헌 병 핫 핫, 연시? 연시가 뭐요? 우리 조선 사람들의 말 잘 못 알아 듣겠어.

형사 A (같이 웃는다) 연시란 말랑말랑한 (손짓으로 가리킨다) 감입니다.

헌 병 (의자에 앉으며) 자, 그건 그렇고 저 두 놈을 어떻게 다루어야 된다지?

형사 A 대장님, 우리 조센징들 특히 독립군들은 어찌나 지독한지 보통 다루어서는 어림도 없습니다.

헌 병 그 새끼들 때문에 몇 달 밤잠도 제대로 못 자고 에이쿠소.[제기랄] (담배를 한 대 피우며 여유를 가져 본다) 이봐, 무슨 묘안이 없나? (담배를 한 개 던져 준다)

형사 A (피우며) 글쎄올시다.

헌 병 (화를 내여) 글쎄올시다가 뭐요? 그런 태연한 말투가 나오나! 지난번 그 도망간 놈, 그놈 때문에 이렇게 (목을 베는 시늉) 될지도 모른다는 사실 알고 있나?

형사 A (큰소리에 놀라 의자에서 일어서며) 네, 알고 있습니다.

헌 병 (다시 부드러워지며) 이봐, 이렇게 하면 어떨까?

형사 A 어떻게요?

헌 병 (감방을 가리키며) 이 고을에서 저 두 놈만 해치우면 조용할 게 아니겠나?

형사 A 아니 어떻게요?

헌 병 저 예수쟁인 아주 싹 태워 버려.

형사 A (좀 떨리는 목소리) 태워요? 아니 어떻게요?

헌 병 목사는 내일 집으로 돌려보내자고. 그런 다음 어느 날 밤 아주 곤하게 잠들었을 시간을 틈타서 그 집과 교회당에 휘발유를 들어붓고 불을 질러 버려.

형사 A (끔찍하다는 표정으로) 아니, 그건. (얼굴을 감싼다)

헌 병 아니, 못 하겠다는 건가? (소리친다)

형사 A 아, 아뇨. (사이) 네, 알겠습니다. 그런데 그걸 누가 맡아서?

헌 병 아, 아, 알았어. 그건 당신이 직접 안 해도 돼. 그건 도형사를 시킬 테니까.

형사 A 그러나 그런 끔찍한 살인을….

헌 병 불을 질러 태워야 그 하느님의 말씀이란 책이 싹 타버릴 게 아닌가. 도대체 그놈의 예수쟁이들의 고집은 꺾을래야 꺾이지 않는단 말이야. 그러니 우리로서도 최대한 머리를 짜서 깡그리 말려 없애도록 해야 한다는 말이야.

형사 A 우리 고을에도 예수쟁이가 제법 많은데 그들도 다…. (말문을 닫는다)

헌 병 그들도 하나하나… 핫핫핫. (웃어 버린다)

형사 A 그러나 그 교회에서 청년들의 지도자로 있는 순일이는 다 눈치 챌 것 아닙니까?

헌 병 핫핫핫…(큰소리로 자신만만한 웃음) 이 멍텅구리 양반아, 두 번째 목표 아닌가? 목사보다 그놈이 더 무서운 놈이야. 그 놈이 작년에 화전민으로 아주 무식한 놈 행세를 하며 평양 강서에서 이사왔는데 요사이 온 조사서를 보니 그놈이 평양 민족운동의 선봉자라고 적혀 있다 이 말이야, 알겠나?

형사 A (눈을 크게 뜨며) 네, 알았습니다.

헌 병 이놈이 이 고을 지부장으로 이주해 온 셈이야.

형사 A 그럼, 그 자는?

헌 병 그러니까 싹 (손으로 밀며) 씨를 말려야 우리 목숨이 산다 이거야.

형사 A 아니, 그럼 그자도 불로….

헌 병 그놈은 그렇게 죽여선 안 돼. 그놈 밑에 젊은 놈들이 많이 보고 있으니까 자연사로 만들어야 해.

형사 A 자연사? 아니, 자연사는 또 어떻게?

이때 밖에는 비가 억수로 퍼붓고 번개가 번쩍거린다.

헌 병 (번개 소리에 움찔하며 의자를 끌고 형사A 쪽으로 다가간다) 우선 임목사 집 계획이 성공된 후… 순일에겐 먹을 것을 주지 말라고. 모두 비밀을 다 털어놓으면 놓아준다고 한 후 다 불고 나면,

아니 안 불어도 좋아. 목마른 놈에게 수면제를 넣은 음료수를 잔뜩 먹이라고 그 다음 (큰소리에 형사 A 놀라 약간 달아나자 다시 중앙으로 끌고와서) 풀어 주어 집으로 가라고 한 후, 도형사를 뒤따라가게 한 다음 바위 고개를 넘을 때 탁 밀어 버리라고. (형사 A 어깨를 탁 치는 바람에 소스라쳐 놀란다) 그래야 실족사, 자연사로 밀어 치우지.

형사 A 그러다 안 죽으면?

헌 병 안 죽기는 어떻게 안 죽나, 바위 고개는 백 미터 정상인데 수면제로 마취된 놈이 이떻게 기어 올라와? 그 다음 도형사는 그것을 확인하고 오도록. 이것은 당신이 다 맡아 시켜야 해! 이 두 가지가 다 성공이 되면 당신은 우리 일본의 헌병 사령부에 상신해서 정보원으로부터 헌병 보조원으로 승격시킬 거니까.

형사 A (좋은 것인지 슬픈 것인지 헤아릴 수 없는 대답) 네…, 네 알았습니다. (잠시 생각에 잠기다) 그런데 도형사가 직접 해줄는지?

헌 병 해주고 말고가 어디 있어? 상부의 명령인데 안 지킬 수 있는가? 죽으라면 죽을 각오가 서야 충성을 다하는 것 아닌가?

형사 A 대장님, 만약 도형사가 말을 안 들을 때는 나를 온 세상에 살인자로 폭로시킬 텐데요?

헌 병 핫, 핫, 두 가지가 다 성공되면 그 다음 단계로 옮겨야지.

형사 A 다음 단계라뇨?

헌 병 도형사가 타고 다니는 그 차에다 감쪽같이 폭탄 장치를 해놓고 심부름을 보낸다 이거야. 그러면 당신과 나만이 알고 이 일은 감쪽같이 아무도 모르게 되는 것 아닌가? 그리고 그 폭탄 장치는 저쪽 놈들이 장치해놓았다고 소문을 퍼뜨리는 거야. 그러면 만사 형통이 아닌가?

형사 A (돌아서서 혼잣말로) 아니, 그럼 그 다음 희생자는 혹시 내가 되는 것 아닌가?

헌 병 (벽에 걸린 모자를 쓰며) 자, 난 좀 쉬러 갈 테니까 잘해 보라고. 이 일만 잘 맞아떨어지면 나도 한계급 승진이고 당신도 놈들의 재산을 몰수하면 우리 두 사람 똑같이 나눠 먹는 횡재도 생길 것이고…. (나간다)

형사 A (헌병의 뒷모습을 한참 쳐다보다 획 돌아서며) 아니, 이런 엄청난 살인을 나에게… (얼굴을 감싸며) 오, 하느님! 이 엄청난 살인을….

어두워졌다가 새벽닭이 울며 동이 튼다. 형사 B , 책상에 엎드려 잔다.

임 목사 (안에서 신음 소리) 여보세요, 여보세요, 물 좀 주세요.

형사 B (코고는 소리) 쿨, 쿨…. (대답이 없다)

순 일 여보시오, 나으리. 우리에게 물 좀 주시오. (더 큰소리로) 여보시오? 거기 누구 없소?

형사 B (눈을 비비며 기지개를 켠다) 아… 아흠, 아니 , 벌써 날이 샜나? (일어서서) 누구요?

순 일 감방이오. 우리가 목이 마르니 물 좀 주시오?

형사 B 물이요? 아, 참 목도 타겠지? (컵에 물을 두 잔 따라 가지고 안으로 들어간다)

쇠문 여는 소리

형사 A (일찍 출근한다) 오, 도형사 수고했소.

형사 B (빈 컵 두 개를 들고 나온다) 아이고, 일찍 나오셨군요?

형사 A 모든 명령에 복종해야지 이찌겠소. 저 사람들한텐 안 됐지만, 좀 편안히 살아갈래니 별수 있어. 어차피 우린 헌병대장 부하들 아니오. 상부에서 하라고 명령이 내리면 복종해야 하지 않소.

형사 B 어쩌다 이 직업을 택했는지, 이젠 정말 그만두고 싶은 생각 뿐입니다.

형사 A (놀란 표정으로) 도형사, 이제 와서 무슨 그런 소릴….

형사 B 그저 그렇단 말입니다. (고개를 숙인다)

형사 A 잘해 봅시다. (애원조) 도형사, 우선 오늘 새벽 임 목사를 훈방합시다. 자, 곧 이리로 끄집어내시오.

형사 B 네, 알았습니다. (들어간다)

형사 A (혼잣말로) 계획대로 착착 발각되지 않고 진행되야 할 텐데….

형사 B (목사를 앞세우고 나온다)

형사 A 자, 이리로 오시오. (의자를 주며) 도형사, 수갑을 푸시오.

도 형사, 말없이 수갑을 풀고 앉는다.

형사 A 오늘 집으로 가시도록 하시오.

임 목사 (의아해하며) 고맙습니다! 역시 우리 조선 사람들끼리니 너그럽게 봐주어서 고맙습니다.

형사 A 아, 천만에요. 어서 나가십시오.

임 목사 (뒷걸음을 친다) 안녕히 계세요.

임목사 나가는 뒷모습을 형사 두 사람이 한심하다는 듯이 서서 본다.

형사 A 도형사, (안쪽을 가리키며) 오늘부터 저 박순일에게 음료수 일체 사절이오.

형사 B 며칠 동안 물도 안 주면 감방에서 죽는 것 아닙니까?

형사 A 시키면 그대로 하지 무슨 말이 그리 많나 그리고 도 형사.

형사 B 네?

형사 A 이리 좀 오시오.

형사 B, 형사 A 가까이 다가간다. 형사 A가 열심히 지시하는 귓속말에 형사 B는 얼굴 표정이 각양각색으로 달라지며 놀라운 공포에 떠는 태도다.

형사 B 그럼 오늘밤으로 목사 댁에….

형사 A 누가 듣겠소. 목소리 좀 낮출 수 없나? (다시 형사 B에게 다가서며) 이봐 도형사, 이번 일만 우선 탄로나지 않게 잘 치르라고. 그리고 다음 번엔 저자까지 (안쪽으로 손짓하며) 획 (손으로 목을 치듯) 하면 자네 상금이 두둑하게 나올 거구. 나는 승진의 혜택이 돌아온다 이거야, 알겠소?

형사 B 상사님, 사실 저는 상금도 필요 없으니 그 일 직접 하시면 어떨까요?

형사 A (무의식적으로) 이 새끼, 정신 나갔나? 누구의 명령인가, 헌병대장님의 명령 아닌가 말이다.

형사 B 아, 네… 네, 알았습니다. 그렇다면 별수 없지만….

형사 A 그럼, 오늘밤부터 두 가지 부탁한 일을 명심하렷다?

형사 B 네, 명령에 복종하겠습니다.

순 일 여보세요. 물 좀 주세요. 물 좀 주세요.

(암전)

## 1막 3장

다시 무대 회전해서 1막 1장 때와 같은 장면. 1926년 6월 10일 뻐꾸기 소리 멀리서 들리며 조명이 밝아진다. 마루에 어머니와 정옥 나란히 앉아 수심에 잠겨 있다.

정 옥 어머니, 그만 들어가 쉬시지요.

어머니 잠이 와야 자지. 애 아범이 잡혀 가구 난 후 하루에 서너 시간 자면 많이 자는 거다.

정 옥 그런데 어머니, 어제 주재소에 가서 면회를 좀 시켜 달라고 애원했지만 그 김 철이란 사람을 잡아들여야 풀어 준다는 거야요. 그러니 그 사람을 어딜 가서 데려와요. 지금쯤 다시 만주로 갔는지, 아니면 가다 죽었는지 통 알 수가 있어야지요.

어머니 글쎄다. 이곳에 온지 일년밖에 안 되지만 그동안 잠잠했던 것이 그 사람이 나타나서 평지 풍파를 일으키곤 자기는 감쪽같이 달아났으니…. (눈물을 닦는다)

정 옥 어머니, 너무 염려 마세요. 어제 임 목사님을 훈방하셨다니까 곧 나올 거라는 거야요.

어머니 글쎄, 그랬으면 오죽이나 좋겠니.

정 옥 (말꼬리를 돌리며) 참, 어머니 오늘이 조선 왕조 최후의 군주이신 순종(純宗)의 인산날이래요. 어제 장터에서 모두 쑤군쑤군 하던데요. 오늘 12시 정각에 일제히 독립만세를 외치자는 바로 그날이에요. (가슴에 태극기를 확인 후 일어선다)

어머니 얘야, 앉거라. 네가 어딜 간다고 그러니? 애기 난 지 열흘밖에 안 된 몸인데. 가도 내가 나가 보마. (일어서 나간다) 만약, 너무 늦으면 재령댁 집에서 하룻밤 자고 오마.

정 옥 네, 어머니. 조심해 다녀오세요. 20리가 넘는 먼 장터 길인데 조심하세요. (이때 방에서 애기 우는 소리. 정옥 방으로 들어간다. 차차 어둠이 깔린다)

잠시 후, 어디선가 호루라기 부는 소리, 구둣발 뛰는 소리 요란하고, 여기저기서 대한 독립 만세 소리 들린다. 구둣발 소리 멈칫 집 뒤에서 멎는다.

헌 병 (구둣발로 문을 걷어찬다) 누가 있소?

정 옥 (놀라 뛰어나온다) 아니, 누구세요?

헌 병 몰라서 묻나? (걸터앉는다)

정 옥 어쩐 일이세요. 대장님께서.

헌 병 오늘 낮 1시 장터에서 시위가 벌어진 것 모르나? 개새끼들!

정 옥 모릅니다.

헌 병 모른다. 도대체 조센징들이 아는 것이 무엇이 있소? 밥이나 먹고 새끼 까는 것 외는 다 모른다 아니오?

정 옥 말조심하세요. 새끼 까는 것이라니 누굴 짐승으로 아십니까?

헌 병 빠가야로! 제법, 입은 까져서 말은 야무지게 잘도 하는군, 핫, 핫 (간사해지며) 목이 타니까니 물 한 그릇 가져오소. (부엌으로 들어가서 냉수를 들고 나온다. 헌병, 열린 방문으로 아무도 없는 것을 확인하자 물을 단숨에 다 마시고 대접을 돌려주며 갑자기 정옥의 손목을 잡고 끌어당긴다.)

정 옥 (몸을 뒤로 빼며) 놓으세요, 왜 이러세요?

헌 병 이봐, 이리 좀 와 앉으라고. 응? (몸을 움츠리며) 누가 뭐 어쩐다고. 우린 그리 나쁜 사람 아니니까 안심하라고. 그리고 요새 혼자 있는데 쓸쓸한 터인데… 내 말만 잘 들으라고 그러면 당신 남편도 곧 석방시켜 줄 테니까.

정 옥 제발, 나가세요. 이러심 소리칠 테야요.

헌 병 어디 쳐보라지, 지금 이곳엔 인가가 없지 않소. 그리고 밤도 깊었고.

정 옥 (끌어안으려는 것을 뒷걸음질치다 벽의 낫을 들고) 이 개만도 못한 헌병놈아!

헌 병 (덤비다 달아난다) 오냐, 이년 어디 두고 보자.

정 옥 (낫을 떨어뜨리고 마루에 쓰러져 운다)

소 리 (이때 어디선가 불빛이 치솟고) 불이야, 불이야, 저 교회가 불에 타고 있다.

정 옥 (문 밖으로 발을 구르며 뛰어나간다) 아니, 저 불이 교회가…. (다시 마루에 엎드려 운다. 암전)

동이 트며 날이 밝아진다. 어머니, 봇짐을 가지고 들어온다.

어머니 아가, 별일 없었지? 아니, 네 몰골이 왜 그러니?

정 옥 어머니! 목사님 댁이… 교회가 까맣게 된 걸 보니 전부 타버린 모양이야요. 차마 갈 수가 없어서….

어머니 아니, 저런 그럼 내가 갔다 오마. (나간다)

정 옥 오, 하느님 제발…. (두 손을 합장한다)

이때 재령댁, 뛰어 들어온다.

정 옥 아니, 아주머니가 웬일이세요?

재령댁 (땅바닥에 털썩 주저앉으며 통곡한다) 아이구. 이 일을 어쩌나. 목사님 댁과 교회가 몽땅 타버리고 식구들도 다 타 죽었으니 어떻게 된 영문인지 알 수가 없다는 구나. 아이구, 세상에 이런 일이….

정 옥 (무엇인가 예감한 듯이) 그놈들의 짓일 거야요. 어젯밤 그놈이 이 근방에 왔다갔으니 틀림없이 그놈들의 짓일 거야요. 말로는 놓아준다고 해놓고 가족 몰살을 시도한 것임에 틀림없어요. (치를 떤다)

재령댁 (일어서며) 아니, 그놈들이라니?

정 옥 그래요, 그 헌병대장 짓이 틀림없어요.

재령댁 아이구, 이 날벼락 맞을 놈들 같으니 세상에 그 착한 목사님이 뭘 잘못했다구, 그 가족까지도…. 아이구, 이 천벌을 받아야 마땅한 놈들, 그런데 어머니는?

정 옥 막 목사님 댁으로….

재령댁 그래, 그러잖아도 어제 낮 장터에서 같이 독립 만세를 부르고 우리 집에서 하루 지내고 같이 내려오다 목사님 풀려났다는 소식을 듣고 난 그 집으로 바로 갔었는데, 그만… 좌우간 나도 그리 다시 가네. (급히 재령댁 나간다)

정 옥 다녀오세요. (방으로 들어간다)

조명 점점 어두워지고 비바람과 천둥이 또 요란하다.

형사 A (비바람을 피해 들어온 것처럼 들어온다) 안녕하십니까?

정 옥 (놀란 어조로) 누구세요?

형사 A 접니다. 읍에서 온 사람입니다. (마루에 앉으며 빗물을 닦는다)

정 옥 아니, 웬일이세요. 이 밤중에?

형사 A 네, 소문에 나무리벌 교회 목사님 댁에 화재를 당했다는 소문을 듣고 위로 겸 확인하려구 왔시다.

정 옥 아, 그러세요. 그래, 어찌됐나요? 목사님 식구들은요?

형사 A (고개를 설레설레 흔들며) 싹 쓸었던데요. 식구 한 사람도 살아 남은 이가 없나 봐요. (천연스럽게) 아니, 어쩌다 그리 되셨는지 원, 아마 기름 부침이라도 지지다 그랬는지 원.

정 옥 (냉랭한 목소리로) 아닐 거야요.

형사 A 아니, 아니라니, 무슨 그런 근거라도…?

정 옥 몹쓸 놈들 같으니….

형사 A (놀란 표정으로) 몹쓸 놈들? 지금 당신 무엇이라고 했소?

정 옥 몹쓸 놈들이라고 했어요.

형사 A 혹시 나더러 그런 건 아니겠지?

정 옥 왜, 뭐 찔리는 데라도 있으신가요?

형사 A 아니요, 찔리긴 뭐 가시밭에 왔나? 왜 찔린담 흠, 흠 …. (기침을 한다)

정 옥 (혼잣말처럼) 모두 양심을 곱게 가져야지 축복을 받지.

형사 A (좀 격한 어조로) 아니, 듣자듣자 하니 나를 마치 조롱하는 것 같지 않소. 무슨 범인이나 되는 것처럼

정 옥 옛사람들 말에 의하면 방화한 자는 꼭 그 자리를 돌아보고 싶어한다고들 하던데요. (천연스럽게) 모르지만 지금쯤 그곳에 가 봤는지 누가 알아요?

형사 A 자, 이제 그 얘기 그만 하고 당신 남편 얘기나 합시다.

정 옥 참, 우리 그인 잘 있는지요? 언제쯤 나오게 되는지, 속히 좀 풀어 주세요. 우리가 뭘 안다구 우리 같은 무식한 화전민을 괴롭히세요?

형사 A (의식적으로) 하핫핫, 무식한 화전민이라, 무식이 아니라 유식이 문제지요.

정 옥 그건 또 무슨…?

형사 A 끝까지 속이려 드나? 당신 내외가 평양에서 고등교육을 받은

인텔리들이고 열렬한 신자들이라는 사실쯤 다 알고 있어.

정 옥 (또 한 번 놀라며) 아니, 그것을 어떻게?

형사 A 몰랐으면 좋았을 것을 알아서 미안하군.

정 옥 고등교육을 받았더라도 가난하니까 화전민이 될 수밖에 없지 않아요.

형사 A 속아 주면 좋겠지? 그러나 그건 그냥은 안 돼. 무슨 대가가 있어야지. 하다 못해 오늘 같은 날 이렇게 적적한 숲속에서 그것도 미인과 단 둘밖에 없는 곳에서 말이야. 한 번쯤 내주면 어때, 닳아 버리기라도 하나? 단 둘만의 비밀로 하면 돼. 그러면 당신 남편도 오늘이나 내일 중으로 풀려 날 것이고…. (가까이 다가간다)

정 옥 (비장한 각오로 노려본다) 도대체 당신들은 금수만도 못한 인간들이야요. 죄없는 남의 남편을 가두어 놓고 이런 형편없는 짓들을…. (말을 잇지 못한다)

형사 A 아니, 형편없는 짓들이라니 나말고 또 누가? (이때 헌병 살금살금 기어들다 두 사람 관계를 지켜본다)

정 옥 당신네 대장도 마찬가지야요.

형사 A 핫핫, 그래 우리 대장이라…. 그렇담 내가 먼저 정복해야지? (또 달려든다. 막 덮치려는 찰나)

헌 병 야, 이 새끼야! 너는 불탄 곳 조사하고 오라 했지, 여기 와 있으라 했나? 이 바보 같은 새끼야, 이젠 네놈은 나하곤 끝장이다. 지금 막 놓아 준 박순일도 집으로 오다 바위 고개에서 실족했고 그리고 도형사도 자동차 사고로 끝장났어.

정 옥 아니, 우리 그이가 실족사라니?

형사 A 그건 당신의 계략….

헌 병 이 새끼야, 입 닥쳐! 계략이라니 무슨 계락, 네가 한 짓이지.

형사 A 아니, 대장님 이럴 수가, (피스톨을 겨눈 헌병이 점점 다가선다) 두 가지 일만 완성되면 헌병 보조원으로 승진시킨다구 하지 않았습니까?

헌 병 개수작하지 말아, 이 개새끼야!

형사 A 난 단지 당신의 하수인… (당 소리와 함께 거꾸러지며) 일 뿐이오. 너는 결국 나도 이용했구나.

헌 병 (시체를 발로 차안으로 넣고 마루에 엎드려 흐느끼는 정옥을 일으키며) 자, 놀랐나? 그만 슬퍼하라고. 당신 남편은 내가 죽인 게 아니야. 자기가 돌아오다 실족해 죽은 거라고. 잊어버리라고. 응, 자 일 들어오라고. (방으로 끌고 들어간다)

정 옥 (방에서 이리 뒤치락 저리 뒤치락 소란하다) 놔라, 이 살인마. 사람 살류….

애기 울음소리 요란하다. 이때 김 철, 순일의 시체를 업고 들어오다 시체를 내려놓고 멈칫 선다. 저고리 속에서 피스톨을 끄집어 들고 문을 차며 뛰어든다. 이때 속바지 차림의 헌병, 두 손을 들고 아무 반항도 못하고 나온다. 정옥은 찢어진 저고리의 앞가슴을 가리며 나온다.

김 철 잘 만났다. 이 날도둑놈들아, 남의 나라를 빼앗고 무고한 백성들을 죽이고 너희들이 살아 남을 줄 알았느냐? 넌 조금 전 바위 고개에서 내 친구를 하수인을 시켜 밀어 죽게 해놓고 그 하수인은 차를 혼자 타게 해서 폭탄장치로 그도 죽였겠다. 이 악독한 놈아!

헌 병 아니, 그것을 어떻게?

김 철 어떻게 아느냐구? 가르쳐 줄까? 어제 장터에서 시위 주동을 한 후 산으로 숨었었다. 바로 그 바위 고개 언덕 옆으로. 그래서 네가 총지휘하고 달아나는 현장도 목격했었고, 그런데 네가 여기까지 손을 뻗쳐 남의 유부녀까지 농락하려는 심사인 줄은 몰랐었다. 참, 잘 만났다. 원수를 빨리 갚을 수 있어서 다행이다. 잘 가거라, 이 원수놈아!

탕 소리와 함께 헌병대장 비틀거리다 거꾸러진다. 김 철, 헌병 시체를 끌어다 뒤꼍에 버린다. 이때 어머니와 재령댁, 들어오다 순일을 보고 놀라, 어머니 쓰러진다. 김 철, 어머니를 안아 마루에 눕힌다. 재령댁, 물을 가져다 어머니께 먹인다. 정옥, 남편의 시신을 안고 흐느끼다 태극기를 꺼내 덮어 준다.

김 철 아주머니, 진정하세요. 뭐라 위로의 말씀을 드려야 좋을지….

재령댁 아니, 이게 대체 어떻게 된 일이에요?

김 철 지금 곳곳에서 우리 동지들이 억울한 죽음을 당하고 있습니

다. (울음을 참다가) 순일이…. (흐느낀다)

정 옥 여보, 어떻게 그렇게 한마디 말도 남기지 않고 가셨어요? 앞으로 어머님과 우리 애기는…. (다시 울음소리 높아진다)

재령댁 이런 난국일수록 정신을 바싹 차려야 해요. 나도 살지 않우? 하나밖에 없는 자식의 시체도 못 찾고 이곳으로 왔으니. (눈물을 닦는다)

어머니 (이때 정신이 좀 드는지 일어나서 순일의 얼굴을 어루만지며) 순일아, 순일아, 돼 대답이 없니? 결코 넌 죽지 않았어… 아니야, 죽어야 할 이유가 없지 않니? 왜 죽어? 죽으면 안 돼? (허공을 바라보며) 혼자 가선 안된다. 이 에미를 데리구 가야지 안 돼. 그리 가지마. (문 밖으로 달려나간다. 웃는다. 완전히 미친 사람이다)

김 철 (뛰어나가 어머니를 붙들고 들어온다) 정옥씨, 어서 짐을 싸세요. 오늘은 순일 동지를 양지 바른 곳에 묻고, 내일은 이곳을 떠야 합니다.

정 옥 어디로 가지요? 차라리 이곳에서 모두 죽고 말아야지요. (눈물을 닦는다)

재령 댁 (어머니를 부축하고 방으로 들어간다) 어서 들어갑시다.

김 철 정옥씨, 어머님께선 시간이 흐르면 좀 나으시겠지요. 어서 내일 저 시체가 발견되기 전에 먼 곳으로 이주하십시오. 저는 붙들리면 죽을 몸이니 내일 다시 만주도 떠나겠습니다.

정 옥 차라리 구차스럽게 사는 것보다 그분을 따라…. (목이 멘다)

김 철 안 됩니다. 그런 약한 마음을 가져서는. 이제 곧 우리나라도 독립을 쟁취할 겁니다. 꿋꿋이 살며 애기를 키울 생각을 하셔야 합니다. 자, 그럼 어서 이 사람을. (순일을 다시 업는다. 뒤따라 정옥 삽을 들고 나간다)

어머니 (문을 열고 나오며) 내 아들 내 놔라… 이 악독한 일본 헌병놈아….

재령댁 아이구, 고정하세요. 이젠 다 틀렸어요.

어머니 틀렸다는 소리가 웬 소리요, 응? 재령댁, 뭐가 틀렸다고?

재령댁 정신 차리세요. 그러신다고 간 사람 다시 안 돌아옵네다.

어머니 아니, 가다니 누가? 응, 누가 가?

재령댁 젊은 애 에밀 생각하세요. 그것이 불쌍하지 않으세요? 아주머님마저 이러심 그 선희 에민 어떻게 (울음 섞인 소리) 살겠어요?

어머니 재령댁, 그래 그럼 우리 아들이 아주 떠났단 말이오?

재령댁 (냉정하게) 아주 떠났어요.

어머니 그럼, 내가 가서 마지막으로 만나야 해. (뿌리치고 뛰어나간다)

재령댁 에이구,(따라 나가려는데 방에서 애기 우는 소리. 급히 안으로 들어가 애기를 싸안고 나온다) 그래 너도 가서 마지막 가는 에비를 전송하고 와야지…. 에이구 망할 놈의 세상. 오 , 하느님 이 불쌍한 민족을 버리지 마옵소서…. 이 애기 가족을 지켜 주시옵소서.

조용한 음악이 흘러 무대 구석구석에 스며든다.

## 2막 4장

1막으로부터 60년 후를 환등기로 조명해 주어야 한다. 서울 어느 변두리에 있는 공원 옆에 초라한 집이 한 채 우측으로 자리 잡고 약간 비탈 진 뒤쪽은 행길로 대로(大路)로 통한다. 그 중앙에 좁은 길이 있고 그 좌측엔 공원으로 여기저기 나무 의지들이 편리한 위치에 자리잡고 있다. 우측 집 내부는 안방과 건넌방이 중간 마루를 통해 들어 갈 수 있게 되어 있고 그 우측은 부엌으로 통한다. 객석은 강물이 흐르는 냇가이고 뒷면은 환등기를 이용해서 계절과 배경 효과를 가지도록 장치해야 한다.

전막과 같은 조용한 노래가 크고 작게 흐르는 가운데 막이 오르고 우측이 밝아지면 어디선가 비행기 소리가 점점 가까이 들려 온다.

**할머니** (안방에서 마루로 나오며) 안 돼, 안 돼. 우린 전쟁을 해선 안 돼. 이 고약한 놈들아, 전쟁으로 내게서 아버지와 남편과 사위마저 빼앗아 갔으면 그만이지, 이제 내 손자까진 안 돼. 이놈들아. (어머니가 부엌에서 앞치마에 손을 닦으며 황급히 나온다) 네놈들이 우리에게 준 것이 무엇이야? 모두 빼앗아 간 것뿐이다. 이놈들아, 전쟁만은 안 돼. 오 하나님, 이 나라를 보살펴 주옵소서. (손에는 목걸이가 들려 있다)

어머니 어머니, 고정하세요. 저 소린 전쟁이 나서 뜬 비행기 소리가 아니고요. 손님들을 실어 나르는 여객기 소리야요.

할머니 손님들, 손님들이 오면 네 남편도 온다는 소리야?

어머니 그런 건 아니고요, 곧 만날 순 있을 거래요.

할머니 뭐라고?

어머니 며칠 전에 남북 회담 때 몇 분이 일차적으로 가족을 만났으니 아마 곧 우리 민이 아빠도 살아만 있다면 만나게 될 거구먼요.

할머니 암, 그래야지! 아무렴, 내가 80평생 기도한 보람이 헛되겠니?

어머니 그럼요, 금년이 꼭 6.25 후 30년이 되네요. (한숨을 쉬며) 끌려가서 아직도 살아만 계시다면 어느 병원에서 의사로 계실 텐데. (다시 마음을 가다듬으며) 어머니, 오래오래 사세요. 그럼 꼭 만날 수 있을 거야요.

할머니 (부축받아 들어가며) 응, 알았어! 곧 돌아올 거라고?

어머니 네. 꼭 돌아올 거구만요. (돌아서 나온다) 어머니, 제가 없을 땐 혼자 밖에 나가시면 안 돼요.

할머니 혹시, 애비가 돌아오나 하고….

어머니 안 된다니까요. 거리로 나가심 차에 치시기 쉬우니까요. 가만히 집에만 계세요.

할머니 응, 알았다. (이때 이삭 들어오다 듣고)

이 삭 왜, 그러세요. 증조할머니께서?

어머니 응, 응, 증조할머니께서 비행기 소리만 들리면 발작을 일으키시고 뛰쳐나오시질 않겠니?

이 삭 그러다 어디론가 나가시면 집도 이젠 못 찾아오실 거예요.

어머니 그래, 금년 들어 부쩍 더 쇠약해지신 걸 보니 이젠 오래 못 사실 것 같다.

이 삭 (말을 돌리며) 할머니. 저녁 좀 주세요?

어머니 오냐, 내 정신 좀 봐, 새벽부터 신문 돌리고 낮에는 공장 일로 바쁜 아이 밥 줄 생각도 않고…. (부엌으로 들어간다)

이 삭 (토방 옆에 매달린 샌드백을 몇 번 마음껏 갈겨 치고 밥상을 받아 가지고 마루에 앉는다)

어머니 (마룻가에 앉아서) 그래, 며칠 남았니? 대학 발표가.

이 삭 열흘쯤 남았어요.

어머니 꼭 합격이 돼야 할 터인데….

이 삭 염려 마세요, 할머니 손주가 아무려면 떨어질 것 같아요?

어머니 (간절하게) 그래, 누구 손주라고 떨어져?

이 삭 (쌈을 먹다 목이 멘다) 할머니, 꼭 합격될 거예요. 그땐 '우리 할머니 만세다' 할 걸요. (웃는다. 올렸던 손을 내리며) 할머니, 할머님은 제겐 어머니 역할까지 해주신 분이세요.

어머니 (눈물을 닦으며) 이젠 죽은 네 엄마 얘긴 안하기로 해놓고선.

이 삭 네, 할머니. 난 엄마가 없어서 두 할머니가 다른 엄마들보다 더 잘해 주셨잖아요?

어머니 그런데 애비는 직장 구하러 간다고 3일전에 나간 사람이 통 소식이 없으니 걱정이다.

이 삭 너무 염려 마세요. 아버진 친구 집에서 지내시며 원고를 쓰실 거예요. 곧 들어오실 테지요. (밥상을 들고 툇마루를 내려와 부엌으로 간다)

어머니 요즘 세상엔 학벌 좋고 건강한 사람들도 직장 얻기가 힘들어 실업자가 많다는데 너희 아버진 몸까지 성치 못하니….

이 삭 그래도 아버진 글을 쓰지 않으세요? 어느 잡지사나 출판사에 곧 취직이 되실 거예요.

어머니 (부엌 옆 손수레에 그릇 등을 얹으며) 어디 그런 고마우신 분이 있었으면 좋으련만….

이 삭 할머니, 일 나가시려고요?

어머니 그래, 부지런히 한 푼이라도 벌어야 우리 이삭이 대학 등록금 내지?

이 삭 할머니, (억지로 용기를 내며) 이제 2, 4년만 더 고생하시면 제가 할머니 꼭 편하게 해드릴께요. 전 자신 있다고요. 할머닌 꼭 오래오래 사시며 이 이삭이 훌륭한 법관이 되는 걸 보셔야 해요. 어디 그뿐인가요? 할머니께서 오래 사셔야 제가 성공하여 은혜를 갚지요. (손을 벌리며) 그땐 이만큼 큰 멋진 자가용도 태워 드리고, 알았죠, 할머니? (울음 섞인 목소리로 크게 외치며 책가방을 들고 밖으로 뛰어나간다)

어머니 (손주의 뒷모습을 바라보며) 길조심 해라. 오냐, 오래 살아야지. 그래야, 너희 할아버지도 만나 뵙고, 증손주도 안아 보고, 그래야 죽어도 눈을 감지. 그러기 전에는 이 가슴에 맺힌 한을 어찌 다 풀겠니? (눈물을 닦는다)

(암전)

## 2막 5장

어머니가 손수레를 끌고 나가는데 우측 불이 어두워지고 좌측 가로등에 불이 켜진다. 이때 손수레에 내다놓고 끓인 물을 정리하고 있는데 중앙 길을 통해서 박 사장이 등장한다.

박 사장 아이구, 아주머니 벌써 나오셨구만요?

어머니 네, 네, 오래간만입니다.

박 사장 그렇게 됐습니다. 한 5, 6개월만에 뵙는 것 같습니다. (의자에 앉는다)

어머니 어딜 다녀오셨나요?

박 사장 네, 사우디아라비아엘 좀 다녀왔습니다.

어머니 그래서 그쪽에 가셔서 돈 많이 버셨나요?

박 사장 웬걸요, 이젠 그곳도 별 볼 일 없어졌어요.

어머니 (뜨거운 물을 한 잔 권한다) 드세요, 추우신데.

박 사장 고맙습니다. (두리번거리다 호주머니에서 돈꾸러미를 내민다) 자, 적지만 아주머님 생활에 보태 쓰세요.

어머니 (놀라 뒤로 물러서며) 이건 뭡니까? 이러심 안 됩니다. 그 돈이 어떻게 번 돈인데 제가 받습니까? 아예, 그런 생각일랑은 추호도 하지 마세요.

박 사장 (심각한 표정으로 다시 밀어붙이며) 아주머님 저라는 사람을 잘 모르실 겁니다.

어머니 왜 몰라요? 박 사장님은 저와 같은 고향이어서 자주 이곳을 찾아주시는, 제게는 고마운 고객이십니다. 이 초라한 곳이지만 가끔 오셔서 팔아주시고 또 때로는 분에 넘치는 음식값을 치러주셔서 그런대로 제게는 퍽 도움을 주시는 분 아닙니까?

박 사장 (한숨을 후 내쉬며) 저 소주 한 병 이리 주십시오. (소주를 연거푸 마신 후 담배를 피워 물고) 아주머니, 사실 오늘 제가 여기 오기까진 이 말을 할까말까 퍽 고민하다 왔습니다. 그러나 이젠 모두 고백해야지 더 이상 참기도 힘들고, 이제 이 나이에 언제 죽을지도 모르겠고 해서 제가 죽기 전에 꼭 용서를 받고 싶습니다. (한참 머뭇거리다) 사실은 제가….

어머니 무슨 말씀이신데 그렇게 하시기가 힘드신가요? 어서 해보세요.

박 사장 (머뭇거리며) 사실은 제가 바로 일제 말엽 아주머니의 아버님을 죽음으로 몰아넣은 도형사의 하나밖에 없는 외아들입니다.

어머니 네? (놀라 당황하며) 아니, 그럼 박씨가 아니라 도씨란 말씀이세요?

박 사장 네, 그렇습니다. (술을 다시 마시며) 제가 바로 그 원수의 아들인 도씨라고요. 어떠세요. 저에게 원수를 갚으시겠는지요?

어머니 (멍청히 아무 말도 못 한다) 뭐, 다 흘러간 옛날 옛적 얘긴데요.

박 사장 (심각한 어조로) 인생이란 참 묘한 인연입니다. 내가 소년 시절

내 어머님으로부터 모든 사정을 알고 나서 무척이나 괴로워 했었죠. 그리곤 당신들 아니, 아주머니네 가족의 소식을 늘 알고 지내 왔었습니다. 8.15후 해주에서 사시다 월남했다기에 따라 왔더니, 그땐 아주머니가 남의 아내가 되어 있던 걸요?

어머니 꿈 같은 얘기군요. 그렇담 박 사장님 어머니께서는?

박 사장 그 후 많은 고생 끝에 병사하셨습니다. 돌아가시면서 유언이 꼭 아주머니 가족을 일생 도우며 살라는 것이었습니다. 그때부터 전 제 성을 박씨로 부르게 되었지요. 물론 호적상으로 도씨지만요.

어머니 뭐가 뭔지 통 모르겠군요.

박 사장 물론 모르셨으니 몇 년을 단골 손님으로 반가이 맞아 주셨고 제 조그마한 도움이라도 받으셨지요? 그러지 않으셨으면 절 제대로 대해 주셨겠습니까?

어머니 저도 그 당시의 자세한 일은 그냥 어머님께 들어서 알고 있지요.

박 사장 그렇겠죠. 그땐 일제 말엽이었으니까 어머님께 들어서 알고 있지요.

어머니 다 지나간 후, 그것도 부모가 잘못한 일, 그 자손들이야 무슨 죄가 있겠어요? 오히려 부모 때문에 멍이 든 피해자들이지요. (한숨을 내쉰다)

박 사장 아주머니, 그토록 너그럽게 생각해 주시니 이제 제 가슴속에 묻었던 해소 덩어리가 후련해진 것 같습니다.

어머니 다만, 그 당시 그 무서운 학살 광경을 직접 겪으신 제 어머니가 가엾을 뿐입니다.

박 사장 어머니께선 아직도…?

어머니 네, 아직도 살아 계시고 그때 그 일들을 못 잊으시지요…. 남편이 학살된 현장을 보시고 제 할머니께서는 그 쇼크로 눈을 못 보게 되셨고, 그러다 이곳저곳으로부터 혁명가 집안이라고 주목을 받자 어머니께서는 나서 백일도 안 된 어린 저를 업고 피신해 다니며 말할 수 없는 고생을 겪으며 절 키우셨답니다. 제 나이 15세가 넘어서야 아버님 얘기와 어머니가 살아오신 내용을 자세히 알게 되었어요. 그 후 할머니께서는 화병으로 돌아가셨구요.

박 사장 천벌을 받아 마땅할 사람은 바로 우리 같은 일본놈 앞잡이 가족들이지요. 그때 독립군들을 모조리 잡아 죽게 했으니까요.

어머니 그런데 박사장님, 아니, 참 도사장님 댁은 서울 어디에 살고 계세요? 그동안 오랜 단골 손님인데도 어디 사시는지도 모르고 있었네요.

박 사장 네, 네, 뭐 제 거처까진 아실 것 없습니다. 여기서 별로 먼 곳은 아닙니다만….

어머니 아, 그러세요.

박 사장 (돈뭉치를 다시 내밀며) 아주머니, 이것은 제 성의입니다. 아드님의 직장도 아직 결정 안 되셨다구 하고 곧 손주도 대학 입시 발표가 날 것 같아 등록금이나 하시라고….

어머니 네, 성의는 감사합니다만 우리 이삭의 등록금은 벌써 마련해 두었습니다 .(다시 밀어붙인다)

박 사장 이러시면 안 됩니다. (다시 주려는 찰나 행인 A, B, C 등장하여 비틀거린다)

A (박 사장 옆에 앉으며 돈 꾸러미를 만지려 하며) 어, 노인장 이것이 무엇인지 절 주시오. 싫다는 아주머닌 그만두시고 ….

박 사장 (안주머니에 다시 넣으며) 이거 왜 이러슈, 젊은 양반?

A 하하핫, 날보고 양반이래 핫핫… 양반? 개 팔아도 양반이요? 양반은 또 무슨 얼어 빠진 양반이요? 요즘 세상은 돈 많으면 양반이래요. 난 돈도 없고 선조들도 그저 그렇고, 그러니 양반일랑 노인장이나 가지쇼.

B 야, 돈 없어도 양반 소리 들으면 좋지 뭘 그래 응? 요새 양반은 그 행동이 바르면 양반이라고.

C (어쩔 줄 모르며) 어이. 이 사람들아 그만 가지. 괜히 공자 앞에서 문자 쓰지들 말고 집에 가서 마누라가 끓여 주는 라면이나 먹는 게 좋겠어. 공연히 시비 걸지 말고.

A 왜 그래요, 늙은 사람들 연애하다 심각해졌소? 왜들 분위기가 이리 냉랭해요? 엣, 엣.

B 야, 늙은이 늙으니 하지 말아. 인생은 잠깐이라고. 요새는 인생 60부터래요.

박 사장 (말없이 자리를 옮겨 앉으며 담배를 피운다)

C 할아버지, 아니 아저씨 죄송합니다. 젊은 사람들 기분 좀 이해

해 주십시오. 그리고 저 사람 좀 취한 상태라서….

A (시 낭송조로) 황혼의 노을이 짙게 물들 때….

B 마지막 정열이 석양을 비치나니….

C 임마, 너희들이 뭐야, 시인이야 뭐야? 우리 아주머닐 보라고. 우리 아주머닌 언제 봐도 이런 험한 일을 하실 분이 아니라고. 공연히 그런 부질없는 수작들 지껄이다간 나한테 혼날 줄 알라고….

A 자, 그럼 아주머니. 그리 멍하니 서 있지만 말고 우리들 술은 이만큼 올랐으니 (이마에 손을 대며) 뜨끈한 라면이나 주세요. 저 분만 (박 사장을 가리키며) 뚫어지게 보시며 연모하시지 마시고. 흠흠, 헛헛….

박 사장 흠, 흠, 헛헛… (웃으며 허둥지둥 중앙 통로를 향해 나간다)

B (박 사장 뒤를 쳐다보며) 저 영감 아주머니께 사랑 고백하다 퇴짜 맞았나, 왜 저리 심각한 표정을 짓고 갈까?

C 그 속이야 누가 아나?

A 자, 남의 참견일랑 그만들 두고 식기 전에 먹어 치우자고.

어머니 (아무 말 않고 라면 세 그릇에다 김치를 곁들여 내놓는다) 자, 드세요.

B (제일 먼저 먹고) 아주머니, 아주머닌 이런 장사를 할 인상이 아닌데요?

어머니 어디 이런 장사를 하는 사람이 따로 있답디까? 집안 사정이 어쩔 수 없으면 누구도 하는 수 없는 것 아니겠어요? 제 나이 60이 넘었는데 어디 가서 직장을 구하겠어요?

C　　아주머니는 어디로 보나 귀티가 난단 말이에요. 고생할 인상이 아닌데….

어머니 6.25때 남편이 서울대학 병원 의사로 근무 중에 이북으로 끌려가고 모아 둔 재산이 없으니 어쩔 수가 없어요.

A　　자식도 없으세요?

어머니 있긴 아들이 하나 있어요. 있으면 뭘합니까, 불구의 몸이라 제 밥 벌이도 못하는 걸요.

B　　불구라고요?

어머니 네, 4.19 때 그만 다리 하나를….

C　　아, 그러세요? 며느리와 손주 손녀는?

어머니 (한숨을 푹 쉬고는) 손주애 하나가 고 3인데 그것도 야간에 다니느라고 고생이 이만저만이 아닙니다. 그리고 그 애 에민 15년 전에 어디론가 가버렸어요. 어디 가서 죽었는지 통 소식을 알 수 없어요.

A　　저런 고약한….

B　　그래, 요즘은 젊은 여자들이 먼저 이혼하자는 경우가 많아졌대요. 뭐 애정이 식었다는 둥, 성격이 안 맞는다는 둥….

C　　병신 남편과 어린 자식을 두고 달아나다니 원, 그런 고약한….

대사 이전에 김민 술에 취해 들어오다 멈칫 서서 듣는다.

김 민 (비틀거리며) 그, 그래, 그 고약한 년이 어느 부자놈을 따라 어디론가 자취를 감추었단 말이오. 노형들, 노형들도 조심… 조심하시오.

어머니 아니, 애비야. (달려가 붙잡는다)

김 민 놓으세요 놔, 어머닌 병신 남편 두고 달아난 그 계집 얘기는 무슨 자랑이라고 이 사람 저 사람들께 선전입니까?

어머니 자랑은 무슨 놈에 자랑이냐, 답답해서 그랬다. (A, B, C 모두 뒷길로 달아난다)

김 민 (손수레를 발길로 차 엎어놓고) 흥흥, 누가 이런 것 하라고 했어요, 네? 그만두시란 말이야요. 아시겠어요, 어머니?

어머니 (쓰러지려는 아들을 부축하며) 애야, 며칠 동안 어디 갔다 오는 길이냐? 그래 취직은 됐니?

김 민 곧 통지가 올 거라고요. 네, 어머니. 오늘서부터 다 집어치우세요. 그래 이름없이 죽었지만 어머니는 적어도 일제 시대 혁명가로 사라져 간 박순일씨의 외동딸이 아닙니까? 그런데 그 딸이 6.25땐 의사 남편마저 온데 간데 없이 없어졌고, 아들 하나 있다는 것이 요모양 요꼴로 되었으니 불쌍하긴 불쌍한 여인이지요? 네, 다 안다구요. 누가 모른댔어요? (울부짖는 듯) 다 안다구요, 행복하게 해드릴께요, 염려 놓으시라고요. (주저 앉았다 일어났다 한다)

어머니 (한숨을 쉬면서 억지로 웃어 보인다) 그래, 안다. 나도 다 알고 있어요 이 에미가 고생하는 것 그토록 아파하지 마라. 3, 4년만 더 고생하면 이삭이 대학을 나올 것이고 그 사이 애비도 취직이 될게 아니냐? 에미는 오로지 그것만을 낙으로 삼고 살고 있질 않니?

김 민 좋아요, 약속하세요. 이젠 손수레 장사만은 제발 안 하시기예요?

어머니 오냐, 알았다. (손수레를 일으키고 쏟아진 것을 주워 담은 후)

김 민 (손수레를 따라가며 노래부른다) 신고산이 우르릉 하물차 떠나는 소리 어랑어랑어랑… 아리랑 아리랑 아라리요 아리랑 고개로 나를 넘겨주오…. (구슬픈 가락 계속된다)

(암전)

## 2막 6장

좌측 가로등만 희미하게 켜 있고 우측 집에 조명 밝아진다. 며칠 후 아침이다.

이 삭 (지붕에 매달린 샌드백을 이리저리 몰아치며 마음 속의 갈등을 표시하고 있다) 얏, 얏….

영 미 (공원 뒤편에서 선물 꾸러미를 가지고 큰길로 나와 중앙 샛길로 이삭을 찾아온다. 이삭은 모르고 샌드백만 치고 있다) 이삭아….

이 삭 응, 누구니?

영 미 (숨으며) 나야, 나 영미야.

이 삭 아니, 네가 웬일이니?

영 미 어젠 고마웠어

이 삭 응? 응…. 그것 가지고 뭘….

영 미 이제 보니 네가 매일 이런 운동을 하니까 그렇게 힘이 셌구나? 어제 네가 없었으면 그 불량배들에게 큰 봉변을 당할 뻔했었어.

이 삭 어제 봤지? 내가 평소 이렇게 단련한 주먹이라는 것. (또 샌드백을 힘껏 친다)

영 미 그래, 이제 알았어. 난 네가 우리 학교 야간반에 다니는 학생이다, 그리고 야간에서 제일 공부 잘하는 애라고만 생각했구, 겁보인 줄만 알고 있었어. 그런데 어제 그 불량배들을 단숨에 때려눕히는 것을 보고 그런 용감한 면도 있었구나 하고 놀란 거 있지?

이 삭 그래? 그랬으면 이제부터 인식을 달리 하라고.

영 미 어제 집에 가서 그 광경의 자초지종을 다 식구들께 말했더니 우리 할아버지께서 퍽 고마워하시면서 이 케이크를 이삭에게 선물로 주고 오랬어.

이 삭 그래, 그까짓 것이 무슨 대단한 일이었다구 이런 선물까지?

영 미 아니야, 꼭 주고 오랬어.

이 삭 그런데 우리 집을 어떻게 알고?

영 미 응, 학교로 전화해서 물었어.

이 삭 그래?

영 미 응, 담임 선생님이 자세히 가르쳐 주셔서 쉽게 찾았어.

이때 시장에서 바구니를 들고 돌아오시는 어머니 등장한다.

어머니 (이삭과 영미를 번갈아 보며) 아니, 이 여학생은 누구니?

이 삭 네, 저 애는 우리 학교 낮반 여학생인데 잠깐 들렀대요.

어머니 그래, 이 누추한 집엘…?

영 미 안녕하세요? 전 도영미예요.

어머니 저 마루에라도 좀 앉으렴?

이 삭　할머니, 어젯밤 저 등 너머에서 여학생을 희롱하려는 깡패 둘을 때려 넘겼다구 했지 않아요?

어머니 응, 그래! 그 여학생이라고?

영 미　정말 위험한 순간이었어요.

어머니 조심해야지, 그러다 흉기라도 가졌으면 어쩌려고 그랬니?

이 삭　(손짓 발짓 해가면서) 할머니. 이거예요. 어떤 흉기라도 나의 이 무서운 솜씨는 아무도 감당 못 할 걸요? (발길질을 하다가 넘어진다)

어머니 원, 자식도!

영 미　(깔깔거리며 웃는다)

이 삭　그런데 할머니? 얘네 집에서 케이크를 선물로….

영 미　저희 집 식구들이 꼭 가져다 주고 오랬어요.

어머니 그래, 선물은 무슨… 그러시지 않아도 되는데.

영 미　그럼, (선물을 마루에 놓고) 안녕히 계세요. (나가려다) 아이 참, 오늘 대학 발표인데 이삭이 같이 가지 않을래?

이 삭　그러지, 그걸 깜박 잊고 있었군! 그래, 같이 가자.

영 미　네가 같이 가면 든든해서 그래.

이 삭　보디가드로 오인하지 마.

영 미　천만에. (둘이 깔깔거리며 나간다)

둘이 퇴장하는 반대편에서 조금 전부터 유라 서성거리며 기웃거린다. 두 사람 퇴장하는 뒷모습을 지켜 보다 들어온다. 어머니는 선물 꾸러미를 안고 방으로 들어간다.

유라 여보세요, (조심스럽다) 여보세요?

어머니 누구슈? (방에서 나오며 눈을 비빈다)

유라 어머님! (가까이 다가서며 어머니의 손목을 잡는다)

어머니 (너무나 뜻밖이어서) 아니, 이게 누구냐?

유라 저, 이삭이 에미예요.

어머니 아니, 네가 살아 있었구나?

유라 (마루에 올라와서) 어머님, 절 받으세요.

어머니 절은 무슨… 그냥 앉어라.

유라 앉으세요. (절을 한 다음 어머님 품에 안기며 흐느낀다) 어머니, 용서해 주세요.

어머니 그래, 이게 몇 년 만이냐?

유라 이삭이 세 살 때니까 15년만이에요.

어머니 그래, 벌써 그렇게 됐나?

유라 어머니, 어머님께 죽을죄를 지었습니다. 어린 자식을 맡기고…. (말을 맺지 못한다)

어머니 그래, 어디서 어떻게 지내다 왔니? 난 네가 죽은 줄만 알았었다.

유라 어머님, 용서해 주세요. 15년 전만 해도 전 철부지였어요. 생활에 너무 쪼들리다 보니 그때로선 어쩔 수가 없었어요. 이삭이 아빠가 이혼서에 도장을 찍어 주자 전 곧바로 미국으로 이민을 떠나는 어느 노인과 재혼을 했었고, 그곳에 살면서도 하루도 마음 편한 날이 없었어요. 어린 이삭의 생각과 몸도 성치 않은 그분과 할머님과 어머님 생각에…. (흐느낀다)

어머니 그럼, 네가 시카고에 살고 있었니?

유 라 네, 그래요

어머니 그럼, 애비 동창이라고 미국서 무명으로 애비 수술한 병원비를 보내 줬던 것이 바루 에미였구나?

유 라 (대답은 안 한다)

어머니 우리는 꿈에도 네가 그곳에 깄으리라고는? 물론 알아보려고도 하지 않았지만….

유 라 어머니, 이 일만은 그이에게 절대로 비밀로 해주세요. 자존심이 강한 사람이 그 돈이 제게서 왔었다고 한다면 얼마나….

어머니 그래, 안다 고마웠다.

유 라 어머님, 그간 많이 수척해지셨어요.

어머니 뭐, 이젠 살 만큼 살지 않았니?

유 라 어머님, 오래 사셔야 해요. 그래야 아버님을 만나 뵙지요?

어머니 그런데 결혼 생활은 행복했을 테지?

유 라 뭐, 자식과 남편을 버린 년이 행복할 리가 있겠어요?

어머니 그럼…?

유 라 그분은 3 년 전에 세상을 떠났어요.

어머니 뭐, 죽다니?

유 라 네, 교통 사고로….

어머니 저런…. 한국보다 더 나은 곳에서 잘살자고 떠난 사람이 먼저 죽었으니.

유 라 천벌이라고 생각했어요.

어머니 그래, 언제 다시 미국으로 가니?

유 라 글쎄요, 아직 확실한 결정은 못 짓고….

어머니 그곳엔 연고자가?

유 라 아무도 없어요. 그래서 일단은 모두 정리하고 금년엔 이삭이도 대학 갈 나이고 해서 궁금해서 찾아왔어요. 어머님과 아범만 용서해 주신다면? (이때 목발을 딛고 민이 들어온다. 유라를 보고 주춤한다)

어머니 아범아. 이삭이 에미다. 미국에 가 있다 왔다는구나.

김 민 누구라고요?

어머니 이삭이 엄마래도.

김 민 (한참 쳐다보다 획 돌아서며) 이삭이 엄마라는 말조차 하지 마세요!

유 라 이삭이 아빠?

김 민 (마루에 걸터앉으며) 흥, 뭐 누구 아빠?

유 라 용서를 빌러 왔어요?

김 민 용서는 무슨 용서? 병신 남편마다 하고 어린 자식조차 헌 신짝 버리듯 하고 돈 많은 권세가와 재혼했으면 그만이지. 지금 와서 용서는 무슨 얼어 빠진 용서야? 나가요, 꼴도 보기 싫으니까 어서 나가…. 내 눈앞에 다신 얼씬도 말아 줘요.

유 라 (아무 말 없이 흐느낀다)

어머니 애비야, 그러는 거 아니다. 그땐 우리 형편상으로 애 에미가 굶기를 밥먹듯 했으니. 그 나이 스물 셋이면 아직 세상 물정도 잘 헤아리지 못할 때였다. 그러니 이젠 모든 것 다 청산됐고 다시 너만 받아 준다면 돌아올 사람이 아니니? 그러니 용서해라. 이혼하게 된 동기가 오히려 너한테 더 있었던 거 아니니?

김 민 어머니, 제발 그런 쓸데없는 말씀 거두세요. 저 여자가 (손가락질하며 침을 뱉는다) 퉤, 퉤, 저 창녀 같은 여자가 뭘하러 다시 이 실업장이 못난 놈을 찾아왔겠어요. 그건 날 떠보는 조롱이야요. 어머니, 제발 저 여자를 내보내 주세요. 곧 이삭이 돌아올 거야요. 그럼 무어라 하겠어요? 너희 엄마는 몸이… 약해 일찍 죽었다던 그 엄마가 그동안 딴 남자와 갖은 향락을 다 누리다가 다시 왔다고 들어 보세요. 얼마나 낙심하겠어요? 차라리 죽었다는 것이 그 애한텐 더 나아요.

어머니 아니다. 부모 자식간의 인연이란 그런 것만은 아니다.

김 민 어머니, 제발 우리 신성한 집안에 저런 부정한 여자는 들여놓지 마세요.

어머니 야, 에비야? 사실은 네가 병원에….

유 라 어머니, 제발 약속을 지켜 주세요?

어머니 오냐. (김민 마루에 두 팔을 베고 허공으로 담배 연기를 날린다)

유 라 이삭이 아빠, 사실 제가 이곳에 찾아온 것은 당신보다 이삭이가 너무나 보고 싶어 찾아온 거예요. 그토록 내몰지 않아도 가겠어요. 단 한마디 죽기 전에 당신께 사과하고 싶었을 뿐이고, 그 애… (목이 멘다) 앞으로의 대학 진학도 궁금했고 그리고 장가도 가야 하는데 앞으로 이 에미가 얼마나 필요한 시기인가 생각 끝에 이렇게 염치 불구하고 찾아온 것뿐이에요. 물론 딴 곳에서 그냥 여생을 바라다보고만 살수도 있었어요. 그런데 (또 목이 멘다) 그것보다는 이제 그만 당신이 사시는 집으로 들어와서 당신과 어머님 그리고 할머님 모시고 남은 생애를 다 하는 것이 제 나름대로의 속죄이고 이삭에게도 에미 노릇을 해야 된다고 생각했던 것 뿐이에요.

어머니 얘야, 에미야. (눈물을 닦는다)

김 민 그런 얕은 수작으로 과거가 용서될 줄 알았다면 큰 오산이야. 세상에 뭇 창녀들은 그들 나름대로 다 사정이 있는 법이라고. (사이) 아무리 극한 상황이라 할지라도 그가 어떻게 극복하고 어떻게 행동하며 살았느냐가 문제인 거야. 허허헛… 그만 그 흔해빠진 눈물일랑 거두시지? 그 아무때나 편리할 때 제멋대로 흘려 내는 그 흔한 여자의 눈물 말이요. 허허헛….

(관객석 향해) 당신이란 사람은 저기 흐르는 저 개천의 거머리와 무엇이 다르단 말이요? 아무 때나 배고프면 남의 몸뚱어리에 달라붙어 피를 마음껏 빨아먹어야 직성이 풀려서 떨어져 나오는 그런 미물과 뭐가 다르오? 돈 몇 푼에 정신적인 지조까지 팔아먹는 더러운 속물들관 난 한시라도 살 수 없으니 그리 알고 신성한 이삭이 앞엘랑 아예 (목이 멘다) 나타나지도 말

아. 나가 줘요. 어서.

(다가가며) 나가란 말이야. 어서 나가! 나가지 않으면 이 몽둥이로…. (지팡이를 올려치려는 광경)

어머니 (유라를 가로막으며) 야, 애비야? 너 미쳤니!

김 민 네, 전 미친놈입니다. (다시 마루로 가서 주저앉는다)

유 라 (약간 냉소적인 태도로) 그토록 격분하실 것까진 없잖아요? 가라고 안 해도 잠깐이면 돼요. 저를 창녀 취급하며 모욕하진 마세요. 전 몸을 팔고 다닌 여잔 아니니까요. 다만 재혼한 과거밖엔… 그 독선적이고 이기적인 그 성격 아직도 못 고치셨군요.

김 민 적반하장이군. 난 다만 좀 무능할 따름이었어.

어머니 물론 가난은 죄가 아니다. 그러나 굶주림은 견딜 수 없는 고통이다. 그 당시 이삭 에미가 나간 동기에는 네 책임도 있었어.

김 민 어머니. 제발 그런 식의 훈계일랑 집어치우세요.

어머니 (낮은 목소리로) 인생을 한세상 살아가자면 뜻하지 않는 극한 상황 속에서 피할 수 없는 죽음과 삶의 운명적인 기로에 놓이게 되는 때도 있다. 그때 인간은 약해지고 본능적으로 살아야 한다는 욕구만이 강하게 발동하는 법이다. (환상을 보는 듯이) 난 6.25 때 그 일만은 아직도 안 잊혀진다. 우리 집 이웃에 지체 높은 부잣집 호화 주택이 하루아침에 비행기 폭격으로 잿더미로 화했고 기적적으로 살아 남은 것이 그 집 외동딸인 어느 일류 대학 영문과 졸업반의 여대생과 그의 어린 다섯 살배기 조카였다. 그들은 천하 고아가 된 셈이었다. 부모를 잃고 오빠 내외도 무너진 잡더미에 깔려 시체가 된 것을 본 그 여대생은 하나밖에 없는 조카를 데리고 어느 날 부산으로 피난시킨다는 흑인 장교를 따라갔다. 그런데 내가 부산까지 피난을 갔을 땐 그녀는 미국에 본처가 있는 그 흑인 장교의 첩이 되어 조카를 데리고 살고 있었다. 결국 인생이란 피할 수 없는 운명의 고비가 따르는 것이다. 우리 주변엔 본의 아닌 시대적 희생물이 너무나 많다.

나도 옛날엔 일본인은 누구나 퍽 미워했었다. 그런데 지금은 달라. 그 당시 일본의 몇몇 그릇된 지도자가 나빴지. 일본 국민이 다 나쁜 것은 아니었잖니?

김 민 (막대기로 땅을 두세 번 구르며) 제발 그 일정 시대 얘기와 6·25 때 얘긴 그만 하세요.

어머니 듣기 싫어도 들어! (성난 목소리)

유 라 어머니. (목이 멘다)

어머니 그래, (다시 마음을 가다듬고) 애비야, 15년 전이나 지금이나 아무것도 우린 형편이 나아진 것이 없다. 있다면 그것은 이삭이가 잘 자라 주었다는 사실 그것뿐이다. 에미를 용서해라. 그리고 받아 주는 것이다. 그까짓 상처는 그냥 상처일 뿐이다. 육체적 상처는 그냥 아물면 되는 법이야. 문제는 정신적인 지조인 것이다. 이 세상엔 권세를 위해 조국을 판 사람도 숨쉬고 있고, 몇 푼의 금전 때문에 은인과 친구를 배반한 사람들도 살고 있다. 이삭 에미는 그런 사람들과는 다르다.

김 민　역시 가제는 게편이라더니 어머니도 여자니까 별수 없군요.

어머니　아직도 들려 줄 얘기가 더 있다.

김 민　글쎄, 그만하시라니까요.

어머니　넌 등잔 밑이 어둡다고 너희 집 할머니와 또 그 할머니의 어머니 그리고 내가 살아온 과거를 아직도 다 몰라서 그러는 것이다. (말을 멈추었다 다시 계속) 지금 저 방에 누워 있는 내 어머닌 당당한 독립운동가이면서도 역사에 기록 하나 남기지도 못한 채 죽어 간 억울한 청년의 아내였다. 60년전 억울하게 남편이 학살되지 늙으신 어머니와 어린 나를 살리기 위해서 저 방에 있는 내 어머님은 재령에서 해주로 어느 자칭 군수의 아들이라는 이시화라는 놈팽이와 재혼을 했던 과거가 있다. 결국 2년 만에 끝장이 났지만 그녀는 그로 인해 말할 수 없는 고통 속에서 살아야 했던 일… 난 너무나 뼈아픈 현실을 보았고 재혼한 엄마를 증오하며 살아왔었다. 그러다 일제 말 젊은 여자들을 정신대로 끌어간다기에 난 어느 병원 간호원이 되었었고, 6.25 때 서울대 병원에 근무하다 이북으로 끌려가더니 소식도 없는 너희 아버지는, 그 당시 학도병 징집으로 이남에서 이북으로 배치되어 왔던 의대 졸업반 학생이었다. 그 얼마 후 8.15해방이 되었고, 다음해 38선을 넘어와야 했었다. 그때 우리가 겪어야 했던 그 일.

(암전)

## 2막 7장

환상으로서 우측 불이 꺼지고 좌측 공원이 38선 접경으로 달밝은 밤의 조명, 배경은 환등기로 야산을 나타낸다.

기 호 (짐을 지고 먼저 조심조심 들어온다) 어머님, 제 손을 잡으세요?

어머니 (무대 중앙 후편에서 손을 내민다) 어이구, 다와 가나?

선 희 (어머닐 밀고 손을 내밀며) 자, 저두요.

기 호 (짐을 내리고 관중석을 향해) 이젠, 다 온 셈이야요. 저기 저 강만 넘으면 이남 땅 청단이래요.

이때 여기저기서 따발총 소리가 크게 작게 들려 온다.

선 희 기호씨, 총소리가 이쪽으로 향해 쏘는 것 같아요?

어머니 글쎄다. 누가 우릴 봤을까?

기 호 보긴 누가 봐요. 저놈들은 총쏘는 것이 버릇 아니야요? 걱정 마세요. (안심을 시킨다)

선 희 (남장 차림을 한 머리에서 방한모를 벗으며 땀을 닦는다) 아이 더워라.

기 호 (손수건을 꺼내 준다) 자, 이거로 닦아요.

총소리 요란히 들리며 간간이 조명탄도 터지고 웅성거리는 소리, 총소리 가까이 들린다. 세 사람 바위 밑에 숨으려 애쓴다.

기 호　선희씨, 몸을 더 낮추세요.

이때, 어머니 바위 밑 언덕으로 굴러 떨어진다.

선 희　어머니, 기호씨, 어머니를…. (기호 언덕 밑으로 내려간다)

이때 호각을 불며 소련군 한 명과 북괴군 한 명이 뛰어 들어온다.

소련군　(선희의 방한모를 벗기고) 아니, 가레이스끼 마담 (조선 여자) 이 아닌가?

선 희　(당기며) 안 돼요.

북괴군　아니. 에미나이 아니야?

선 희　살려 주세요, 우린 다 같은 조선 사람 아니야요?
전 지금 이남에 어머니가 있어서 갔다 다시 돌아올 거야요.(거짓말을 시킨다)

북괴군　메라고, 갔다 와? 거짓말 말아….

소련군　(북괴군에 대고 무어라 속삭인다)

북괴군　잠깐 이리로 와, 조사할 게 있어.
저 막사에 가서 조사만 하고 보내 줄 터이니 그리 알고.(끌어당긴다)

선 희 여보세요. 좀 봐주세요. 좀 봐주세요? 살려 주세요.(애원한다)

소련군 (어깨에 기호가 메고 온 짐을 걸치고 총을 선희에게 겨누어 끌고 나간다)

선 희 안 돼요. 놓세요. (비명에 가까운 소리 끌려나간다)

이때 언덕 밑에서 실신한 어머니를 업고 기호 등장.

기 호 (숲에다 내려놓고) 어머니! 어머니! 정신 차리세요, 네?

어머니 내 딸, 내 딸 선희가 어떻게 됐어? 응. (일어난다)

기 호 어머닌 꼼짝 마시고 여기에 누워 계세요. 제가 따라가서 꼭 선희씨를 데리고 올게요.

어머니 그래, 어서 따라가 봐. 그 애가 죽으면 난…. (소리 없이 운다)

선희의 '사람 살려 줘요' 하는 비명소리만 크게 작게 들리며 차츰차츰 기절하는 상황의 소리로.

기 호 (잠시 후 선희 업고 들어온다)

어머니 선희야, 얘야 이게 어떻게 된 일이냐? 응 정신 차려라.

기 호 선희씨? 선희씨?

선 희 (한참만에 기절에서 깨어난다. 그리곤 벌떡 일어나서 자신의 하반신이 피에 젖어 있는 것을 알고) 어머니…. (어머니 품에 쓰러져 운다)

(암전)

## 2막 8장

이때 좌측 무대가 어두워지고 다시 우측에 불이 들어온다.

어머니 (회상하듯) 그때, 난 내 하반신이 말할 수 없는 큰 상처를 입은 것을 알고 그 수치스러운 것을 잊으려고 죽을 것을 결심하고 다시 언덕에서 밑으로 뛰어내렸다. 그런데 의식을 찾고 보니 난 38선을 넘어와 어느 산부인과에 입원을 하고 있지 않았겠니. 그 상처는 오래도록 날 괴롭혔다. 그러나 너희 아버지의 끝없는 간호와 위로 때문에 살아났으며 그분의 간절한 애정과 보살핌으로 일년 후 그이와 결혼까지 성공한 셈이다. 그래, 그 사랑 때문에 (다시 한숨을 내쉬며) 결국 사랑은 모든 것을 감싸주고 죽음의 고난에서 건져 주는 것이다. 너희 할머니나 내가 살아온 과거가 이삭 에미보다 더 나을 것도 하나도 없질 않니?

유 라 어머님, 전 이만 가봐야겠어요? 이삭이 들어오면 좀 만나 보고 가려고 했는데…, 그만 다시 한 번 더 들르겠어요.

어머니 가면 어디로…?

유 라 저 아래 서울 여관에 짐이 있어요. 그리로…. (나가려 한다. 어머니가 뒤따르고 김 민 방으로 들어간다)

어머니 그래, 다시 미국으로 떠나려거든 떠나기 전에 다시 한 번 들렀다 가렴. 오늘 이삭이 대학 발표도 알 겸.

유라 네, 어머님.

유라 언덕 반쯤 나가는데 이삭이 등장. 유라, 다시 따라 들어온다.

이삭 (뛰어 들어오며) 할머니, 할머니. (숨이 차다)

어머니 그래, 얘야 어떻게 됐니?

이삭 할머니 합격이에요. 합격! 기뻐해 주세요! (가슴에 안긴다)

이때 유라 말없이 이삭의 손목을 잡는다.

이삭 (올려다보며) 누구신데?

유라 응, 난, 난 엄마 친구야. 축하한다. 이삭아!

이삭 엄마 친구라고요?

어머니 그래, 엄마와 제일 친했던 분이다.

이삭 아, 그러세요!

유라 (너무 기뻐서 눈물을 흘린다)

이삭 (눈물 닦는 유라를 보며) 엄마 친구 분이 저렇게 좋아 우시니 진짜 우리 엄마가 살아계시면 '이삭이 만세다. 우리 이삭 만세야!' 하셨을 거예요.

어머니 그럼, 이 할미가 우리 이삭 만세다! (두 손을 번쩍 들어올린다)

유라 그래요! 이삭이 만세예요! (손을 올린다) 어머니, 다시 한 번 들르겠어요.

어머니 그래, 잘 가라. 다시 만나자.

이삭 안녕히 가세요. (방으로 뛰어들며) 아버지, 아버지!

김민 (방에서 나오며) 그래, 어찌됐니?

이삭 기뻐해 주세요. 합격이에요, 그것도 수석 합격이래요.

김민 야, 역시 우리 아들 만세다!

이삭 (어쩔 줄을 모르며 샌드백을 이리 치고 저리 치고 희망 찬 표정이다)

어머니 그래, 그 앤 어찌되었니?

이삭 그 애라니요?

어머니 아, 그 아까 우리 집에 찾아왔던 여자애 말이다.

이삭 잘 모르겠어요. 그 앤 주간인데 자기 식구들과 만나겠지요.

어머니 아 참, 그 앤 주간이랬지?

이삭 네, 그 앤 장차 일류 성악가가 된다나요?

어머니 그 앤 부잣집 따님 같더라, 하고 다니는 모습이….

이삭 그럼요, 우리 학교 전체에서 제일 부잣집 딸이래요. 그 애 할아버지가 모 회사 사장이구요. 그 애 할아버지의 아버지는 일정 때 무슨 큰 벼슬을 한 사람이래나요?

어머니 그래, 복을 많이 타고 난 아가씨구만!

이삭 할머니 (어깨를 주무르며) 걱정 마세요. 나도 이젠 대학만 나오면 유능한 법관이 될 거예요. 그래 가지고 모두에게 존경받고 영감님 (목청을 올려서) 영감님, 소리를 들을 거예요. (턱을 내려

쓸며) 에험, 자 할머니, 어때요? 할머니 고생한 보람이 있으시지요? 이제 꼭 호강시켜 드릴게요. (일동 웃는다)

어머니 고맙다, 이삭아! (눈시울을 닦는다)

김 민 이삭아, 그래 고맙다!

이 삭 아버지도 이젠 염려 마시라고요. 전요, 이렇게 팔다리가 싱싱하잖아요? (할머니 허리를 껴안는다)

어머니 얘야 놓아라. 에이구, 녀석도

이때 비행기 소리 요란히 들리나. 방에서 증조할머니 기어나온다.

할머니 이놈들, 안 돼. 또 전쟁해선 안 돼. (더 큰소리로 들린다)

어머니 어머님, 이삭이 가요, 오늘 대학 수석 합격이래요! (비행기 소리에 잘 들리질 않는다)

할머니 뭐라고? 전쟁났다고? 안 돼. 전쟁은 안 돼. 내 증손주까진 안 돼. 이놈들아, 이 전쟁 광들아, 이 천벌을 받을 놈들, 이제 내게서 이것마저… 오 주여, 악인들에게 벌을 내려 주옵소서. (숨이 가쁘다)

어머니 (어머니를 부축하고 방으로 들며) 어머님, 그 비행긴 여객기예요. (방으로 들어간 어머니 비명을 지른다) 얘, 애비야, 이삭아, 어서 이리 들어와라, 할머니가….

김민, 이삭, 급히 들어간다

김 민 할머니? 할머니?

이 삭 증조할머니?

어머니 어머니? 어머니, 좀더 사셔야 해요., 오래 사셔야 해요. 어머니! (통곡한다)

(암전)

## 2막 9장

무대 중앙에서 박 사장과 그의 손녀, 이삭네 집을 향해 내려온다.

영 미　할아버지, 그 애 집이 바로 여기예요.

박 사장 (주춤하며) 뭐라고, 이 집이라고?

영 미　왜 그러세요? 할아버지 아시는 댁이에요?

박 사장 (머뭇거린다) 아니다, 알긴 내가 어떻게 알어?

영 미　이삭이라고요. 그 애가 며칠 전 내가 그 언덕 너머에서 깡패들에게 봉변을 당할 뻔할 때 살려 준 용감한 애네 집이라고요.

박 사장 그래, 그 애네 집이 바로 이집이라고?

영 미　네, 그런데 오늘 합격이 됐는지 모르겠어요. (들어가며) 이삭아, 이삭아….

박 사장 (모퉁이에 서서 기웃거린다) 아니, 이 집은 분명히 그 아주머님 댁일 터인데….

이 삭　(침울한 얼굴로 나온다) 누구니?

영 미　나야 나, 너 합격됐나 해서….

이 삭　응, 됐어. 그런데 넌?

영 미　나도 됐어. 그런데 왜 그리 우울한 얼굴을?

이 삭　응, 지금 막 우리 증조할머니께서 돌아가셨어.

영 미　아, 증조할머니께서? 저런 아 참, 우리 할아버지야.

박 사장 (놀라며) 아니, 증조할머니께서…?

이 삭　네, 안녕하세요?

박 사장 그래, 축하한다. 그런데 증조할머니께서? 무슨 병… 아니, 노환이실 테지?

이 삭　네, 저희 증조할머니께선 오래 전부터 비행기 소리만 들으시면 흥분하셔서, 전쟁 나면 안 된다고 발작을 일으키곤 하셨어요. 그런데 오늘 지금 막 또 비행기 소리에 놀라셔서 그만….

박 사장 저런 증조할머니시면, 그분이 바로 우리 아버지가 죽게 한 박순일씨 부인 아닌가? (집안을 향해 참회의 절을 올린다. 이때 어머니 방에선 나오다 멈칫 놀란다)

어머니 아니, 박사장님이 여길 어떻게?

영 미　할머닌 우리 할아버질 아시네요? 그런데 우리 할아버진 박사장이 아니고 도사장이세요. 도씨라고요.

어머니 (약간 놀란 표정이고 이삭은 어리둥절해 하며 박사장과 할머니를 번갈아 쳐다본다) 아, 그래… 난 박씨이신 줄 알았었지?

영 미　네, 아주 친하진 않으신가 봐요?

박 사장 응 그래, 어디서 몇 번 뵌 분이시다. (말을 얼버무린다)

영 미　그럼, 이만 축하하고 갈게. 잘 있어. (할아버지 손목을 끌어당기며 뒷길로 올라간다. 박 사장 허겁지겁 넘어간다) 자, 이리로 가세요.

이 삭　잘 가.

어머니 (두 사람 뒷모습을 멍청하니 바라본다) 이삭아, 저 애 합격이 됐니?

이 삭 네, 할머니.

어머니 그럼, 저 애가 도영미란 말이지?

이 삭 네, 할머니.

어머니 틀림없이 저분이 저 애 친할아버지냐?

이 삭 네, 할머니. (할머니 얼굴을 살핀다) 왜 그러세요, 할머니? 무슨 사연이라도?

어머니 아니다. (깊은 생각에 잠기며) 아무 것도….

이 삭 저 앤 아주 훌륭한 가문에 태어난 애라니까요.

어머니 (말을 막으며) 그 훌륭한 가문 얘긴 빼고 해라. (강한 어조다) 그리고 그 애와 앞으론 친구까지는 허락한다. 그러나 그 이상의 애인이나 결혼 상대론 절대 안 돼.

이 삭 아이구, 할머니도. 애인은 뭐구 또 벌써 결혼 상대는 뭐예요? 전 그런 생각 아직 해본 적도 없고 결혼도 안 할 거예요. 전 어머니 복이 없는 놈이라서 남의 여자 데려다 또 죽어 저처럼 엄마를 그리는 애들이 나올까봐 싫어요. 독신주의라고요.(웃는다)

어머니 더 이상 딴 얘긴 하지 말자, 아까 내 얘길 일생 명심해라.

이 삭 염려 마세요. (의아해 하며 마루로 올라가 방으로 들어간다)

김 민 (김민 방에서 나온다) 누가 왔었나요?

어머니 응, 이삭이 친구가… 그런데 어딜가려구?

김 민 네, 장의사엘 좀 다녀와야죠.

어머니 그래, 일찍 맡기는 것이 좋다. (나가려는 김민을 보며) 애비야, 제일 좋은 관으로 쓰자. 그리고 여자 상복일랑 두 벌을 사오너라.

김민, 대답이 없다.

어머니 내 말이 안 들리니?

김 민 어머니, 왜 그토록 서두르세요?

어머니 서두르는 것이 아니다. 빨리 해야 해. 그렇지 않음 에민 다시 떠날 것이다.

김 민 떠나 보내세요.

어머니 이젠 내 나이 육십이 넘었다. 언제 어떻게 될지 모른다. 이삭을 위해선 애 에미가 있어야 한다. 그리고 애 에민 아직도 널 사랑하고 있어 그걸 내가 확인했다.

김 민 어머니….

어머니 고집 부리지 마…. 이 에미의 처음이자 마지막 부탁이야.

김 민 그 사람이 지금 우리 집에 들어온다구 해서 이 고생스러운 짐을 또 참고 지겠어요?

어머니 (단호히) 그 앤 앞으로 잘 참고 살 거다. 나갔던 사람이 다시 돌아올 때는 십자가를 질 각오를 하고 돌아오는 법이다.

김 민 어머니….

어머니 (나가려는 김 민에게) 여자 상복을 꼭 두 벌 맞추고 저 고개 밑에 서울 여관에 들러 에미에게 내가 좀 오라고 한다구 전하고 가거라. 얘, 애비야 알았지? 꼭 두 벌 사오너라.

김 민 네, 어머니 말씀대로 하죠. 원이시라면…. (큰소리를 듣고 방에서 이삭 나온다)

이 삭 할머니, 여자 상복은 왜 두 벌씩이나?

어머니 응, 한 사람 더 입힐 사람이 있어서….

이 삭 설마 숨겨 놓은 새엄마라도.

어머니 아니다. 그런 건….

이 삭 그럼, 제 색싯감이라도…. (머리를 긁적인다)

어머니 응, (생각 끝에) 응, 저… 저 말이다. 아까 왔던 엄마 친구라던 여자가….

이 삭 (놀라는 표정) 그분이 설마 내 엄만 아니실 테구요. 그럼…?

어머니 오냐, 그분이 틀림없는 네 엄마다.

이 삭 할머니, (매달리며) 그분이 진짜 제 엄마라고요?

어머니 그래, 진짜다.

이 삭 그런데 그간 어디 갔다 왔어요?

어머니 그런 건 일체 모르는 것이 좋아. 아예 묻지도 말기로 하고 그냥 이젠 사랑으로 상처받은 자국들을 감싸주며 우리 모두 모여 사는 거야.

이 삭 네, 할머니. 난 할머님이 죽으람 죽는 시늉도 할 수 있다구요.

(암전)

## 2막 10장

이때 우측 불이 꺼지고 좌측 가로등이 들어온다. 상복을 입은 이삭이 증조할머니 사진을 들고 나오고 그 뒤로 김 민 관을 쓰고 나온다. 그 다음은 어머니와 유라가 흰 상복을 입고 천천히 나온다. 음악 소리 고요하게 흐르고 어머니가 간간이 손수건으로 눈물을 닦는다. 이때 사진이 중앙에 놓이고 그 앞에 어머니 조용히 끓어 앉는다. 다른 식구들은 모두 적당한 자리로 가서 나무 의자에 앉는다.

어머니 어머니 당신은 이 땅에 태어나 한평생을 고난의 세월속에 사신 희생양이었습니다. 남편은 만주독립단으로 또 의사인 사위는 6 · 25전쟁통에 행방불명이 된 채 아직도 그 생사를 알 길이 없어 고민하셨고, 그리고 당신의 하나밖에 없는 손자는 4 · 19때 정의를 부르짖다 다리하나를 잃었을 때 몇 날 몇 달 몇 년을 쓰라린 고통을 안고 눈물로 한평생을 사신 불우한 여인이었습니다. 그리고 그 무서운 가난 때문에 한번도 맛있는 음식대접도 못해드린 가책에 가슴이 저려옵니다.

어머니 당신께서 항상 목에 걸고 사신 이 목걸이 (십자가를 들어올리며) 이것은 우리에게 물려주신 당신의 귀중하고 찬란한 유산으로 받습니다. (이삭의 목에 걸어준다) 어머니, 이삭에게 이 나라 정의를 위해 사는 큰 일꾼으로 축복해 주세요. 어머니, 어머니, 안녕히 가세요.

일동 모두 운다. 이삭과 유라 어머니 옆으로 다가와서 일으키며 음악이 흐르는 가운데 막이 서서히 내린다. 어디선가 멀리에서 들려오는 교회 종소리와 성가 합창 소리가 웅장하게 울려 퍼진다.

-막-

(1986년 作)

# 조국의 어머니

(2막10장)

1992년 제2회 조국문학상 본상 수상

일제(日帝) 36년간 파란만장한 세월 속의 피해자인 박찬우의 아내는 3남1녀를 기르며, 그 가정이 해방된 1945년에서 1960년 4월 19일 전후까지 피맺힌 고통 속에서도 역경을 딛고 헤쳐나가야 했던 한 가정의 어머니다. 그의 아들들이 不義와 항거하다 희생양이 된다. 딸은 성(性)폭행으로 자포자기 죽음을 택하려 했으나 어머니의 슬기로운 충고와 사랑으로 새로운 삶을 심어주며 살려낸다. 언제나 어머니는 정의(正義)는 이긴다는 신념으로 자식들을 키워가는 굳건한 어머니…. 그런 어머니를 상기하며 쓴 작품이다.

**등장인물**

박찬우 _ 정치에 꿈을 가진 사람

오산월 _ 그의 아내

박세영 _ 그들의 장남

박세완 _ 그들의 차남

박정애 _ 그들의 외동딸

민숙희 _ 여대생

김철호 _ 박세영의 동기생

배병태 _ 박세영의 친구

공하수 _ 학원 원장

박요셉 _ 민숙희의 유복자

기타 _ 순경, 청년

**때**: 1막(6장) _ 1945년 8 · 15 해방 후 3년

2막(4장) _ 1953년 6 · 25종전 이후

**곳** : 서울 변두리의 고옥

**무대**: 서울 변두리에 자리잡은 초라한 고옥.

원경으로 판자촌이 보이고 앞뜰에는 고목 나무가 한 그루.

그늘진 아래, 평상이 놓여 있다.

무대 좌측에 대문이 있고, 대문 옆으로 큰아들과 둘째아들이 함께 쓰는 방.

그 옆은 딸의 방. 그 뒤쪽으로 부엌문이 보인다. 그 옆 정면으로 박영감 내외가 쓰는 방이 있고 기역자로 민숙희가 세든 방이 비스듬히 보인다.

무대가 바뀔 때마다 흐르는 세월을 상징하듯이 환등기가 활용된다.

의상은 그 시대상에 맞는 구제품 옷.

# 1막 1장

막이 오르면 마루에 앉아 열심히 라디오를 듣고 있는 박찬우.

E 해방된 지 만 3년 만에 역사적인 제헌국회가 열렸으며 특히 오늘은 대한민국 초대 대통령에 이승만 박사, 부통령에 이시영 선생, 국무총리 겸 국방장관에 철기 이범석 장군이 임명되었습니다. 취임식 석상에는 축하객으로 군정청에 종지부를 찍은 하지 중장과 극동군사령관인 맥아더 원수께서 임석하셨습니다.

**오산월** (부엌으로 나와 잽싸게 라디오의 스위치를 끄며) 이젠 제발, 그 정치놀음에 관심두시지 말고 우리 집 민생고 문제나 걱정해 보세요. 지난 3년 동안, 허구헌날 우리 집 쌀독에 낟알이 있는지 말라 붙었는지 알고나 좀 처신하세요. 매일 그분의 사무실에나 들랑거리다 해질 무렵에나 곤드레만드레가 되어 들어와 가지고선 잠만 자고 나가면 그만인가요? 정말 이젠 지겨워서 못살겠어요.

**박찬우** (화를 내며) 아니, 이 여편네가 환장을 했나, 왜 큰소리야, 큰소리가… 요새 떡장사 좀 해서 벌어 먹인다고 간땡이가 커졌나 쩍하면 못살겠다나, 못살겠음 그만 두지 그래.

오산월 아니, 큰소리가 안 나게 됐어요? 식솔이 자그마치 다섯이나 되는데 벌어오는 사람은 없고. 큰아이 등록금도 내일이 마감날인 줄이나 알고 계세요?

박찬우 (화를 누그러뜨리며) 조금만 더 참아요. 앞으로 나도 한자리 차지하면 그땐 임자도 떵떵거리며 살 수 있게 될 테니까….

오산월 (말을 받으며 부엌으로 술단지를 들고 나온다) 그만 두세요. 죽지 못해 밀주를 다 맡았어요. 앞집 가게 부탁으로… 이젠 그 호강시켜 준다는 소린 너무 들어서 귀에 딲지가 앉았어요. 제발 그만 하세요.

박찬우 (웃옷을 입으며 대청을 내려온다)

순 경 (이때, 방망이를 들고 들어오다 술단지를 발견) 정말 소문대로군. 공연한 모략전화로 알고 왔더니 참말이었구먼.

박찬우 (당황해 하며 나가버린다)

오산월 저, 미안합니다. 자식들 공부시키다 보니 버는 사람은 없고, 할 수 없이. 이번만… (두 손 모아 빈다)

순 경 (오산월을 밀어내며) 이건 분명한 밀주입니다. 곧 날 따라오세요.

오산월 여보세요, 나으리! 한 번만 봐주세요, 내일이 우리 큰아들 대학 등록 마감날입니다, 그래서 불법인 줄 알면서도 그만….

순 경 그건 당신네 사정이고 난 남의 개인사정은 모릅니다.

술단지 들고 나가려는 오산월이와 실랑이를 벌이다 술을 쏟아진다.

오산월 (앞치마로 닦아주며) 나으리, 이번만 딱 한 번 눈감아 주십시오. 그럼 다시는….

순 경 안 된다니까요. 곧 파출소로 오시오. 에잇.(옷을 털며 나간다)

오산월 어이구, 내 팔자야.

마루에 힘없이 걸터앉으며 흐느낄 때 큰아들 들어온다.

박세영 아니 어머니, 웬 술냄새가 이렇게 진동하지요? (술단지를 치우며) 아, 술이 쏟아졌군요? 어머니, 어머니 걱정 마세요. 이제 1년만 더 고생하시면 제가 꼭 어머니 호강시켜 드릴게요. 절 믿으세요. 네 어머니? 오, 사랑하는 나의 어머니! (끌어안는다)

오산월 (억지로 웃으며) 그래, 난 널 믿어. 그래서 쓰라린 고생도 이 에민 고생으로 안 여긴다.

박세영 고맙습니다, 어머니. 그런데 아랫방 숙희씬 아직 안 들어 왔나요? (그쪽을 기웃거린다)

오산월 (아들을 끌어다 앉히며) 얘야, 정신 차려라. 그 앤 이북서 온 정체도 모르는 고학생이다, 지깐엔 고학이라도 해서 대학을 꼭 마친다고 그러더라만, 내가 보기엔 제가 무슨 재주로 대학교를 마친다든? 남쪽에 부모 다 있고 학비 걱정 없는 넉넉한 아이들도 힘든 공분데, 생각이야 누군 못하겠니? 아예 가까이 하지 말아. 남녀칠세부동석이라고, 넌 요사이 가만히 보면 뻔질나게 그 방 노크를 자주 하던데, 절대로 가까이 해서는 안 된다. 어느집 개뼉다군지도 모르는 그런 애를….

박세영 아이구, 어머니도. 그런 걱정일랑 붙들어 매세요.

오산월 뿐만 아니라 네 친구 병태가 치근덕거리더라. 그 애야, 우리네보다 훨씬 나은 집 애가 아니겠니? 병태야 아버지가 무슨 건설회사 사장이라니 자격이 있지. 그럼, 있구말고. 아, 숙희가 그 집 며느리만 된다면 호강할 수도 있고 공부도 마칠 수 있을 게 아니니.

박세영 지금은 그냥 좋은 친구들 사이에요. 이상한 눈으로 보시지 마세요, 어머니. 이 세영인 앞으로 꼭 출세해서 어머닐 행복하게 해 드릴게요.

오산월 그래, 난 널 믿는다, 넌 어려서부터도 이 엄마의 말을 절대라고 생각했고, 그대로 실행했으니까. 난 잠깐 파출소에 다녀오마. (나간다)

박세영 혼자 가셔도 괜찮으시겠어요?

어머니 이런 땐 혼자가 더 낫다.

배웅하고 들어오면서 숙희 방을 노크한다. 문을 열어보고 아무도 없음을 확인하고 닫는다.
약간 조명이 어두워지면서 저녁 때다.
둘째 세완이와 딸 정애 나란히 들어온다.

박정애 아, 배고파. 엄마, 엄마! (여기저기 둘러본다)

박세완 (가방을 놓고 바지의 먼지를 털며) 저 앤 걸구가 뱃 속에 들었는지 늘 저 소리야.

박정애 그래, 난 먹보가 돼서 그래요. 그러는 오빠는?

박세영 (문을 열며) 이제들 돌아오니? 너희 둘은 만나기만 하면 토닥거리더라.

박정애 작은 오빤 언제나 날 미워하거든. 정말 무슨 원수끼리 만났나 봐. 그런데 큰오빠, 엄마는?

박세영 조금 전에 파출소엘 다녀온다고 나가셨다.

박정애 (놀라며) 파출소엘?

박세완 (코를 막으며) 술냄새가 이렇게 진동하고, 엄마가 파출소엘 갔다는 걸 보니 밀주하는 거 들켰나봐. 빨리 가봐야겠군. (밖으로 나간다)

박정애 오빠 나도. (따라 나간다)

박세영 (따라 나가려는데 숙희 들어오며 마주친다) 늦으셨군요?

민숙희 네. 그런데 세완씨와 정애가 어딜 저렇게 허겁지겁 가구 있죠?

박세영 네. 어머님 찾아뵙는다고.

민숙희 (마루에 걸터앉으며) 아니, 웬 술 냄새가? 이렇게 늦은 시간에 아주머니께선 어디엘?

박세영 네, 좀 볼 일이 있어서… 그런데 숙희씬 얼마나 고달프세요. 낮에는 학교공부, 저녁에는 가정교사, 또 나가셔야죠?

민숙희 뭐, 각오하고 넘어온 38선이라서요.

박세영 여자의 몸으로 죽음의 38선을 공부하려는 일념에서 넘어 왔다는 그 사실, 참 대단한 용기였지요.

민숙희 그 당시는 몇 개월이면 통일이 되고, 곧 왕래가 되리라고 생각했었는데 예측이 빗나간 셈이지요.

박세영 아까 낮시간에 보니까, 병태하고 교문을 나가시던데 그 친구가 퍽 숙희씨께 관심이 있나 보죠?

민숙희 아, 네, 같이 식사나 하자고 여러 번 청하기에 학교 앞에서….

박세영 아, 그랬군요.

이때 벨소리에 세영 나간다. 아버지 들어오고 숙희 자기방으로 들어간다.

박찬우 (큰아들을 보고) 엄만 어딜 갔니? 저녁도 않고.

박세영 네? 네. (대꾸 않고 자기 방으로 들어간다)

박찬우 (술기가 약간 있는 아버지, 큰아들 방문을 획 열며) 아니, 애비가 묻는 말에 대답하는 태도가 왜 그 모양이냐, 그래. 애비가 애비 노릇을 제대로 못해서 그러니? 이 불효막심한 놈아.

박세영 에잇, 창피해서. (문을 다시 획 닫는다)

박찬우 오냐. 이놈. 그 일류대학의 머리 좋다는 놈, 이리 좀 나와 봐! 네깐 놈들이 뭘 안다고 흥…. (소리치다 미끄러져 주저앉는다)

민숙희 (가만히 문을 열고 보다가 문을 닫는다)

박찬우 (앉은 채) 오냐, 내가 일정 땐 왜놈들한테, 정치깡패에게 맞아서 반병신이 되어 오늘날까지 직장도 잃고 이 모양 이 꼴이 되니까, 너희들까지 날 업신여기고 멀리 해? 이놈! 돈이면 제일이야, 이 후레자식 같으니… 이리 나와 봐. 네 에미도 요새 나를 개보듯 하더니, 이젠 자식놈들도 돈벌이 못하니까 개밥에 도토리 격으로 본 체 만 체라. 흥, 하하, 좋다, 이 박찬우가 이대론 안 죽는다. 일정시대엔 왜놈들에 반항하다 줄곧 감옥이 내집이더니 해방되곤 가족한테까지 이런 대접을 받다니. (흐느낀다)

**민숙희** 아저씨!

숙희 나와서 박찬우를 부축해서 방으로 들어갈 때 어머니와 세완, 정애 들어오다 놀라며 안방으로 함께 들어가는 가운데 무대 암전.

## 1막 2장

음악소리와 함께 불이 켜지면 세완 트럼펫을 구슬프게 불고 있다.

**박정애** (방문을 열며 시끄럽다는 듯이 귀를 막으며) 좀 조용할 수 없어? 작은 오빤 내가 고3이란 걸 알고 있어, 모르고 있어? 공불 좀 열심히 했으면 오빠도 재수생이 안 됐을 거 아냐.

**박세완** (열린 문틈으로 노려보며) 얘, 이 맹꽁이 계집애야, 음악엔 벽창호니까 시끄럽지. 이 소리가 얼마나 낭만적이냐?

**박정애** 흥. 재수생인 주제에 낭만 좋아하시네. 아빠, 엄마, 안 계시니까 마음놓고 불면서.

**박세완** (아랑곳없이 불어 댄다. 이때 세영 나오며 맨손 체조한다)

**박정애** 흥.(문을 세차게 닫고 방으로 들어간다)

**박세영** (망설이다가 정애 방문을 노크) 정애야?

**박정애** (문을 열며) 왜 큰오빠?

**박세영** 오늘이 저 건넌방 언니 생일날이더라.

**박정애** 그래, 오빤 그걸 어떻게 알았소?

**박세영** 며칠 전 동회에 서류 제출할 때 슬쩍 봐 뒀지.

**박정애** 어이구. 아무튼 오빤 알아줘야 해. 이 동생의 생일날은 까맣게

있고 살면서, 1년 전 세든 그 언니 생일은 어떻게 그렇게 기억에 남아 있지? (약간 질투 섞인 말투다)

박세영 정애야, 미안해. 이제부턴 네 생일 꼭 기억했다가 네가 좋아하는 것 선물할게. 응, 알았지?

박정애 정말 꼭이다. 자. (새끼 손가락 내밀자 두 사람 새끼 손가락끼리 깍지끼고 풀며 약속한다)

박세영 정애야, 그런데….

박정애 그런데, 뭐가?

박세영 저, 엄마 아버진 어제 시골 외가집에 내 학비 조달차 가셨지 않니? 아마 2, 3일 후라니까 내일이나 오시겠지?

박정애 아, 알았어. 오빠가 계획적으로 보내셨군 그래.

박세영 내 친구 철호와 병태를 넣으면 여섯 명 뿐이다.

박정애 오빠, 난 그 병태 오빤 싫어.

박세영 왜?

박정애 왠지 모르게 싫단 말이야.

박세영 그런데 그 친구가 사실은 나보다 숙희씨 생일을 더 먼저 알지 않겠니? 그러니 파티 속에 넣어 줘야지. 아니면 오늘밤 불러내서 단독 파티를 열려고 할 텐데….

박정애 그렇담 할 수 없지만.

박세영 (구두끈을 매며) 난 나갔다 두 친구와 같이 올게. 아무 말말고 약속 지키는 거다.

박정애 응, 알았어. (나가는 오빠에게) 오빠, 나 대학 못 가면 오빠 탓이다. 호호….

박세영 자~식.

박세완 (미리 문틈으로 듣고 있다 문을 열며) 오늘 또 탄 밥이나 먹이지 말아 주시지.

박정애 염려 말아요. 큰오빠가 왜 저러는지 작은오빠도 들어서 알고 있지?

박세완 그럼. 난 너보다 먼저 눈치채고 알고 있지.

박정애 어떻게?

박세완 형이 전에 안 하던 짓을 자주 하거든. 달밤이면 한숨만 푹푹 쉬다가 나갔다 들어왔다, 이건 통 잠을 잘 수가 있어야지. 그만큼 관심 있는 여신이니까 생일을 핑계로….

박정애 큰오빤 공연히 헛물키는 것 아닌지 몰라. 내가 보기엔 큰오빠 친구 병태 그 사람이 찍어 놓은 것 같더라.

박세완 그걸 네가 어떻게 알지?

박정애 난 아무 것도 모르는 체 해도 센스가 빨라요.

박세완 앗핫, 야야, 아직 귀때기가 새파란 어린 계집애가 뭘 안다고. (배를 쥐고 웃는다)

박정애 작은 오빤 공부만 못하는 줄 알았는데 이성관계도 둔쟁이랑께.

박세완 야, 야, 정애야. 그래 이 오빤 둔쟁이라 치고 넌 어떻게 그걸….

박정애 (태도를 가다듬으며) 난 알어. 그 오빤 엉큼한 청년이야. 언젠가 그 오빤 건넌방 숙희 언니가 우리 집 세 들기 전에 우리 집엘

놀러오면 이상한 눈으로 날 노려도 보고 관심이 많은 척 하면서, 한 번은 우리 식구들이 모두 없을 때 큰오빠 찾으러 와서는 "얘, 예쁜 아가씨 물 한 그릇 줄래?" 그러질 않겠어?

박세완 그래서?

박정애 (망설이다) 이건 일급 비밀인데.

박세완 비밀? (약간 놀라며) 그래서?

박정애 그래서, 물 한 그릇 가지고 오빠 방엘 갔었어. (망설이다) 물을 마시다 말고 아 글쎄 날….

박세완 널? (놀라며) 그래, 널 어쨌다고?

박정애 날 (생각하다) 날 와락 끌어안으며 벼락같이 키스를….

박세완 아니, 그럼 그 자식이 너한테?

박정애 응, 그 이상은 아무 일도.

박세완 나쁜 자식.

박정애 오빠, 절대 비밀이야. 누구한테도.

박세완 다음은?

박정애 그래서, 나 내 힘껏 밀어내고 곧바로 양치질을 몇 번이나 했는지 나중엔 잇몸이 벗겨져서 아파서 혼났다우. 며칠 간 구역질이 심하게 나서….

박세완 그 자식, 그 간사한 놈이.

박정애 오빠, 그런데 이젠 싹 숙희언니에게 눈독을 올리고 있어. 그러니까 난 걱정 없어요. 그리곤 우리 집에 오면 내가 쏘아보고 있으니까 다시는 그런 짓을 못할 거야. 오빠 비밀 지키는 거다?

박세완 항상 조심해. 남자 놈들은 모두 도둑놈이라고. 예쁜 여자만 보면 갑자기 야수처럼 변할 때가 있거든.

박정애 작은 오빠의 말은 꼭 아빠, 엄마가 충고할 때 쓰는 말 그대로야, 훗훗….

박세완 그런데, 아랫방 숙희누난 어디 갔니?

박정애 응, 아침 일찍 심란한 표정으로 시내 볼 일이 있다고 나갔어.

박세완 오늘이 자기 생일이니까, 심란도 하겠지. 고향식구들 생각도 날 테고….

박정애 그래 오빠, 아 참 오늘 작은오빤 음악담당이다. 다락에 있는 축음기 먼지도 털어놓고, 판도 몇 장 찾아 놔. 그리고 그 트럼펫, 오늘 솜씨 좀 보여 줘. 오빠 알았지? 난 지금부터 음식 준비 담당이고.

바삐 돌아가는 가운데 음악이 들리며 조용히 암전.

# 1막 3장

축음기 소리. 웃는 소리, 트럼펫 소리, 생일 축하파티의 요란한 박수소리 등이 들리며 조명이 밝아진다.

**김철호** 자, 이젠 건강상 먹는 것은 중지하고, 오늘의 주인공 민숙희씨의 노래나 한 곡조 듣기로 합시다.

**박세영** 역시 의사 지망생이라 많이 먹는 것은 건강에 해로우니 즐거운 여흥 순서로 나가자 그거지?

**박세완** 자, 그럼 제게 반주는 맡기고 (트럼펫을 들고 일어서며) 무슨 곡으로?

**민숙희** 아이, 저 노래를 못하는데. 원래 음치야요.

**박정애** 아니에요. 저번에 방에서 찬송가 부르는 걸 들었어요. 참 잘하던데요 뭐.

**배병태** (박수를 치며) 자, 박수가 모자라서.

**민숙희** 그런 게 아니야요. 정말 형편없는데 큰일났네. 어쨌든 이렇게 여러분이 챙겨주신 생일 축하 파티에 감사하는 뜻에서라도….

**박세영** 너무 완벽하면 매력이 없어요.

**김철호** 자, 다음 사람이 기다립니다.

**민숙희** (일어나서 부르기 시작한다) 나의 살던 고향은 꽃피는 산골, 복숭

아꽃 살구꽃… (울음이 터진다)

모두 울적한 표정들. 이때 세완, 트럼펫 끝까지 불어준다.

**김철호** (분위기를 조정하며) 자, 다음은 꼬마 아가씨 차례. 정애야, 넌 좀 명랑한 노래를….

**박정애** 전 노래는 못해요.

**배병태** 자 그럼, 못한다는 사람 그만두고 내가 해야지. (일어나서 사방을 둘러보다 옷가지를 잔등으로 밀어 넣으며) 음악을 틀어라.

음악에 맞추어 춤추고 돌아간다. 정애, 슬그머니 나와서 방으로 가 노트를 들고 나온다.

**박정애** 자, 이번엔 미숙하나마 숙희언니를 위해서 제 자작시 한 편을 낭송하겠습니다.

**박세영** 아, 그거 좋은 생각이다. (박수를 친다)

**김철호** 야, 정애가 시를? 이거 놀라운데.

**민숙희** 고마워요.

**박세완** 내가 배음을 넣어주마.

**박정애** 철호오빠 절 너무 어린애 취급만 하시는데 저도 이젠 어엿한 숙녀올시다. (일동 손뼉 치며 분위기 잡아준다) 그럼 낭송하겠어요.

사랑

박정애 지음

꽃이 피고 지는 산비탈에서
홀로 우는 뻐꾹새 소리
외로움으로 텅 빈 내 가슴에
가득 담아 그대에게 띄워보내리

안 보면 그리옵고 만나면 설레이는
말못하고 돌아서는 발자욱마다
그리움만 남겨놓고 돌아섰다네
아마도 그것이 사랑인가 봐.

일동 조용히 듣고 박수

**박세영** 야, 너 혹시 누구 시집 베낀 것 아니니? 어디서 많이 듣던 구절 같다.

**민숙희** 참 잘 썼다. 그것, 누구에게 보내는 사랑의 편지일까?

**김철호** 야, 정애야 다시 한 번 낭송해라.

**박세완** 니가, 벌써 그런 글을 쓸 수 있었다는 사실 놀랍다.

**박정애** 사람 우습게 보지 말아요. 이래봬도 장차 시인 지망생이라고.

**배병태** 놀랍고, 놀랍도다. 성숙해진 정애 아가씨, 사랑이 무엇인지 마치 해본 사람, 경험자 같은데. 과연 그 파랑새는 누구일까?

**박정애** 사랑이란 누구나 다 제각기 자기 마음 속에 간직할 수 있는 비밀의 특권 아니겠어요?

**김철호** 핫핫 그래, 그래, 네 말이 아니, 아가씨 말이 옳아요.

**박세영** 자, 이번엔 철호 차례다.

**김철호** (머리를 긁적거리며) 아, 큰일났네. (잠깐 생각하다) 그래, 나도 내가 좋아하는 시 한 수를 낭송하겠습니다. (모두 박수)

키에르케고르 詩

어느 소녀를 사랑하여 보아라
그대는 뉘우치리라
사랑하지 말고 살아 보아라
그대는 또한 뉘우치리라
세상의 괴로움에 목메어 보아라
그대는 뉘우치리라
세상의 어리석음을 비웃어 보아라
그대는 또한 뉘우치리라
결혼하여 보아라
그대는 뉘우치리라
결혼하지 말고 살아 보아라
그대는 또한 뉘우치리라

일동 박수친다.

배병태 야, 이건 난해한 신데. 결혼을 하라는 건지 말라는 건지 어리둥절한데.

김철호 너 같은 돌대가리가 그 깊은 뜻을 모르는 게 당연하지.

박세영 이번엔 내 차례 같아서 미리 일어납니다.

박정애 야, 역시 큰오빠 멋쟁이야. 자, 어서. (박수친다. 모두 따라 친다)

박세영 나도 노랜 못하니까, 내가 좋아하는 시 한 구절을 읊어 볼까 합니다.

배병태 아니, 왜들 이러나. 무슨 시 세미나라도 할 심산인가?

민숙희 어때요, 자기 취향에 맞게 하면 되지요.

박세완 자, 김 빠집니다. 어서 하십쇼.

박세영 내가 항상 좋아하는 김소월의 시 올시다. 그런데 끝까지 다 외울는지, 도중하차하더라도 용서하세요.

초혼

산산이 부서진 이름이여
허공 중에 흩어진 이름이여
불러도 대답 없는 이름이여
부르다 내가 죽을 이름이여
붉은 해는 서산마루에 걸치었다

사슴의 무리도 슬피운다
떨어져 나가 앉은 산마루에서
나는 그대의 이름을 부르노라
서러움에 겹도록 부르노라
부르는 그 소리는 비켜 가지만
하늘과 땅 사이가 너무 멀구나
선 채로 이 자리의 돌이 되어도
부르다 내가 죽을 이름이여
사랑하던 그 사람이여
사랑하던 그 사람이여

일동 심각한 표정으로 듣다가 열렬한 박수를 친다

**박세완** 야아, 그러고 보니 우리 집안은 모두 시인가족이네, 나만 빼고.

**민숙희** 세완씬 음악이 특기 아니야요. 시와 음악은 밀접한 관계가 있으니까요.

**김철호** 세영인 배우가 됐어야 할 사람이 엉뚱한 교수 지망생이 되셨군 그래.

**배병태** 배우야 내가 했어야 했지. 잘 생겼겠다….

**박세영** 또 자화자찬인가?

**박정애** 큰오빠 정말 멋쟁이야. 그리고 이번엔 피날레로 작은오빠 트럼펫. 알았죠? 고등학교 시절, 음악부장님.

**박세완** 네, 알았습니다. 숙희누나, 축하합니다. 그럼 한 곡조.

조용한 노래 곡 끝날 무렵 오산월, 머리에 보따리이고 박찬우, 어깨에 자루를 메고 들어온다. 지친 얼굴로 트럼펫 소리 들으며 마루에 짐을 내려놓을 때 암전.

## 1막 4장

1949. 6. 26. 환등기로 시대를 고증한다.

음악이 흐르는 가운데 환등기로 데모 군중이 나오고 아우성 소리가 들린다.

E　우리는 통일정부를 원한다. 한 민족이 갈라지는 것을 절대로 원치 않는다. 김구 선생을 암살한 원흉을 찾아 처단하라, 처단하라. 처단하라….

**박찬우** (평상에 앉아 라디오를 켠다) 뭐, 김구 선생께서…?

E　지금으로부터 중대뉴스가 있겠습니다. 오늘 낮 12시에 백범 김구 선생님이 자택에서 저격당했습니다. 민족의 큰 별이 흉탄을 맞고 쓰러지셨습니다. 조선의 독립을 위해 일제에 항거하시며 중국에 임시정부를 세우셨던 그분이 해방 조선의 통일정부를 외치다 그만 누군가의….

**박찬우** (스위치를 끄고 황급히 일어선다) 천하의 몹쓸 것들!

**오산월** (부엌에서 나와 이 뉴스를 듣다가) 여보, 어떻게 된 거야요? 그분이.

**박찬우** (지팡이를 들고 나가며) 당신은 집안 살림이나 걱정하구려. 밖의 일에 신경 쓸 것 없어요.

**오산월** (남편의 뒤를 내다보며) 조심해 다녀오쇼.

세영, 철호, 병태 책가방과 손에는 호외를 가지고 들어온다.

**박세영** 아버지, 어머니

**오산월** 큰 애야, 아버지 지금 막 나가셨다. (아들 손의 호외를 뺏듯이 낚아채며) 아버지도 지금 뉴스 듣고 알고 나가셨다. 오늘은 밖에 나가지 말고 집안에만 가만히들 있거라. (퇴장한다)

**박세영** (두 친구들에게) 자, 앉아.

평상에들 앉는다.

**김철호** 야, 세상 돌아가는 것이 왜들 이 모양이니. 일본 놈들이 36년간 갖은 악행을 다하며 우리들 선조를 탄압과 죽음의 늪으로 몰아 가더니 해방 3년 동안 왜 이리 세상이 어수선하니? 이젠 코 큰 두 나라가 나눠 먹기식으로 이래서 되겠니?

**박세영** 1945년 12월 모스크바에서 미, 영, 소 3국의 외상회의에서 최장 5년의 신탁통치안이 결정됐으니 결국 해방이라기보다 다스리겠다는 나라가 더 많아진 상황 아니겠니?

**배병태** 아직은 조선 사람들이 정치에 미숙하니까, 그냥 넘겨 놓을 수가 없다 그런 것 아니겠나? 인선이 필요해서 우왕좌왕이겠지.

**김철호** 우리들은 잘 모르지만 여기선 지금 이승만, 김구, 박헌영 등 좌우파로 심각한 상황인가 보더라. 북한은 진짠지, 가짠지 김일성, 그 33세의 젊은 사람이….

박세영 조선 사람들이 미숙하다기보다 고생해서 전쟁에 물심양면 손해보고 뺏어보니 그냥 넘겨주기가 아까운 것도 있겠지.

배병태 좌우간 이승만씨가 대통령 선거에서 당선되었으니 잘된 것 아니겠어?

김철호 70세가 넘으신 고령이시라, 제대로 통치할 수 있을지….

박세영 글쎄, 참모들이 잘 하면 되니까 두고 봐야지. 아직은 속단해선 안 되지.

배병태 속단은 금물이야.

김철호 좌는 뭐고, 우는 뭐니? 우리가 모두 편안히 골고루 잘 살 수 있고 동족끼리 사랑으로 뭉치면 되지.

박세영 역시 박애주의자, 의사 지망생다운 훌륭한 생각이야. 이제 우리들은 이 나라의 미래를 위해 탐구해 보자.

배병태 어쨌든 좌익은 안 좋대. 이북 친구들한테 그 해방 당시 상황을 들어보면 소련군들이 와서 막 겁탈하고 귀중품을 다 가져갔다는 거야. 병원 의료물자까지도. 특히 숙희씨 집안은 지주로 잘 살았다고, 악질분자라며 전 재산을 몰수당하고 그 바람에 화병으로 할아버지 할머니 두 분이 다 돌아가셨대.

김철호 그것이 전쟁 후유증이야. 동족을 죽이는 일이 있어서는 안 되는데….

박세영 아무튼 우리들은 좀 더 심사숙고해서 판단 내려야지. 아직은 뭐가 뭔지 알 수 없어. 우린 사랑으로 뭉쳐야 할 거야.

배병태 너희들 충고하는데, 앞으로 내 앞에선 정치얘긴 하지들 말아 줘.

김철호 아 참, 병태는 학교 감찰위원이었지? 잘 부탁해요. (웃는다)

박세영 우린 고등학교 때부터 사상을 초월한 동지로서 맺어진 세 사람이 아니니? 우리가 마음먹은 생각을 서로 주고받고, 고치고 충고하며 살아야지, 의심하고 감추고, 그렇다면 친구랄 수 없지.

배병태 그래 그래, 너 그럴 듯한 얘기 한 번 잘 했다. 친구란 서로 아끼고 존중하고 사랑해야지. 그런데….

김철호 그런데가 왜 붙니? 뭔가 할 말이 또 있는 것 같은데?

박세영 뭔데? 나한테 뭔가 유감이 있나 본데 할 말이 있으면 이 기회에 해 보시지?

배병태 (머뭇거린다) 응, 뭐 다음 기회로 미루자.

김철호 야, 궁금한데 무슨 말인지….

박세영 쟤는 전에도 곧잘 가다가 뭔가 얼토당토않은 말을 잘 했지 않니.

배병태 그래, 난 그런 놈이다. 형편없는 놈으로 취급해라.

김철호 에라, 못난 새끼. 난 짐작이 간다.

박세영 뭔데, 야 뭔데 그러니?

배병태 추측은 금물이야. 너 같은 새 대가리로 아무렇게나 생각해 내지마.

김철호 핫핫, 새 대가리라!

박세영 너 어릴 때 별명 아닌가.

김철호 핫핫, 참새냐 황새냐가 문제겠지. 야아, 그만 웃기라우. 내 입에서 네 문제 터져 나올까 봐 미리 야코죽이는데, 세영아 쟨 요새 숙희씨를 너한테 뺏길까 봐 큰 고민이라고 하더라. (병태가 입을 막는다)

박세영 자식, 그건 또 무슨 소리니? 아니, 사랑에도 뺏고 뺏기고가 있는 거니?

배병태 이왕 말이 나왔으니 말인데, 숙흰 내 꺼니까 너희들일랑 아예 헛물켜지 말아줘.

김철호 야, 야, 그런 유치한 사고방식 버려, 넌 너무 다혈질적인 동물이야. 전에도 연극부 애란일 죽자고 따라 다니더니, 걘 왜 놓쳤니? 아니, 그때도 넌 상사병이 나서 고열로 병원에 입원까지 했지 않니?

박세영 자식, 잰 여자만 보면, 특히 미인만 보면 발정이 난 수캐처럼 따라 붙어 다니며 꼬시더라. 왜 이번엔 숙희씨니?

배병태 그 앤 내가 점찍어 놓았으니 눈독들 들이지 말라고, 알겠지?

김철호 만약 숙희씨가 너보다 세영일 더 좋아한다면 어쩔래?

배병태 누구든 (손으로 목을 조르는 시늉을 하며) 이거다, 알겠지? 나서지 마.

박세영 자식, 냉수 먹고 속 차리시지. 그 앤 생각지도 않을 텐데.

배병태 그걸 네가 어떻게 알어?

김철호 혹시 세영이 너한테 사랑을 고백한 거 아니니?

박세영 천만에. 그저 육감으로 그렇다는 거지 뭐.

배병태 흥! (자신만만하게) 두고 보라고. 그 앤 내가 먼저 차지할 테니.

김철호 야들아 아서라, 계집은 요물이란 말도 있다. 일찌감치 계집애들 뒤꽁무니나 따라다니는 새끼들, 장래 무엇이 되겠니, 그래 가지고?

박세영 넌 장가가긴 틀린 애야. 냉혈동물이라니까. 그 성격 너무 차. 너 때문에 순이가 자살까지 했지 않았니?

배병태 저 새낀 성당의 신부감이야. 일평생 근엄하게 슈바이처 박사처럼 독신으로 살겠다는 자식이니까.

김철호 (심각한 표정으로) 너희들은 내 과거 사정을 몰라서 그래. 내 어머니가 미쳐 돌아가셨어. 그것도 오랜 세월 정신병원에서… 거긴 충분한 이유가 있었지. 내 아버지가 한세월 방탕생활로 괴롭혔거든. 그래서 그만 일찍 돌아가셨고, 난 외할머니 손에서 자랐어. 난 여자가 싫어졌어, 비참한 일생을 살다 가신 그분 생각이 나서 내 성격이 이렇게….

박세영 미안해. 공연히 네 상처를 건드렸구나. 난 순이가 유서에 너를 그토록 사랑했는데 네가 통 본 체 만 체 해서 죽노라고 썼기에….

배병태 짝사랑은 괴로운 거야. 그건 자신이 겪어 보지 못한 사람들은 가타부타할 자격이 없다니까.

김철호 오직 경험자만이 절실하게 안다는 뜻이겠지. 아무튼 여자가 무섭고 싫어. 요새 여자들 먼저 꼬리치는 꼬락서니도 싫고, 조금만 가까이 다가가면 스스로 옷을 벗어주는 풀어진 정조관….

박세영 사랑하는 사이라면 상대가 요구하는 것 다 주고 싶다는 것이겠지.

배병태 난 한 번 이 여자라고 생각하면 꼭 다 차지하는 성격이야.

김철호 넌 그런 여성관이 틀린 거야. 쉽게 여자를 차지하면 쉽게 식게 마련이야. 좀 형이상학적인….

박세영 아니, 넌 여자가 싫다는 주제에 어떻게 그런….

김철호 난 임상학에서 배우고 있으니까.

배병태 그래, 그 말이 옳아. 계집애들 좀 사귀어서 선물이나 몇 개 사주고 사랑한다고 애원하는 눈빛을 보내면 영락없이 날 잡아 잡수라는 표정들이야.

어찌 생각하면 우리 남자들이 이용당하는 건지도 모르겠어.

박세영 병태야, 넌 경험이 많은가 본데, 그런 식으로 숙희씨를?

배병태 아니. 그 계집앤 좀 다르던데. 원체 고집이 센 여자라서 그런지 호락호락 넘어가질 않아. 두고 보라지, 이 병태 솜씨를.

김철호 치근덕거리다 혼났구나, 너?

박세영 혹시 따귀라도 맞았니?

배병태 감히 누구에게. (자신만만한 태도로)

김철호 단호히 거절…?

배병태 열 번 찍어 안 넘어가는 나무 없다지 않아? 흥, 두고 보라지.

김철호 비장한 각오로구나. 어쩌다 내 넋두리까지 튀어 나왔니. 자, 이젠 그 시시한 여자 얘긴 집어치우고 가자, 그만. (병태를 일으

킨다)

배병태 (억지로 일어나며) 숙희씬 아직….

박세영 숙희씰 보고 가시려면 밤늦게까지 기다리셔야 할 텐데. 이걸 어떡하지?

병태 할 수 없이 철호와 나가려는데 정애, 가방을 들고 들어온다

박정애 안녕하세요?

배병태 그래, 어여쁜 아가씨.

박정애 (배병태가 손목을 잡으려는 것을 뿌리치고 방으로 들어가며 혼자 소리로) 병신 육갑하네.

박세영 (문에서 두 사람 보내놓고 들어오며) 정애야.

박정애 왜 큰 오빠?

박세영 아니 저어, 저 방 언니 대개 몇 시에 들어오든?

박정애 학교 갔다 야근하고 돌아오니까 어떤 땐 일찍 오고 어떤 땐 밤늦게 들어올 때도 있어요. 왜 오빠, 무슨 꼭 할 얘기가 있어서… (웃옷을 갈아입고 나가려다) 오빠, 난 시장에 가서 엄마 장사 좀 도와드리고 올게요. (나간다)

박세영 야, 우리 정애가 대학생이 되더니 이젠 제법인데.

정애 나가는 걸 보고 돌아서서 숙희방을 노크해 본다. 아무 소

리 없으니까 돌아서서 자기 방으로 들어가려 할 때, 숙희 시장 본 봉투를 들고 들어온다.

민숙희 웬 일이세요, 세영씨? 오늘은 일찍 오셨네요.

박세영 속담에 내가 할 얘길 사돈이 먼저 한다던가요?

민숙희 네, 오늘은 그 댁에 무슨 축제가 있다나요, 나보고 같이 가자는데 사양하고 왔어요. 피곤도 하고.

박세영 오늘, 우리 친구 철호와 병태가 와서 놀다 조금 전에 돌아갔어요.

민숙희 아, 그러세요.

박세영 그런데 두 사람 중 한 사람이 숙희씨한테 아주 홀딱 반했던데요. 꼭 만나고 간다는 것을 간신히 쫓아버렸죠

민숙희 어머, 별소릴 다 하시네요. 설마 병태씨가?

박세영 아니, 이름까지 대시는 걸 보니 착실히 진행되는가 보군요. (약간 질투 섞인 소리다)

민숙희 호호호, 세영씬 퍽 무뚝뚝한 성격인 줄 알았는데 사람 웃길 줄도 아시네요.

박세영 그럼, 짝사랑?

민숙희 사랑, 사랑 글쎄요. 그런 낱말은 나하고는 무척 거리가 먼 사치품 같은 소리로 들리는데요.

박세영 그렇다면 병태가 불쌍하지 않아요.

민숙희 글쎄요, 사람을 사랑하는 것, 자유이지요. 그러나 강요할 순

없잖아요?

박세영 물론이죠.

민숙희 그런데 그 분은 너무 무례한 성격의 소유자세요. 사랑이 하루 아침 밥짓듯 이루어지는 줄 아시는 분이세요.

박세영 그 앤 끈질기고 공격적인 성격이라서….

민숙희 사람 선택을 잘못하신 거예요. 누굴 사랑하고, 쉽게 결혼할 여자라면 뭣하러 여기까지 와요.

박세영 숙희씨, 숙희씨. 만약 제가 사랑의 고백을 한다면… (어깨를 잡는다)

민숙희 (잡힌 어깨를 가만히 뿌리치며 말없이 쳐다만 보다가) 아직 제겐 남을 사랑할만큼의 그런 여유가 없는 여자입니다. 물론 세영씰 좋아는 하지만 그렇다고….

박세영 그럼, 사랑은 할 수 없다는 건가요?

민숙희 현재 제 처지를 보세요. 하루 하루의 삶이 굶주림과 초조 속에서 허우적거리는 이 꼴로 누굴….

박세영 잘 알고 있기에, 더 가까이에서… 이젠 졸업도 몇 달 안 남았어요. 우린 서로 사랑할 수만 있다면, 결혼해서….

민숙희 (말을 막으며) 전 결혼하려고 남쪽으로 온 것은 아니잖아요. 최고 학부를 마치고 이 나라 여성 교육자로서 훌륭한 발자국을 남기는 것만이 소원이었어요. 그래서, 집안 식구들 아무도 모르게 목사님 이사 오시는 틈에 끼이 천애타향인 서울에 정착했어요.

**박세영** 숙희씨. 사랑합니다.

**민숙희** (고독에 자신도 모르게 세영에게 안기어 운다)

**박세완** (들어오다 이 광경을 보고 놀란 표정으로 황급히 자기 방으로 들어가며)
내가 너무 일찍 들어왔나? 형, 축하해!

두 사람 멋쩍게 각자의 방으로 들어가고 세완, 트럼펫을 불 때 암전된다.

## 1막 5장

**김철호** 여보세요, 여보세요?

**박세영** 누구세요, 이 새벽에?

**김철호** 나야, 나. 빨리 문 열어.

**박세영** 웬 일이야, 철호가 이렇게 일찍? (대문을 연다) 웬 일이야?

식구들 옷을 입으며 마루로 나온다.

**오산월** 야, 무슨 일이냐?

**김철호** (숨가쁜 소리로) 큰일났습니다.

**박찬우** 큰일이라니? 어서 말해 봐, 숨 넘어갈라.

**김철호** 라디오를 켜십시오. 지금 일선에서 전쟁이… 전쟁이….

**박세영** 아니, 전쟁이라니?

**김철호** 이북에서 쳐내려오고 있다는 소식이….

**박정애** (방에서 라디오를 가지고 나오며) 엄마 어떡하지? 언니 전쟁 났나 봐요.

숙희 당황한다.

박세완 (정애에게서 라디오를 뺏어 들고 스위치를 튼다) 조용히들 해요.

박정애 아버지, 어떡하죠?

E 시민 여러분, 침착하게 라디오를 들어주십시오. 지금 38선에서 충돌이 일어나 접전을 하고 있는 중입니다. 너무 염려는 말아 주십시오. 우리들의 장한 국군을 믿어 주십시오.

세영과 철호만 남기고 모두 각자의 방으로 들어간다.

박세영 철호, 어떻게 될 것 같아?

김철호 글쎄, 설마하니….

박세영 설마가 사람 잡는다지 않아.

김철호 마음을 느긋하게 먹어야지.

박세영 오늘이 일요일이라서.

김철호 별 것 아닐 께야. 그러나 일단 상태가 악화되면….

박세영 우선 식량이 있어야지. (일어나서) 어머니, 어머니, 우린 쌀이 잘 떨어지니까 밀가루라도 며칠 분 준비하세요.

오산월 (나오며) 오냐, 그러잖아도 이번에 너희 외가에서 쌀 가져온 것은 있으니까, 그것 먹을 때까진 끝나겠지 오래야 가겠니? 전에도 자주 총성이 들리곤 했다는데. (박찬우, 지팡이 짚고 나간다) 여보, 어수선한데 어딜 나가려고 그래요? 다리도 성치 않은 분이.

박찬우 동회에라도 가 봐야지, 어디 집구석에 가만히 있을 수가 있어야지.

오산월 쉬 돌아오세요.

박찬우 알았어요.

철호와 세영, 무엇인가 열심히 얘기하고 있는데 옷매무새를 고치며 숙희가 두 사람 가까이 와서 앉는다.

민숙희 어떡하지요?

박세영 아직은 가만히 지켜 봐야죠.

김철호 여자들은 외출을 삼가고, 우선 라디오 뉴스를 잘 듣고 계세요.

민숙희 만약 피난을 가게 된다면 어디로… (울상이다)

박세영 뭐 피난까지는… 우리나라엔 막강한 군사력이 있잖아요.

김철호 장비야 우수할 테지만 저쪽은 소련이 있잖아.

민숙희 도대체 뭐가 뭔지 알 수가 없네요.

박세영 결국 어두운 데서 주먹으로 두 눈두덩일 얻어맞은 꼴이라서 제 정신을 못 차릴 테지. 특히 일요일이어서

김철호 우린 학교로 가서 교수님들을 만나 봐야지.

박세영 그래, 우선 몇 분이라도 나오실 터이니까 그러는 것이 좋을 거야.

두 시람 나란히 나간다. 숙희, 배웅하고 돌아서려는데 병태 황급히 달려온다.

배병태 숙희씨, 나와 계셨군요.

민숙희 어서 오세요. 세영씨랑 철호씨가 이제 막 학교 쪽으로 나갔어요.

배병태 아, 그래요. 나도 지금 학교를 들려서 오는 길입니다만, 샛길로 와서 못 만났군요.

민숙희 어떻다고 그래요, 교수님들은?

배병태 몇 분 안 나오셨는데, 뉴스에 자꾸 서울쪽으로 급진격한다는 다급한 아나운서의 음성이었습니다.

이때, 정애 문을 열고 두 사람 얘기를 듣고 있다.

민숙희 어떻게 될까요?

배병태 아직은 추측 불가입니다만, 큰일이군요. 우선 서울은 일선 지구에서 100리 안쪽이라서 일단은 피난을 가야 할 것 같아서 달려 왔습니다. 저, 대전에서 조금 들어간 시골에 저희 외가가 있으니 그리로 가십시다. 짐을 챙겨 놓으세요. 폭격이 심해지면 남쪽으로도 통행금지령이 내릴지 모르는 일이니까요.

민숙희 그러나 식구가 다 같이 행동해야지, 어떻게 저만….

배병태 잠꼬대 같은 소리 마시고, 지금 남의 식구 생각하게 됐어요?

민숙희 남남이지만 1년 동안이나 신세도 지고….

배병태 그런 사정보다 세영일 떨어지기가 싫어서 하는 소린 아닌가요?

민숙희 아무튼 전 혼자는 못 따라가요.

배병태 적중했나 보죠? 흥, 나쁜 녀석. 배신자 같으니.

민숙희 무슨 소릴 그렇게….

배병태 결국 친구 애인을.

민숙희 무슨 의미죠?

배병태 몰라서 묻나?

민숙희 병태씨! 뭔가 크게 착각하고 계신 것 같은데….

배병태 아무튼 본때를 보일 테니까, 다음 만날 때까지 잘 생각해 보시지. (휙 나가며)

민숙희 병태씨!

배병태 후회하지 말아요.

박정애 (다가와서) 언니, 언닌 행복하겠어요. 주위의 뭇 남성들이 사랑을 고백해오니 말이에요. 나도 그래 봤음 좋겠다.

민숙희 다 듣고 있었구나. 그건 행복이 아니지….

박정애 이렇게 가까운 방 속에서 그렇게 큰 목소리가 안 들리겠어요? 그런데 그 사람 우리 오빨 몹시 증오하고 있더군요.

민숙희 정애. 큰오빠랑 식구들에게 얘기 말아줘. 공연히 하는 말일 테니까.

박정애 그러나 저러나 지금 뉴스엔 이승만 대통령이 안심들 하라고 하더구만, 만약 서울이 점령되면 남쪽으로 피난도 가기 힘들 거예요. 언니, 큰오빠와 철호씬 어디 있을까요?

민숙희 정애?

박정애 네, 언니.

민숙희 정앤 철호씰 퍽 좋아하고 있지?

박정애 언니, 그걸 어떻게 눈치챘어요?

민숙희 정애가 철호씨 보는 눈빛을 보고. 그리고 전에 그 시도 그분을 생각하며 쓴 시 같던데.

박정애 아이, 몰라요. 언니도… 그런데 두 오빠랑 철호씨가 걱정이네요. 격전이 서울서 벌어지면 청년들은 할 수 없이 다 징용으로 끌려갈 거구… 어머나, 어떡하지, 작은오빠, 작은오빠! (큰 소리로 부른다)

박세완 (눈을 비비며 문을 연다) 왜 날 불렀니?

박정애 오빤 이런 상황에 잠이 오우?

박세완 새벽부터 뉴스 듣다 고단해서 잠깐 사이 잠이 들었었다.

박정애 저쪽에서 밀어붙이면 그땐 남쪽으로 피난도 못 가게 되고, 까딱하다간 전선에서 총알이나 대포 운반 신세 되시겠우, 정신 바짝 차려야지.

민숙희 겁주지 말아요. 그쯤 되면 우리들도 무사하겠어?

박세완 그렇겐 안 돼. 안심들 하라고.

문을 닫으며 트럼펫소리 들리는 가운데 암전된다. 그러나 어디선가 박격포 소리와 비행기 소리가 번갈아 들려오고 번쩍 번쩍 폭격 불빛이 보이고 있다.

## 1막 6장

환등기로 1950년 6월 27일 이승만 대통령 방송 모습.

E 사랑하는 서울 시민 여러분. 지금 불법 남침을 개시한 북한 공산 괴뢰군은 충용무쌍한 국군의 반격으로 도처에서 섬멸 당하고 있습니다. 국군은 가까운 시간 내에 공산 괴뢰군을 섬멸하게 될 것인즉 이를 굳게 믿고 시민 여러분은 추호도 불안해하거나 마음의 동요를 일으키지 말 것이며, 일치 단결하여 이 난국을 타개하여야 하겠다는 정신 하나로 정부에 협조할 것이며 우리 국군은 서울을 사수할 것인즉….

**박찬우** (라디오 스위치를 이리저리 돌리지만 이미 방송국이 점령되어 나오지가 않는다) 아니, 방송이 일단 중지된 상태구려.

**오산월** 잘 돌려보세요.

지금 막 이승만 대통령께서 안심하라는 방송이 있었잖아요.

**박찬우** 안 나와요. 그야 녹음 테이프로 틀어 놓을 수도 있으니까 그건 믿을 수가 없어요.

이때 대문 두드리는 소리. 어머니 열어준다.

박세영 큰일 났습니다. 아버님, 어머님.

오산월 얘야, 어찌된 일이야?

박세영 어젯밤 시내서 고등학교 선배인 국방부 정훈국의 보도과장 김현수 대령을 만나고 오는 길인데요. 이승만 대통령은 27일 아침에 대구로 일단 피난 떠나셨답니다. 정부 요인들도 많이 가족을 데리고 후방으로 피난갔답니다. 그래서 자기라도 더 늦기 전에 방송국에 가서 녹음 테이프를 빼고 이백만 애국시민에게 피난가시라고 방송해야겠다고 하더군요.

박찬우 아니, 이럴 수가! 저희만 살자고 떠나놓고 시민들에게 안심하라는 녹음 테이프로 속여…!

오산월 얘야, 그럼 우린 어떡해야 하니?

박세영 어젯밤 11시에 미아리 북쪽에 집결한 인민군 남침 주력부대가 비가 뿌리는 캄캄한 어둠 속에서 드디어 서울 침공의 대공세로 나왔답니다.

박찬우 그럼 지금쯤은 완전 점령이라고 봐야겠구나.

오산월 얘야, 어서 서둘자꾸나. 꾸물거리다 못 빠져나가면 우리 늙은 이들이야 죽어도 괜찮지만, 너희들 청년들이 걱정이다.

이때 폭음소리가 서울 일대를 뒤흔든다. 세 식구 끌어안으며 엎드린다.

오산월 이 밤중에 저 소린 무슨 소릴까?

박세영 어머니, 밖에 비가 내리니까 번개치는 소리 같은데요.

박찬우 오늘이 28일 새벽 2시 40분인데 3일만에 수도 서울이 점령되고 말다니….

오산월 밤이 늦었으니 눈 좀 붙이고 새벽에 시골로 내려가자. 어서 들어가자. 우리도 잠깐 눈 좀 붙이고 짐이나 챙기고 새벽에 애들하고 떠납시다.

박찬우 망할 놈의 세상, 이게 무슨 날벼락이람. 에잇, 고약한 것들.

일어나서 방으로 들어가고 어머니도 따라 들어간다. 이때 세영 마루에서 내려와 숙희의 방문을 가만히 노크한다.

민숙희 (놀란 표정으로 잠옷에 웃옷만 걸치고 나온다) 지금 들어오셨어요? 어떻게 되는 걸까요? 점점 대포소리는 가깝게 들려오고 이웃 사람들도 어디론가 모두들 떠나가던데요.

박세영 아무래도 심상치 않아요. 북쪽에서 막강한 군대가 밀고 온다니까, 생각지도 않은 우리 쪽에선 모두 도망갈 생각들만 하고 있대나 봐요. 벌써 국방부가 텅 빈 상태래요.

민숙희 그걸 어떻게?

박세영 확실한 정보를 알아보려고 어젯밤에 선배를 만났어요. 그래서….

민숙희 그럼 피해야 해요. 젊은 사람들만이라도, 세영씨. (서로 끌어안는다)

이때 대문 밖에서 병태가 붉은 완장을 두르고 청년과 쑤군거리다 대문으로 들어선다.

배병태 안녕들 하슈. 멋진 러브신이었군요. 분위길 깨서 미안해유. 조금 있다 들어올 걸 그랬지?

박세영 아니, 병태야. (붉은 완장을 팔에 두른 병태를 보며) 어떻게 네가 이른 새벽에….

배병태 왜 못 올 집을 왔던가? 이거 내 애인이 살고 있는 집일 텐데?

민숙희 (어처구니없다는 듯이) 병태씨!

배병태 왜, 내 소리가 못마땅한가?

가까이 가서 숙희의 턱을 잡아 올린다. 이때 세영 날쌔게 달려가 손을 후려친다.

박세영 병태, 왜 이래? 네가 언제부터 이렇게 됐니?

배병태 (비틀거리다) 오냐, 이 의리도 없는 개자식 같으니. (세영의 뺨을 친다) 넌 저 여자를 내게서 뺏어간 놈이야.

식구들 모두 큰소리에 놀라서 뛰쳐나온다.

오산월 아니, 이게 무슨 일이야, 응? (아들 입술의 피를 닦으며) 이 사람아, 자네들 둘도 없는 친구라던 병태 아닌가? 우리 세영이가 무슨 죽을 죄를 졌기에 이토록 쳐서….

**배병태** 네, 둘도 없는 친구였지요. 그런데 계집 한 사람 중간에 놓고 쟁탈전이 벌어진 셈입니다.

**오산월** 아니, 계집이라니? (숙희를 돌아보며) 그럼 숙희를….

**박세영** 어머니.

**박찬우** 이런 후레자식놈들 같으니라고. 그래 지금 이런 북새통에 그런 것 가지고 싸우게 됐냐? 가져 가! 저 여자가 그토록 탐이 나거든 어서 데려가 이놈아. 이 나쁜놈 같으니라고.

같이 온 청년, 담배만 피고 있다.

**배병태** 아, 그러잖아도 이젠 서울이 완전히 점령당했고, 새벽 2시 30분엔 이미 한강 다리도 끊어져서 남쪽으로 피난 갈 수도 없고 해서 숙희씰 데리고 이북 숙희씨 집으로 피난가서 그 부모님께 결혼 승낙 받으려고 찾아온 겁니다.

**민숙희** 아니, 저럴 수가….

**박세완** 한강 다리가 완전히 끊긴 것이 사실입니까?

청년 그렇고. 거짓말 같으면 직접 가서 두 눈으로 확인하시지 그래.

**박정애** (울음을 터뜨리며) 엄마, 우린….

**오산월** (정애를 끌어안으며) 정신 차려라. 하늘이 무너져도 솟아날 구멍이 있겠지.

이때 따발총 소리, 박격포 소리, 요란히 들리고 병태와 청년 나무 뒤로 숨는다. 철호 뛰어 들어오며

김철호 모두 방공호로 피신하십쇼. 위험합니다. 지금 우리 식구는 모두 시골, 수원으로 피신했습니다.

박세영 철호! (이때 박격포 소리 요란하다. 모두 부둥켜안고 엎드린다)

김철호 자, 어서 뒷산 방공호로 가야 합니다.

뛰어간다. 뒤따라 정애는 어머니를, 세완은 아버지를 이끌고 나간다. 숙희가 따라 나가려는데 병태, 숙희를 휙 낚아채고, 세영 나가려다 문득 선다.

배병태 넌 못 가. 넌 이제 네 마음대로가 아니라 내 마음대로야.

민숙희 무슨 소리죠? 왜 이러세요, 무례하게.

배병태 내가 여기 오기까지는 비장한 각오로 왔어. 난 이 가회동 일대를 책임지고 다스릴 사람이야. 내 눈에 빗나가면 어떻게 되는지 알겠지?

박세영 그래, 병태. 내가 포기할 테니, 우선 이 난리나 치르고 해결하자꾸나.

민숙희 무슨 말씀을 그렇게….

배병태 개소리 말라고. 그런 소리로 날 따돌리려고? 그새, 너희 둘이 (두 손을 딱 치며) 이렇게 맞아지면 그땐 헌 계집이 될 텐데, 그

땐 열 두 마릴 싣고 와도, 난 낡은 것은 딱 싫어.

민숙희 병태씨, 왜 그리 쌍스러운 말을 하세요? 그래도 되는 것인가요? 지성인들이….

배병태 개수작 마. 넌 짝사랑의 고통을 경험하지 못한 여자야. 특히 넌 날 좋아하려다 이 집에 오면서부터 날 멀리 대했어. 난 너한테만은 지성인도 아무 것도 아니냐.

박세영 병태야, 사랑은 강제론 못해. 넌 내가 마치 꼬셔서 가로챈 걸로 생각하는데 그건 아니잖니? 우리 시간을 두고 좀 냉철히 생각해보자.

배병태 내겐 생각할 여유가 없어. 여차하면 이북으로 갈 결심을 하고 온 것이니까.

민숙희 난 안가요. 아무리 그런 소릴 해도 못 가요. 갈 수 없어요.

배병태 그래 넌 못 갈 테지. 본래 이북을 배반하고 월남한 여자이니까. (따라 온 우람한 청년에게 신호를 보내다)

청년 자, 가시지.(숙희 팔을 잡아끈다)

민숙희 이거 놓으세요. 가도 어디로 가는지 장소나 알고 갑시다.

배병태 인민군 본부, 사무실이야. 당신이 이북서 와서 남쪽에서 무슨 일을 하고 있었나, 그것 좀 조사하려고 하는 본부 위원장의 소환명령이야. (병태, 청년 서로 눈짓을 한다)

박세영 병태, 숙희씨가 월남해서 어떻게 살아온 것인가는 병태가 누구보다 더 잘 알고 있지 않니?

배병태 시끄러워! 필요한 사람은 네가 아니고 이 여자야. 자, 어서!

(숙희의 손목을 끌어당긴다. 폭음 소리 요란하다)

**민숙희** 이거 놓으세요. 내 발로 걸어갈게요. 나한테 조사할 것이 있담, 어디든지 갈 수 있어요. 그러나 세영씨에게만은….

오산월, 세영을 데리러 오다 놀라 숨는다.

**박세영** 병태야, 너 학교서 감찰위원으로 반공학생이 아니었니? 그러던 네가….

**청년** (이때 병태의 눈짓으로) 건방진 새끼. 남이야 변절했 건 네가 왜 콩놔라 팥놔라야, 이 새끼야. (주먹으로 세게 친다. 숙희 쓰러진 세영을 일으켜 세우며)

**민숙희** 정말, 왜들 이러죠? 비겁하게.

**배병태** 흥흥. 핫핫, 그래 난 철저한 변절로 내 죄를 씻으려고 한다. (숙희를 끌고 나가며) 가면 해결이 날 테지. 너도 갈 테면 따라 와. 마지막 승부를 걸어 줄 테니. 잠시도 떨어져 있기가 싫으시담 따라 와. (세영도 잡아끈다. 이때 어머니 뛰어들며)

**오산월** 아니, 이게 무슨 짓이야? 얘가 뭘 잘못했기에 가자는 거냐?

**청년** (오산월을 밀어붙이며) 이거 놔요. 잠깐이면 되니까. 몇 마디 물어볼 말이 있어서 그래요.

**오산월** 안 된다, 안돼! 지금 이 무법천지에 어디로 끌려갈지도 모르고….

**박세영** 어머니, 염려 마세요. 설마 죽이기야 하겠어요. 숙희씨와 같이 가니까, 곧 돌아오게 될 거야요.

**오산월** (땅에 털썩 주저앉으며) 안 된다 안 돼. 내 새낄 누가 마음대로 끌고 가니, 이놈들! (보이지 않는 뒤편을 향해 소리소리 지른다. 이때 철호 방공호에서 뛰어온다)

**김철호** (우는 어머닐 일으키며) 어머니, 왜 그러세요? 그런데 세영과 숙희씨는요?

**오산월** 그 병탠가 망탠가 하는 자가 두 사람 다 끌고 갔어.

**김철호** 어디로 갔는데요?

**오산월** 어느 본부라는 소린 들었다만, 확실한 건 모르겠다.

**김철호** 아, 그럼. 그 병태가 나가는 가희동 본부일 거예요. 걱정 마세요. 설마하니 병태가 해치기야 하겠어요?

**오산월** 아니야, 자넨 모르는 소리야. 내가 아까 숨어서 들었는데 병태가 우리 세영일 배신자라고 밀어붙이고 때리질 않겠니. 무슨 영문인지 자세히는 알 수 없다면 그 애 숙희 때문에 그러는 것 같더라.

**김철호** 어머니, 너무 염려 마세요. 오해겠지요.

**오산월** 아니다. 오해든 아니든 간에 지금은 전시가 아니냐. 질투가 변해서 어떤 가해를 할지 그것이 걱정이다.

**김철호** 제가 가서 데리고 오겠어요. 어머니. (뛰어간다. 이때 또 박격포 소리가 요란히 들린다. 오산월, 뛰어가는 철호를 보며)

**오산월** 얘야, 몸조심해라. (돌아서며) 에구, 망할 놈의 세상, 동족끼리 기어코 총부리를 겨누다니. 사상은 무엇이고 이념은 무엇이기에 한 형제끼리 전쟁이란 이 무슨 못난 짓거리들이야? 오 하느님 이 민족을 불쌍히 여기시고 이 잔인한 전쟁을 하루속히 멈추게 하여 주시옵시고 평화통일이 이루어지도록 은혜 베풀어주시옵소서. 오 하느님.

흐느낀다. 이때 막이 천천히 내리며 비장한 음악이 흐른다.

## 2막 1장

음악이 흐르는 가운데 2막이 오르면 전막과 동일한 곳.
내부장치만 조금 바랜 듯이 약간 다르게 보이나 생활은 안정된 느낌을 주면 된다.
장면이 바뀔 때마다 내부장치와 옷 등으로 세월 변천을 꾸미면 된다.
계속 환등기가 적시적소에서 시대의 변천을 증언하게 된다.

**박찬우** (마당에서 라디오 음악에 맞추어 체조를 하는 가운데 임시 뉴스가 나온다) 임시 뉴스라고…?

E 지금부터 중대 뉴스가 있겠사오니 시민 여러분께선 라디오 다이얼을 맞추어 놓으시고 들어주시기 바랍니다.

**박찬우** (다급한 소리로 안에다 대고) 여보, 여보, 세영엄마. 이리로 나와 봐요. 중대 뉴스라니 들어 봅시다. (박찬우 옷을 입으며 안방을 향해 소리친다) 아, 뭘 꾸물거려요, 빨랑 안 나오고.

**오산월** (방에서 나오며) 왜요, 왜 그러세요? 세영이 소식이라도…? (마루에서 남편의 손짓을 보고 성급하게 신발을 신고 평상 위 라디오 앞으로 다가선다)

E 드디어 한국동란은 만 3년 만에 긴 역정의 종지부를 찍고 오

늘 1953년 7월 27일 휴전협정이 조인되었고, 155마일 전선에서는 총소리가 멎게 되었습니다.

**박찬우** (아내를 일으키며) 이제 어쨌든 휴전이 됐다니까 무슨 소식이 있을 테이지. 6 · 25때 그 아이들과 강제로 협력하다 그 애들과 같이 어느 산 속으로 숨어 들어갔는지… 아니면 이북으로 끌려갔는지….

**오산월** 그 애가 무슨 죄가 있어요. 착하게 산 애야요. (눈물을 연방 닦아낸다)

**박찬우** (마루에 걸터앉으며) 어디, 억울하게 죽고 없어진 사람이 그 애뿐이요? 빌어먹을 놈의 전쟁….

**오산월** 3년을 그 애 소식을 알려고 백방으로 헤맸어도 아무도 그 애 소식을 아는 사람이 없질 않아요. 그러니 이 답답한 가슴을… (가슴을 친다)

**박찬우** 임자. 그 앤 꼭 살아 있을 거요.

**오산월** 그걸 누가 보장해요. 아무도 책임질 자가 없잖아요 정부나 군부에서는 무조건 이북 빨갱이 탓이라고만 밀어붙이고 있으니, 죽은 놈만 억울하지….

**박찬우** (선반에서 소주병을 가져다 마신다) 에구, 이 망할 놈의 세상….

**오산월** 허구헌 날, 그렇게 술만 퍼마시고 있으니, 어디 세영일 보고 죽겠어요? 오장육부가 다 썩어 문드러지겠어요.

**박찬우** 술 안 먹고 어찌 살어. 맹숭맹숭한 정신으로 이 분통을 사그라뜨릴 수가 있어야지. 안 먹는 날은 죽은 날일 게요.

**오산월** 에구, 살았으면 기다리고, 죽었으면 차라리 체념이라도 하고 살련만… (울먹인다)

**박찬우** 아, 그만 좀 해. 그놈의 넋두린, 이제 신물이 난다니께. 그 설움은 어디 우리 뿐인가. 충남의 당신 친정은 쑥밭이 됐지 않소. 빨갱이가 와선 경찰관, 군인가족과 밥술이나 먹고 살던 소위 지방 유지들을 모조리 학살했고 다시 국군이 들어와서는 그들을 죽게 한 반대파 사람들을 모조리 죽이지 않았소. 그러니 이래 죽고, 저래 죽고 한 마을이 온통 쑥밭이 되고, 당신 부모도….

**오산월** 그런대로 우리 아버지, 어머니는 시체라도 묻혔죠. (또 운다)

**박찬우** 세상 천지, 그토록 착한 양민들을 남녀노소 무차별 사격으로 대량 학살해 놓고 수백 명을 은밀히 암매장하곤 난 모른다는 철면피들… 이 철천지 한을…. (또 술을 마신다)

**오산월** 약소민족의 서러움이지요. 그래도 일제시대엔 민족의 단합이 잘 이뤄졌었어요. 조선 사람들아 단합하자 하면 그대로 따랐잖아요. 1929년 11월 3일 전라도 광주학생들의 항일 저항운동이나 3 · 1운동 때랑, 민족이 소문 없이 하나로 뭉쳐서 단결로 싸워 왔잖아요.

**박찬우** 그야 美蘇가 일본, 그 조그만 나라가 너무 잘난 척 까부니까 때려 쳐 놓고 보니 우리가 뭔지 미숙해 보였고 물심양면으로 투자하고 그냥 내놓기가 억울했을 테지. 그래서 갈라놓고….

**오산월** 그러나 저러나 당신은 이젠 그 정치계는 발도 들여놓지 마세요. 우왕좌왕하는 꼬락서니가 죽도록 고생만 하다가 어느 발길에 채일지 모르니까요. 그리고 이젠 나이도 많고.

박찬우 남자가 한 번 해보려고 칼을 뽑았으면 끝장을 봐야지.

오산월 해방된 지 벌써 8년째가 되잖아요. 이젠 38선 대신 휴전선이 가로 놓였으니 또 얼마나 홍역을 치러야 할지 원….

박찬우 아무튼 일선에 배치됐던 둘째가 무사히 돌아오게 됐으니 다행이지 않소.

오산월 징병으로 떠날 땐 꼭 두 아들 다 잃어버리는 것 같더니… (목이 멘다)

박찬우 세영이도 꼭 돌아올 거요. 모두가 국운인 걸 어떻하겠소.

오산월 휴전협정이 됐으면 포로교환도 이뤄지겠죠? 그때 행여 그 애가….

박찬우 그럴 테지 암 그 애는 돌아올 게유.

담배를 피워 문다, 이때 정애, 학교에서 돌아온다.

박정애 아버지 어머니 계셨군요.

오산월 그래, 오늘은 일찍 왔구나.

박정애 (방으로 들어가며 아버지에게) 아빠, 아빠, 오늘 휴전협정이 체결됐다면서요?

박찬우 그래, 잘된 일인지 잘못된 일인지 모르겠다.

박정애 어쨌든 그 지긋지긋한 총소리, 비행기소리, 안 들어서 살 것 같아요.

오산월 우선 작은오빠가 무사히 돌아올 테니 다행이다만 큰오빠 소식은… (또 운다)

박찬우 (마루로 나오며) 아, 그 궁상 좀 작작 떨어요.

박찬우 신을 신고 나간다. 정애, 문 잠근다.

박정애 다녀오세요. (배웅하고 방으로 들어가 가방을 열고 편지를 끄집어낸다) 엄마, 놀라지 마세요. 이 편지.

오산월 편지라니, 누구한테서?

박정애 3년 전에 큰오빠랑 바람처럼 사라졌던 숙희 언니에게서.

오산월 (놀랍고 두려운 태도로) 뭐라고, 숙희한테서?

박정애 그렇다니까요. 남쪽에서 부쳤어요. 인편에.

오산월 아니, 그 애가 살아서 남쪽으로 피난 갔다면 너희 오빠도 남쪽 어딘가에….

박정애 자세한 얘긴 안 쓰고요, 경남 마산이라고만 적혔어요. 아빠 계실 때 말씀드릴 걸 깜빡 잊었네요.

오산월 얘야, 그럼 그 애들이 지리산 속에라도 가 있다더냐?

박정애 그렇진 않나 봐요. (어머니 손에 든 편지 다시 뺏어서 읽는다)

E 정애에게

나 숙흰데 살아서 남쪽으로 피난 와 있어요. 혹시 이사했나 하고 편지도 못 보내고, 자원했던 학교 학생 편에 소식을 듣고 알아서 우선 친구 편에 편지를 띄웁니다. 언젠가 상경해서 만나, 지난 날 여러 가지 사연을 얘기하리다. 부모님께 안부 전해 주세요. 안녕. 숙희 보냄.

**오산월** (다시 정애 무릎에 얹힌 편지봉투를 갖다 편지의 겉봉투를 확인하며) 아니 주소가 전혀 기록돼 있지 않지 않니? 그렇다면 밝힐 수 없는 곳에서 세영이와 살림이라도?

**박정애** 엄마, 차라리 죽었다는 소식보다 낫잖아요.

**오산월** 아니다. 그럴 리가 없다. 세영이가 남쪽에 있다면 숙희보단 더 빨리 집으로 소식을 전할 아이지. 이럴 수가 없어. 그앤 죽었나 봐… (어머니, 연방 눈물을 닦는다) 에구, 불쌍한 것….

**박정애** 엄마, 큰오빤 안 죽어요. 꼭 돌아올 거예요. 오빠가 무슨 죄가 있어서 죽었겠어요. 우리 식구는 그냥 기도나 열심히 드리며 기다립시다. 어머니.

**오산월** 6 · 25동란에 그 많은 죽음들이 죄가 있어서 죽었니?

**박정애** (어머니 눈물을 닦아드리며) 자, 어머니 고정하세요. 이제 곧 큰오빠 소식도 들을 거구 작은 오빠도 곧 돌아오게 될 거구요.

이때 초인종 소리 들린다.

**박정애** 누구세요?

**박세완** 나다.

**박정애** 아니, 작은오빠! (문 열며 소리친다) 엄마, 엄마, 작은오빠 와요!

오산월 (마루에서 신발도 못 신고 뛰쳐나온다) 뭐 누구, 누구라고? 얘야 어떻게 벌써….

박세완 (군복에 룩색을 메고 모자를 벗으며) 어머니, 접니다. 무사히 돌아왔습니다. 세완이가.

오산월 얘야, 오늘 휴전협정이 체결됐다기에 2 · 3일 후면 무슨 소식이 있을 거라고 생각은 했다만 이렇게 일찍 돌아오리라고는 꿈에도 생각지 못했구나.

박세완 (짐을 내려놓고 마루에 걸터앉으며) 벌써 이틀 전에 우리 부대는 후방으로 철수됐으며 어젠 서울부대에서 자꾸 일주일 집에 다녀오라고 보냈어요.

박정애 그래, 오빠 고생 많이 했지?

박세완 누구나 다 겪은 일이 아니겠니?

오산월 얼굴이 많이 축났구나. 어디 아픈 덴 없었고?

박세완 아니요. 이렇게 건강한 몸으로 무사히 돌아왔습니다. (구호처럼 큰소리로 외치는 바람에 웃음이 터진다)

오산월 정애야, 오빠 점심 좀 차려오렴.

박정애 네, 그럴게요. (부엌으로 간다)

박세완 (군화를 벗고 마루로 올라가 앉는다)

오산월 얘야 세완아, 이젠 전쟁이 아주 끝난 거니? 아니면 또 얼마 있다 싸우는 거니?

박세완 그야 아무도 모르지요. 강대국들의 게임에 따라 움직이게 되는 거 아니겠어요.

**오산월** 어이구, 내 새끼. 큰앤 어디 가서 찾아오니? (또 목을 놓아 운다) 죽었을 게야.

**박세완** 어머니, 왜 자꾸 불길하게만 생각하세요. 형은 안 죽어요. 죽지 않았다니까요. 자꾸 그러시니까 어머닌 심장병을 얻으신 거야요.

**오산월** 그걸 어떻게 아니? 알 길이 없지 않니. 그러잖아도 그때, 6 · 25 때 말이다. 집에서 같이 나간 숙희는 살아 있어서 오늘, 기별을 알았다만, 그러니, 세영이도 살아 있다면 이제까지 소식을 안 전할 애가 아니잖니?

**박세완** 숙희씨 소식이라니요?

**박정애** (밥상을 들고 나오며) 오빠, 오늘 우리 반 애가 경남 마산 사는데 글쎄, 숙희언니 편지를 가져오질 않았겠어.

**박세완** 어디서 만났대? (정애, 밥상을 내려놓고 편지를 집어준다)

**박정애** 어느 교회 부흥회에서 만났대. 그런데 그 언니가 내 친구 배지를 보더니, 혹시 그 학교에 박정애란 여학생이 없느냐고 묻길래, 있다구 했더니 다음 날 그 편지를 써 가지고 전해 달랬다는 거야.

**박세완** 그래서?

**박정애** 그래서, 받아 가지고 왔다는 거지 뭐.

**박세완** 그럼 마산 어느 교회에 다닌다는 것 아니니?

**박정애** 그야, 여러 교회서 온 사람 중의 한 사람일 수도 있고, 그냥 교회에 적을 두지 않았어도 부흥회란 여행 중에도 나갈 수 있잖아요?

**오산월** (밥상을 세완 가까이로 옮기며) 얘야, 시장할 테니 밥이나 먹고 얘기해라.

**박세완** 네, 어머니. (밥을 먹는다)

**오산월** 그 애가 혹시 강제 부역하다 후퇴 때 산 속으로 들어가 숨어 있는 것 아닐까? 난 왠지 자꾸만 그런 불길한 생각이 든다. 얼마 전 뉴스에도 공비가 계룡산으로 많이 숨어 들었다는구나. 그래서 국군이 토벌작전을 한다고 몇 연대가 올라 갔다는구나.

**박정애** 엄만 신경과민증에 걸렸다니까. 하루에도 몇 번은 큰오빤 꼭 살아서 돌아온다, 돌아와, 했다가도, 금방 눈물을 흘리며 아니야, 죽었을 거야, 틀림없이, 이러시지 않겠어, 오빠.

**박세완** 어머니가 안 미치고 사시는 것만도 얼마나 다행이시니. 엄마가 형을 얼마나 사랑하셨니.

**박정애** 아냐, 엄마는 눈물의 여왕이야. (웃기려고 과장섞어 말한다)

**오산월** 계집애도, 못하는 소리가 없다.

**박세완** 어머니, 저 애는 끼가 좀 있어요.

**박정애** 그럼, 난 학교 연극부 학생 아닌가배.

**오산월** 듣기 싫다. 얌전히 공부나 해서 시집갈 생각이나 해.

**박정애** 시집은 안 가요, 절대로. 한국 여자들 시집살이하는 걸 보면 구질구질스러워서. 특히 엄마꼴.

**오산월** 왜, 에미꼴이 어때서?

**박정애** 빛도 못보고 정치한다고, 식구들이 먹는지 굶는지도 모르시고 종일 나갔다가 술만 취해 들어오는 우리 아버지의 그 모양새.

**오산월** 말 조심해. 누가 아버지께 그런.

**박세완** 정애야, (상을 밀며) 까불지 말고 상이나 내가.

**오산월** 세완아, 그래 형 소식을 어디 가서 알아보니? 내가 내일이라도 떠나서 마산 일대를 샅샅이 뒤져봐야겠다.

**박세완** 어머니, 너무 성급히 그러지 마세요. 좀더 기다려 봅시다. 아직 남쪽으로 피난 갔던 서울사람들이 절반도 안 돌아왔어요.

**박정애** (나오며) 그래, 엄마 기다립시다. 정 궁금하면 겨울방학에 내가 그 애 따라 마산으로 내려가서 교회마다 다 둘러보고 물어 보겠어요. 그 언니의 사진이 내게 한 장 있으니까요.

이때 술에 만취된 아버지, 몸을 가누지 못하며 들어온다.

**박찬우** 아니, 이게 누구니? 내 아들 세완 아니야!

**박세완** 아버님, 제가 살아왔습니다.

부자가 끌어안는다. 이때 음악이 흐르며 암전 된다.

# 2막 2장

1장으로부터 3년 후

음악이 흐르는 가운데 환등기에서 1956년 5월 23일 해공 신익희 선생의 영결식을 보여준다. 라디오 뉴스가 들려온다.

E　지금 여기, 해공 신익희 선생님의 영결 식장에는 많은 국민이 눈물을 흘리며 애도하고 있습니다. '못살겠다 갈아보자'라는 구호를 외치며 4대 대통령 후보에 나섰던 신익희 선생님. 그 구호를 외치던 신익희 선생님이 서울 유세 땐 한강 백사장에 30만 명이 넘는 군중이 운집한 가운데 절대지지를 받았었으나 지방유세차 타신 호남행 열차 안에서 급사하시고 말았던 해공 신익희 선생님. 아 파란만장한 그분의 생애, 그를 따르던 국민들은 가슴을 치며 통곡하고 있습니다.

**오산월**　(라디오를 끄며) 그만 듣자. 그분을 열심히 따라다니던 너희 아버지 정치생명도 이젠 모든 것이 끝장났다.

**박세완**　어머니, 너무 아버님 앞에서 핀잔주시지 마세요. 정치란 운이 따라야 하고 돈이 있어야 용기도 내구 출마도 할 수 있는 풍토인데 어디 그런 언덕이 있어요? 아버님인들 얼마나 답답하시겠어요.

**오산월** 뱁새가 황새 따르다간 가랑이가 찢어진다고 하지 않았니. (일어서서 나가려는데)

**박세완** 어디 가세요, 어머니?

**오산월** 가게 나가 봐야지. 이러고 있으면 누가 먹여 살리니?

**박세완** 어머니, 이젠 저도 복학했으니까 대학원 1년만 더 마치면 교수님이 당신 연구실에 조교로 채용하신 댔어요. 그리되면 이런 고생 안 하셔도 되고 어머님을 편안히 모실께요.

**오산월** 그래, 고맙다. 그 소린 너희 형도 자주 해오던 소리였는데. (어머니 나간다)

**박정애** (방에서 나오며) 오빠, 아직 안 나갔소?

**박세완** 그래, 오늘은 휴강이다. 그런데 넌 왜 학원에 안 나가고?

**박정애** 응, 나 학원 그만 둬야겠어.

**박세완** 왜, 애들 가르치는 것이 어렵더냐?

**박정애** 아니, 그다지.

**박세완** 그럼, 왜? 뭐 말 못 할 사정이라도?

**박정애** (망설이다) 저어 그게, 오빠의 선배 된다는 원장있잖우, 하수씨라는.

**박세완** 그래, 그 친구가 왜? 널 학대하던?

**박정애** 차라리 학대하면 편하겠소.

**박세완** 그럼 뭐지? 이미 대학 재학시절에 결혼한 사람이라 너한테 결혼해 달라는 것도 아닐 게고.

**박정애** 그러니까 걱정이지. 알고 보니 딸도 하나 있는 주제에 자기 부인하군 성격이 안 맞아 못살겠다는구려. 처음엔 총각이라고 속이더니 말야.

박세완 그 자식, 아마 권태기가 온 모양이군.

박정애 재학시절 같은 반 여자와 연애결혼을 했다면서요?

박세완 그래, 그놈 그 여학생 임신시키는 바람에 졸업도 못하고 결혼했지. 아예 만나지 마라. 치근덕거리면 그만 두고 다른 직장 구해 봐.

박정애 그리고 오빠, 사실은 그 문제보다 더 심각한 문제가 또 하나 있어서 고민이라우.

박세완 뭔데?

박정애 나 혼자 어쩔 수가 없어서 고민하고 있어.

박세완 뭐냐, 인생문제냐? 애정문제냐?

박정애 차라리 그런 문제면 나 혼자서도 얼마든지 해결할 수 있어요. (심각한 표정으로 오빠에게 가까이 다가앉는다) 어제, 경남 마산 친구 집에 갔다왔지않우.

박세완 그래서, 숙희누날 만나 봤니? 못 만났구나?

박정애 (멍청히 앉아 있다가) 아니야, 만났어요.

박세완 뭐라고? 어디서, 어떻게 살며, 누구와 같이 있대? 설마 형하고 같이 있는 건 아니겠지?

박정애 아니, 사실은 내 친구와 마산, 진영이란 곳으로 놀러 갔었어. 그런데 어느 고아원 앞 길에서 숙희언니 같은 여자가 지나가길래 '숙희언니 아니에요?'라고 불렀더니 깜짝 놀라는 거야.

박세완 틀림없던?

박정애 응, 틀림없었어.

박세완 그럼 형은? 철호형이랑 어찌 됐다던?

박정애 (눈물을 글썽이면서) 결국 큰오빠 죽었대.

박세완 뭐, 죽어? 왜 죽어? 누가 죽였대?

박정애 너무 끔찍해서 말할 수가 없어요.

박세완 이젠 끝장난 얘긴데 어서 속 시원히 들어나보자. 어서 말해봐.

박정애 난 그 소식을 듣고 하룻밤을 그냥 뜬 눈으로 새우고 서울 올라오는 버스 속에서도 계속 울고만 온 거야.

박세완 아무튼 듣자. 듣고 나서 명복을 빌든 어쨌든 결정을 짓자.

이때 불이 꺼지고 중간막이 내려온다.

환상 장면으로 이야기가 과거 6 · 25 때로 돌아간다. 가회동 본부, 침침한 어느 산비탈 굴속이다. 의자 몇 개 놓여 있다. 인민군 1명과 벽에는 김일성 사진이 걸려 있다. 비행기 폭격 소리 요란한 가운데 병태와 청년이 세영과 숙희를 끌고 들어온다.

배병태 자, 이리들 앉지. (세영과 숙희, 앉는다)

인민군 야들이 반동 새끼들인가?

배병태 네, 그렇습니다.

인민군 이 계집앤 죄명이 뭔가?

배병태 이 계집애는 북조선 인민공화국을 배반하고 이남으로 와서 계속 악선전을 하고 다녔습니다.

인민군 그래, 이 쌩간나이. 그리고 저 새낀?

배병태 (머뭇거리다) 아, 네. 저놈은 악질 (머뭇거리다 다시) 아니, 애비가 정치단체의 무슨 고문인가구, 어머닌 시골학교 훈장을 지낸 아주 부르조아집 새낍니다. (숙희와 세영, 넋이 나간 사람처럼 말이 없다)

인민군 그럼, 난 지금 급히 사령관 동무의 명령을 받고 갈 일이 생겼으니 동무가 맡아 처리하라우. 자 가자우.

배병태 네, 알았습니다. (인민군과 붉은 완장을 두른 청년이 나가고 병태, 의자에 앉으며) 자 어때, 내 실력이?

박세영 병태야, 네가 이럴 수가 있니?

배병태 이제 너희들 생명은 내 손에 달렸어. 뭐가 못마땅하냐? 그럼, 이제라도 너만 돌려보낼 테니 나가시지. 자, 어서 목숨이 아깝거든.

민숙희 안 돼요 나도 같이 보내 주세요.

배병태 흥, 죽음의 길이라도 같이 갈 용기가 있다 이 말씀이렷다.

박세영 그렇다. 숙희씨 혼자 여기 두곤 못 간다.

배병태 하룻강아지 범 무서운 줄 모른다더니.

박세영 도대체 네가 사람이냐?

배병태 뭐야, 이 새끼가? 너희 둘을 살려서는 못 뗄 터이니까. (책상 서

랍에서 권총을 꺼내 겨냥한다) 자, 이래도 혼자 썩 못나가겠니?

박세영 그래, 쏠테면 쏴라, 어서 쏴 봐라!

배병태 네 발로 못나가겠다면 내가 널 혼자 보내주마.

박세영 그래, 마음대로 해라. 설마 네가 나를?

민숙희 안 돼요. (가로막는다)

배병태 (악에 받쳐 숙희의 손목을 잡아 낚아채고) 자 이래도 혼자 못나가겠니? 그럼 할 수 없지. (방아쇠를 잡아당긴다)

E 한방의 권총소리

배병태 (자신이 쏜 총성에 놀라며) 아니 실탄이.

민숙희 (이때 재빨리 병태 팔을 잡아 낚아챈다. 권총 떨어지며 쓰러진 세영 앞으로 보내면서 힘을 다해서 붙들고 매달린다) 이 저주받을 악마.

박세영 (피가 흐르는 가운데 권총을 잡아 병태에게 겨눌 때 숙희 땅에 주저앉는다) 이 배신자!

E 두발의 총성이 울리고 병태 비명을 지르며 비실거리다 쓰러진다.

민숙희 (세영에게로 다가가며) 세영씨 죽으면 안 돼요. 사셔야 해요. (숙희, 수건으로 피가 흐르는 상처를 막고 있다)

배병태 (간신히 몸을 일으키며) 세영아, 용서해라. 이것이 우리들의 비극이요, 운명이 아니겠니. (숨을 몰아 쉬며) 결국 이것이 우정을 저버린 죗값이겠지. (숨을 거둔다)

박세영 (간신히) 숙희씨, 사랑해요.

민숙희 (세영을 끌어안으며) 사랑해요. 죽도록 사랑해요. 어서 병원으로.

어서요.

김철호 (이때 철호 뛰어 들어온다) 아니, 세영아. 이게 웬일이냐? 결국 병태가.

박세영 철호, 숙희씰 부탁한다. (의식을 잃어버린다)

민숙희 세영씨, 세영씨, 정신 차리세요.

김철호 (세영 가슴에 귀를 대보고 지혈을 시키고 병태쪽으로 가 죽음을 확인하고) 병태는 이미 숨을 거두었군요. 자, 세영인 아직 살아 있어요. 내 등에 업히세요.

민숙희 어디로?

김철호 아직 맥이 뛰고 있어요. 내가 나가는 대학병원으로.

업고 나갈 때 조명이 어두워지고 중간막이 오르고 다시 전 무대로 불이 밝아진다.

박정애 그 후 병태씨는 그 자리에서 즉사하고, 큰오빠는 병원에서 수술을 받았으나 출혈이 심해서 그만 죽고만 거래요.

박세완 철호 형님은 괜찮았을까?

박정애 철호씨는 의사니까 자기네들이 필요한 사람이어서 병원에 두고 있다가, 결국 9 · 28 후퇴시 숙희 언니는 부산으로 가는 어느 환자 후송차에 태워 보내고 자기는 어차피 부역을 했으니까 가지 않으면 안 될 몸이라고 인민군 후퇴시 떠났을 거라는 거야.

**박세완** 그럼, 형은 이미 이 세상 사람이 아니로구나. (흐느낀다)

**박정애** (눈물을 닦으며) 그래, 작은오빠. 그래서 난 어젯밤 한잠도 못 잤어. 이 얘기를 어떻게 아버지나 어머니께 말씀을 해드릴까 하고.

**박세완** 하지 마라. 아버지나 어머님은 꼭 살아 있을 거라고 믿고 계신데 그 말을 들으시면 그 충격으로.

**박정애** 차라리 그냥 말하지 않기로 했어요. 오빠한테만 얘기하고.

**박세완** 그런데 숙희 누난 거기서 누구하고 뭣하며 살던?

**박정애** 진영 고아원의 보모였어요. 그런데 오빠, 또 하나 깜짝 놀랄 일이 있어요.

**박세완** 뭔데?

**박정애** 숙희언니가 애기를 낳아서 기르고 있었어요.

**박세완** 애기라니, 결혼했던?

**박정애** 아니, 큰오빠 아들이라는 거야.

**박세완** 틀림없을까?

**박정애** 틀림없었어. 어쩌면 그렇게 큰오빨 닮았을까. 아주 판박이였어. 여섯 살인데 말도 잘 하고, 네 이름이 뭐니 하니까 '나 박요셉' 이라고 했어. 우리 아버지 이름은 박세영이라는거였어. 묻지도 않았는데 아빠 이름까지….

**박세완** 박요셉…?

**박정애** 응, 숙희언니가 성경속의 요셉처럼 크게 되라고 그렇게 지었다는 거야.

**박세완** 그럼, 데리고 오지 그랬니?

박정애 아니야, 숙희 언니는 요셉을 주곤 자긴 못산다는 거였어요. 우리 부모님을 만나러 몇 번이나 오려다가 두 분이 아들 죽인 여자라고 얼마나 원망하겠냐고….

이때 아버지, 술에 만취된 채 비틀거리며 벨을 누른다.

박정애 네 누구세요?

박찬우 내다.

박정애 작은오빠, 아버지 어머니껜 절대 비밀이야요? 더구나 어머닌 심장병 환자잖아요.

박세완 걱정마라. 네 입이나 조심해.

박찬우 (비틀거리며 들어오며) 빌어먹을 놈의 세상. 그분이 가시다니. (휘청거리며 방으로 들어간다)

박정애 오빠, 난 어머니한테 가서 좀 도와드리고 올게요. (나가려 한다)

박세완 (대문을 잠그러 나오며) 말조심해라. 어머닌 형이 꼭 돌아오리라는 오로지 그 희망만으로 사시는 분이시다.

박정애 알고 있어요. 오빠나 조심해요.

박세완 형님이 가시다니… 이건 말도 안 돼!

형의 사진 앞에서 '형'하며 꿇어앉아 운다. 이때 조명이 어두워지고 음악이 흐르며 암전.

## 2막 3장

1960년. 2장으로부터 4년 후.

환등기, 3 · 15 부정선거 규탄 데모대가 1만 명 이상으로 운집되어 좌충우돌하는 광경이 비쳐지고, 라디오에선 뉴스가 흘러나온다.

E  '3 · 15 정부통령 선거는 불법이다', '부정선거 다시 하자', '부패정치, 독재정치 물러가라'는 각 대학교의 1만명이 넘는 학생들의 시위 대열이 종로에서 청와대 쪽으로 돌입하고 있습니다.

이때 공하수, 대문 밖에서 서성인다.

**박정애** (벨소리에) 누구세요?

**공하수** 나요, 하수.

**박정애** 돌아가세요.

**공하수** 정애, 문 열어. 꼭 할 말이 있어서 왔어.

**박정애** 이미 다 끝난 얘기, 백 번 천 번 들었어요.

**공하수** 안 열면 담을 넘을 거야.

박정애 (생각다 못해 문을 연다. 하수, 마루에 걸터앉는다)

공하수 두 분 어른께선 나가셨나? 오빠는 데모 군중 속에 있을 테고. 모두 잘난 체 하는 집안 식구들이라….

박정애 도대체, 당신이라는 사람의 정체는 뭔가요? 소속이 어디지요?

공하수 (능글맞게) 내가 학원 원장이란 건 당신이 더 잘 알고 있지 않소?

박정애 학원 원장 외에 또 다른 진짜 직업이 있을 텐데요?

공하수 흥, 내가 어느 기관의 정보원이라도 된 것으로 착각하고 있나 본데. 어디, 그런 위인이라도 될 수 있는 실력이 있었으면 좋겠소.

박정애 당신은 나를 채용해 놓고 총각 행세를 하며 날 꼬셨어요.

공하수 그야, 좋아졌으니까 어쩔 수 없잖아.

박정애 아무리 좋아졌어도 자기 처지를 알아서 처세해야죠.

공하수 이젠 그런 소리하기엔 너무 많은 시간이 흘렀어.

박정애 그래서, 지금 어쩌자는 거예요?

공하수 넌 내 아이까지 가졌던 여자야.

박정애 협박하는군요.

공하수 내 허락도 없이 혼자 그. 내 자식을 유산시키고. 흥, 넌 살인마지.

박정애 그만, 그만. 지나간 악몽이라 잊었어요. 여자가 자기 뱃 속에서 꿈틀거리는 산 생명을 낙태시킬 때의 그 비참한 고통은 햇

빛을 못 본 어린 생명보다 더 아프고 쓰라린 자살행위란 사실을 남자들은 잘 모를 거야요. 당신은 처음, 날 시외로 유인해서 음료수에 수면제를 먹여놓고 강제로….

공하수 정애, 몇 번 말해야 알아듣겠어. 내 처와 난 벌써 별거한 지가 만 2년도 넘었어.

박정애 한 집에서 별거를…?

공하수 믿어줘요. 사회 체면상 할 수 없다고. 몇 번이나 말해야 알아듣겠어?

박정애 그럼, 할 수 없이라도 살아야 한다면 그럼, 나는 뭐야요. 결국 당신 첩으로 아니면, 숨겨진 여인으로 한 세상을 보내란 말이에요?

공하수 사랑만 있다면 그런 조건, 아무 것도 아니잖아.

박정애 안 돼요. 물론 내가 사랑한 적도 없고, 자존심이 허락지 않아요. 내 부모님들께 불효가 되기는 싫고요. 절대로 안 돼요. 싫다니까요.

공하수 이제 와서 그런 소리가 내게 먹혀 들어갈 것 같아? 난 널 안 놔 줘, 절대로.

박정애 헛물켜지 말아요. 실은 난 첫사랑의 남자가 있었어요. 아직도 그 사람을 사랑하며 못 잊고 살아요. 앞으로도 영원히….

공하수 그놈이 누구야, 어디 있어? 그런 놈이 아직 우리 주변에 살아 있다면 당장에….

박정애 그만, 그분은 당신 같은 무모한 그런 사람이 아니야요.

공하수 흥, 네가 무슨 말을 해도 다 듣고 있으마.

그러나 난 널 이 세상 누구한테도 안 뺏겨. (끌어안으려 한다)

박정애 왜 이래요. 야만인 같으니.

하수, 정애를 끌어안으려는데 세완 데모하다 부상입고 급히 들어오다 하수를 발견….

박세완 무슨 짓이야, 하수씨 아니요?

박정애 오빠, 팔에 피가 웬 일이야?

공하수 정의파 오빠이시라 데모하다 다쳤겠지.

박세완 당신은 뭣하러 온 사람이요? 이 아우성치는 시간에 계집애 꽁무니나 찾아다니나?

공하수 건방진 자식, 선배 앞에서 잘난 체 하지 마. 그렇다고 널 누가 위대한 혁명가라는 목걸이라도 걸어줄 줄 아나?

박정애 (이때 정애, 붕대를 오빠 손목에 감아주며) 오빠, 많이 아파요?

박세완 (찌푸리며) 아니 약간, 각목에 맞았어. (하수에게) 그만 가보라고. 내 동생에게 수작부리면 가만 안 둘 테니.

공하수 가라고 안 해도 막 가려던 참이었어. 너희 남매, 앞으로 몸조심하는 게 좋을 게다.

대문, 땅 소리를 내며 나간다.

박정애 오빠, 데모에 끼지 말아요. 그러다 오빠까지 다쳐서 병신이 되던가 죽으면 우리 집안은 어떻게 되겠어요.

박세완 네가 대학가의 사정을 잘 몰라서 그러는 거다. 어제 4월 11일 11시, 마산 앞바다에서 낚시꾼에 의해 소년의 시체를 인양했다는데 그 애가 바로 27일 전에 행방불명이 됐던 김주열이라는 학생이란다. 그런데 그 시체, 오른쪽 눈에는 연막탄이 아니면 최루탄으로 보이는 쇠뭉치가 그대로 꽂혀 있었단다. 이렇게 처참하게 죽일 수가 있겠니?

박정애 누가 그토록….

박세완 그야 잔인한 살인 청부업자의 하수인들이겠지.

박정애 오빠, 세상 살 맛이 안 나네요.

박세완 오늘, 연구실에 앉아 있다 나도 모르게 거리로 뛰쳐나간 거야.

박정애 그게 곧 군중심리, 양심의 발동이라고 할까요?

박세완 그런데, 그 작자 왜 왔다던. 그리고 무슨 수작을?

박정애 응, 그냥 보고 싶어 왔다는 거야. 내가 며칠 직장에 안 나가니까 궁금도 했겠지.

박세완 주제파악도 못하는 맹추 같은 자식.

박정애 그런데 오빠, 그 사람 아무래도 깡패 두목 같애. 말하는 투며 행동이, 그리고 그 주변에 모여드는 사람들이.

박세완 조심해. 혹시 성폭행이라도….

박정애 오빠. (머뭇거리다) 오빠나 조심해요. 혹 무슨 해라도 끼칠까 걱정이야.

박세완 감히 제가 날….

박정애 오빠, 언제나 잘못 사귄 가까운 사람들에 의해 해를 입는 일이 얼마나 많소. 예수님도 그렇고. 큰오빠도 친구라고 믿었던 병태한테 당했고.

박세완 얘, 불길한 소리 마라.

이때 어머니, 벨 누른다. 세완, 방으로 들어가고 정애 뛰어나와 문열고 선다.

박정애 엄마세요?(시장바구니를 받아들고 들어온다)

오산월 (세완의 신발을 보면서) 세완이 들어왔니?

박정애 (머뭇거리다) 엄마, 오빠가 손목과 어깨를 좀 다쳤어요.

오산월 (깜짝 놀라며 손에 든 물건을 놓쳐 버리고) 아니, 세완이가 어디를?

박세완 (방문을 열며) 어머니, 염려 마세요. 조금 다쳤으니까요.

박정애 그래요 엄마. 괜찮을 거예요.

오산월 어디 보자. 아니 피가 많이 흐르지 않니. 누가, 내 자식을 이렇게 만들었단 말이냐? (눈물을 닦는다)

박정애 학교서 나오다 데모 군중 속에 끼었었데요.

오산월 그래, 그건 잘 했다. 나도 오늘은 김주열 학살 뉴스를 듣고 울화가 치밀어서….

박세완 어머니, 걱정마세요. 제가 누굽니까, 어머니 아들 이닙니까? 훌륭히 살다 갈 게요.

**오산월** 그래, 난 널 믿어. 이제 저애는 시집갈 나이가 됐으니 남의 집으로 가야지. 그럼, 우린 너밖에 누가 있니. 큰아이는 꼭 돌아온다는 보장도 없고. (이때 정애와 세완, 서로 얼굴을 쳐다본다) 언제가 될지, 남북이 통일되는 날이나 만나게 될지….

**박정애** 엄마, 난 시집 안 가요. 엄마랑 오래 오래 이 집에서 살 거야요.

**오산월** 원 계집애도. 노처녀로 있으면 부모한테는 더 큰 부담이 된단다. 그것도 불효야.

**박정애** 엄마, 철호씨가 이북으로 끌려갔으니까, 그분이 돌아오면 그때 결혼할 게요.

**오산월** 바보 같은 계집애. 앞으로 몇 년이 될지, 통일이 되어야 만나질 터인데, 그때까지 남자들이 결혼 안 하고 있겠니, 널 생각하면서?

**박정애** 맞아요. 엄마 그분은 내가 자기를 사랑한다는 것도 모르고 떠났으니까. 그때 내가 너무 어렸었나 봐요.

**박세완** 꿈 같은 소리 마. 좋은 사람 생기면 갈 게요라고 해두렴.

이때 아버지, 대문 벨을 누른다. 세완은 방문을 닫고 들어간다.

**박정애** 아버지세요? (정애 대문 연다)

**박찬우** 오냐.

오산월 어째, 오늘은 맹숭맹숭 술냄새가 안 나우. 수중에 돈이 떨어졌나요?

박찬우 오늘은 술 먹을 기분도 안 납니다.

오산월 왜, 사무실에서 무슨….

박찬우 당원들이 모두 3 · 15 부정선거, 다시 하자고 데모하러 나가는데 난들 그냥 있을 수 있소, 늙은이들은 사무실에 있으라고 합디다만, 오히려 난 제일 선두에 서서 다녔소.

오산월 용기가 대단하구려. 다리도 성치 않은 분이.

박찬우 두 다리가 동강이가 나는 한이 있더라도 정의를 위해선 앞장서야지.

오산월 일정시대에만 용감하게 항일운동에 가담하신 줄 알았는데….

박찬우 지금이 더 중요한 시기지. 나라가 제대로 잘 돼야만 자식들이 대대로 행복하게 살 수 있지 않소. 강대국들도 얕보지 않고.

오산월 피는 못 속인다더니 작은 아이도 당신 닮아서 정의를 위해선 못 참는 그 성격. 오늘 그 애도 학교 연구실에서 나오다 대학생 데모 군중에 끼여서 다니다 부상까지….

박찬우 (깜짝 놀라며) 뭐 부상, 어디?

박정애 (오빠의 방문을 열며) 오빠, 아버지가….

박세완 괜찮아요, 아버지.

박찬우 어디 보자. 많이 다치지 않았니?

오산월 심한 상처 아니지만 피를 많이 흘렸나 봐요.

박찬우 이 녀석아, 이 애비도 이제 죽어도 억울할 것 없으니까 선두에 서서 다녔지만 넌 달라. 넌 우리 집 기둥이야. 그걸 알고 행동해라. 죽으면 죽는 놈만 억울하지. 애써 애비 운명 닮신 말아야지. 일제 때 강제 징용으로 고생하고 하나밖에 없던 누나는 15세 어린 나이로 밭에 나갔다가 일본땅으로 정신대에 강제로 끌려가서 없어지고, 큰아들은 6 · 25때 잃어버려 (비틀거리며 선반 위 소주병을 끄집어내려 연거푸 마시며) 그러다 너마저 잃는다면… 우리 집안은 전멸이다, 전멸….

**오산월** 나라를 위한 정의의 길이라면 우리 한 가정 다 바친들 무엇이 아깝겠어요.

**박정애** (부엌에서 술안주 내다 놓는다) 이거 좀 잡수시며 드세요. 아버지.

**박찬우** 오냐, 내 딸이 제일이야. 정애야, 며칠 전 마산에 갔다온 얘긴 왜 통 안 들려주니? 이번에도 친구집에 일주일 내내 그냥 찾아보지 않고 있다 왔니? 그 애 숙희만 찾으면 세영이 소식을 알 수 있으련만. (술잔에 술을 가득 부어 마신다)

**박찬우** (말문이 막힌 채) 네 아버지. 이번엔 그냥 놀다만 왔어요. 그러나 언젠가는 찾을 수 있을 거예요.

**박찬우** 그 앤 깊은 산 속으로 숨어들었거나 아니면 철호따라 이북으로….

**박세완** 아버지, 형님은 꼭 만날 수 있을 거야요. 희망을 가지시고 사셔야지요.

**박찬우** 난 그 애 만나보기 전엔 못 죽어. 그래, 그래. 암 꼭 돌아온다. 오구말고. 아마 통일이 되어서 올 땐 손주나 손녀를 주렁주렁

달고 올지도 모르지. 그놈처럼 잘 생긴.

**오산월** 꼭 돌아오구 말고요! 살아온다고 믿고 기다립시다. (혼잣말로, 십자가 그으며) 오 하나님!

이때 음악이 흐르며 암전.

## 2막 4장

1960년 4월 18일이란 글자가 환등기로 비춰진다. 음악이 흐르며 조명이 밝아지면 무대 옆에 학원 책상과 의자가 있고 하수가 앉아 있다. 담배를 피워 물고 심각한 생각에 잠겨 있다.

**공하수** 설마, 우리 학원 지하 비밀 아지트까진 정애가 눈치 못챘을 테지. 어디 두고보자. 네 년을 꼭 내 앞에 굴복시키겠다. 내가 널 버릴 순 있어도 넌 날… 만약 끝까지 고집 부리면 쑥밭을 만들 테다. (담배를 끄고 전화 다이얼을 돌린다) 여보세요. 아, 나, 공하수요. 어제 약속 때문에. 오늘 정보에 의하면 약 3천명 정도가 의사당 앞에서 평화적 시위를 한다는데, 꼭 그 자식을 따라 붙으라고. 집 주변에서부터 대학원 사무실 앞까지 대기하고 있다가 적당한 장소에 데모 군중 속에 끼어 있을 때 적중시키라고. 그래서, 이번 기회에 아주 못쓰게 만드는 거야. 그렇게 고통을 주면 제 년이 손 들터이니까, 알았지? 그 집에선 그 애가 대들보니까 애초에 대들보를 못쓰게 만드는 거야. 아 걱정말아요. 그 요구조건은 처리 후에 곧 지불할 테니. (수화길 내려놓으며) 흥, 두고 보자. 네가 이기나, 내가 이기나.

자신만만한 표정이다. 불이 어두워지고 세완집으로 밝아진다. 박세완, 라디오를 들고 마루에 걸터앉고 정애도 나와 앉는다.

E 오늘 각 대학에서 대대적인 시위가 있을 예정이라고 당국은 초긴장 속에 경비되고 있습니다.

박세완 (라디오를 끄고) 정애야 며칠 집에만 있으니까 갑갑해서… 좀 나갔다 오마.

박정애 오빠, 아직도 완쾌되지 않은 몸인데 그냥 쉬고 계세요. 안 나가는 게 좋을 텐데….

박세완 연구실에만 갔다오마. (일어선다)

박정애 오빠, 오빤 아직 성한 몸이 아니잖아요. 제발 데모 군중에 끼지 마세요.

박세완 그래, 알았어. 아버지 어머니껜 근처에 바람 쏘이러 갔다구 하렴.

박정애 (문을 닫으며) 네, 알았어요. 조심하세요. (이때 돌아서서 마루에 오르려는데 또 벨소리) 누구세요. 오빠에요? (문을 여는데, 하수 대문을 밀며 들어선다) 왜 이래요, 누구 마음대로 밀고 들어와요?

공하수 (대청마루에 걸터앉으며) 누군 누구야. 당신의 애인이자 남편 마음대로지.

박정애 제발 헛물 작작 켜세요. 애인은 뭐고, 또 남편? 흥, 편리하시군요.

공하수 네가 그 따위로 배짱 부리면 난 네가 취직하는 데마다 따라 다니며, 이 여잔 내 여편네야, 애까지 가졌던 여자야 라고 마구 선전할 테니까 알아서 처신해. 그리고 네 부모한테도 공개해야지.

박정애 야수 같은… 그 모든 일은 네가 강제로 날 농락… 이 개 같은 놈!

공하수 그래 내가 개 같은 놈이면 넌 개 같은 년 아니니? (큰소리로 외치며 정애의 따귀를 친다. 정애. 쓰러진다)

오산월 (들어오다 이 광경을 보고 놀라 하수에게 달려든다) 아니, 이놈아, 천금 같은 내 딸이 뭘 너한테 잘못한 게 있길래 때린단 말이냐, 이 놈아. (주먹으로 가슴을 마구 두들긴다) 그 알량한 취직을 시켜줬다고 행패냐, 이놈아, 왜 쳤는지 그 이유나 알자.

공하수 천금같은 당신 딸은 이미 내게 몸을 허락했고요. 내 애까지 가졌다가 마음대로 유산시킨 살인자입니다. 아시겠어요?

오산월 (몸을 약간 비틀거리며) 뭐라고, 애까지…?

공하수 아, 어머님께선 아직 모르셨군요?

박정애 어머니, 그건 저 사람이 강제로…. (비명을 지른다)

오산월 이 짐승만도 못한 놈아. 내 딸의 순결을 짓밟아 놓구 따귀까지 갈겨?

마당비를 들어 내리치려 한다. 이때 하수, 재빨리 손목을 잡으며

공하수 왜 이러십니까, 장모님?

오산월 뻔뻔스러운 놈. 뭐, 장모님? 넌 처자식이 있는 놈으로 알고 있

다. 그런데도 내 딸을 그늘의 여자로 만들어 놓고 일평생을 네 노리개감으로 삼겠단 수작이지. 그건 안 돼, 그렇겐 못해.

**공하수** (마루에 걸터앉으며 담배를 피운다) 이젠 그렇게 당당하게 나오진 못할 입장일 텐데요.

**오산월** 지금, 이런 시국에 젊은 청년들이 모두 자유민주주의를 외치며 거리로, 거리로 쏟아져 나가는데 너 같은 인간 쓰레기는 이게 뭐냐, 뭣하는 짓이야. 이 구더기만도 못한 놈아, 나가, 나가! (대문을 열어 제치며) 어서 못 나가, 내 딸이 네 놈한테 상처를 입었다구 네 놈에게 맡기진 않아.

**공하수** (담배를 땅에 던져 끄며) 어디 두고 봅시다. 언제까지 그 기세가 지속되나.

**오산월** (대문을 닫으며) 악담말아, 이 놈아. (휘청거리며 마루에 와 쓰러지며 운다) 아이구 분해, 내 팔자야….

**박정애** 어머니, 제가 차라리 죽어버릴 것을… 죽으려고 먹은 약이 그만 유산만 되고….

**오산월** 아니다. 네겐 잘못이 없다. 다 이 에미가 너한테 너무 소홀했던 탓으로, 너무 가난했던 까닭에 직장을 잘 알아보지도 않고 그만….

**박정애** 아니에요. 난 처음부터 저놈 덫에 걸린 거야요. 이상하다고 생각했을 때 그곳을 그만 뒀어야 했던 거야요. 이 바보 천치가…. (흐느낀다)

**오산월** 오냐, 굳세게 살아야 한다. (억지로 눈물을 억누르며) 옛날엔 정조는 생명이라고 했고, 한 번 정조를 빼앗긴 남자면 죽을 때까지 살아야 한다는 것이 미덕이고 통념이었다만 이젠 그래선 안 돼. 그까짓 것 도둑에게 찢긴 칼자욱이라고 생각하면 된다. 그리고 재기해야 하는 거야. 이 바보야. (정애를 끌어안으며) 울 것 없다. 잘 판단하고 처리한 거야. 이젠 다시 얼씬도 못하겠지. (어머니, 신을 벗고 마루로 올라앉으며) 거기 앉아라. (정애 눈물을 닦으며 조심스럽게 마루에 앉는다) 옛날 너희 고모님의 생각을 해 보렴. 불과 15세 나이에 밭에서 풀뽑던 소녀를 납치해다 일본 배에 싣고 가서 일본 군인놈들의 위안부로 끌고 간 일을 생각해 보렴. 사는 것이다. 인간이란 불행 속에서 헤엄치며 살아남는 게야. 아직 일본 땅에서 숨어사시는지, 죽었는지…. 그런 억울한 삶도 있지 않니.

**박정애** 엄마, 용서하세요.

**오산월** 그래 그래, 굳세게 살아야 한다. 그런데 세완이 어디 가고 안 보이냐?

**박정애** 조금 전에 바람 쏘인다고….

**오산월** 나가면 안 되는데… 지금 가게에서 라디오를 듣고 있자니, 시내에서 데모가 격렬하다구 하기에 성한 몸도 아닌데 혹시나 세완이가 나갈까봐 일러주러 들어왔다만 한발 늦었구나.

정애, 라디오를 들고 나온다.

E 뉴스를 알립니다. 지금 전국 각지에서 데모대가 격렬한 시위를 벌이고 있습니다. 국회의사당 앞뜰에는 3천여명의 대학생들이 부정선거 다시 하고 이승만은 물러가라, 독재정권 타도하자고 소리소리 외치고 있습니다….

라디오 소리가 뚝 그친다.

박정애 엄마. 혹시 오빠가 그 속에….

오산월 아니, 몸도 성치 않은 애가 설마 학교까지 갔을 리가?

박정애 오빠 성격에 그냥 있을 리가. 실은 궁금하다면서 대학원 쪽으로….

오산월 왜 말리지 못하고. 아직 상처가 아물기도 전에.

박정애 오빠 고집 알지 않우. (다시 라디오를 켠다)

E 대학생 3천여명이 국회 의사당 뜰에서 평화적인 시위를 마치고 시민들의 박수를 받으며 무사히 종로를 통과하려는데 난데없이 정체불명의 폭력배들 30여명이 군중 속으로 기습난동을 부리며 준비했던 쇠뭉치로 무차별 구타를 감행하여 40여명의 학생들이 크게 부상을 입고 병원으로 후송되었습니다. 생사는 아직 확인되지 않았으나 그 중에서 중태자가 있다는 전갈을 받았습니다.

오산월 얘야. 큰일났다. 내 예감에 어쩐지 세완이도 낀 것 같은….

박정애 엄마, 너무 조급하게 생각지 마세요. 학교로 전화 걸어 볼 게요. (다이얼을 돌린다) 아무도 없나 봐요. 안 받네요.

**오산월** 오, 하나님! 저에게 설마… (십자가를 긋는다)

**박정애** 엄마, 다쳤음 집으로 기별이 있어요. 그리고 오빠는 연구실 근처에 있을 거야요.

**오산월** 어쨌든 큰 병원마다 가서 확인해 보고 오자. (나가려는데 아버지 비틀거리며 들어온다)

**박찬우** 왜들 이러느냐, 어디들 가는 길이냐?

**박정애** 네, 아버지. 아버진 집에 좀 계세요. 엄마랑 좀 나갔다 올게요.

**박찬우** 왜, 무슨 다급한 일이라도 생겼소? 당신 기색이 왜 그래? (어머니, 정애 말없이 나가고 아버지 마루에 오른다. 선반에 비치된 술병을 내려놓고) 야, 세완아, 이리 나오렴. 애비 왔다. 오늘은 한 잔 마셔야겠다. 기분이 아주 좋은 날이라서 말야. 정보에 의하면 25일 각 대학 교수들이 모여서 정의를 위해 대학생들만 희생시킬 수 없다구 학생들과 같이 보조를 맞춰서 데모를 한다지 않니. 그래, 이제야 지성인들의 산 양심의 소리가 터져 나오게 됐다. 암담하게만 생각했던 이 나라 운명이 이제야 바로 잡힐 테지. 그래, 우리 늙은이야 이제 뭘 바라겠니. 아무 것도 욕심이 없다만 너희들 대에만은 잘 풀려야잖니. 얘 세완아, 어서 나와라, 어서. 애비가 가야 나오련? (비틀거리며 신을 신고 세완의 방문을 연다) 아니, 없잖아. 어디 갔을까? 바람쏘이러 잘 나가는 놈이라서 또 나갔나 보군 그래. (돌아서려는데 숙희와 요셉이 와서 대문 벨을 누른다) 누구요, 세완이냐?

민숙희 (들어오면서) 저 숙희입니다.

박찬우 아니, 숙희학생이, 이게 몇 년만이오?

민숙희 꼭 10년이 됐지요.

박찬우 (숙희 손목을 잡고 있는 요셉을 보며) 이 앤 누구야? 옳아, 아들인가 보군 그래. 이리, 어디 좀 보자.

민숙희 (요셉의 손목을 끌어올리며) 요셉아, 인사해야지. 자, 마루에 올라가 엄마랑 할아버지께 인사 올리자. (요셉과 함께 마루에 오른다)

박찬우 그래, 오래간만에 만났으니 어디….

민숙희 안녕하셨습니까? (큰절을 하고 다소곳이 앉아 눈물을 닦는다) 어머니와 세완씨, 정애씨 잘들 있을 테지요?

박찬우 그럼, 다 잘들 있지. (요셉을 보고) 아가, 이리 오너라. 어디 좀 보자, 누굴 닮았나. 아주 잘 생겼구나.

민숙희 나보단 저희 아빠를 많이 닮았어요.

박찬우 그래, 아빠가 잘 생겼나보지? 왜 엄마도 닮았다….

민숙희 (요셉을 할아버지 무릎에 앉히며) 네가 와 보고 싶다던 서울 할아버지 댁이야. 할아버지께 뽀뽀 한 번 해 드려야지.

박찬우 그래 그래, 아이고 고녀석 귀엽기도 하지. 아주 사랑스럽구나. 그런데 우리 큰애 소식부터 묻자. 그앤 지금 어데 있지?

민숙희 그건 정애가 말 않던가요?

박찬우 정애가 숙희 거처를 알려고 3~4년 동안 찾아 헤맸지만 소식을 모르겠다구만 했었다.

민숙희 (눈치 채고) 아 그랬어요? (머뭇거리다) 저어, 그인 철호씨와 이북으로 넘어갔나 봐요.

**박찬우** 그래? 그럼 이북 어디에 살아 있다는 것 아니니?

**민숙희** 네, 그럴테지요. (눈물을 닦는다)

**박찬우** 그래, 아가 이름이 뭐랬지?

**박요셉** 난 박요셉이구요. 우리 아빠는…. (숙희 말을 가로막는다)

**민숙희** 요셉아, 너 아까부터 졸리다구 했었지?

**박요셉** 응, 졸려요.

**박찬우** 아, 그래. 그럼 저 방에서 (세완방에 손짓을 하며) 좀 재우겠나? 고단도 하겠지. 어린 것이 장시간 차를 탔으니.

**민숙희** 모두 어디들 가셨어요?

**박찬우** 응, 좀전에 무슨 급한 볼 일이 생겼다고 모녀가 함께 나갔어. 곧 들어올 테지.

**민숙희** 아, 네. 그러세요. 그럼 저흰 저 방에서 좀 쉬고 있을 테니 아버님께서도 방에서 쉬시지요.

**박찬우** 그래야지, 술을 몇잔 마셨더니…. (숙휜, 건넌방으로 들어간다) 숙희는 살아 돌아 왔건만, 그리고 자식도 낳고 살아 있는데, 어이구, 그놈은 38선 부근에서 폭격이나 안 맞았는지… 산 사람들은 이렇게 다 만나지는데….

울며 방으로 들어가고 잠시 후 숙희 마루로 나와 이 방 저 방 둘러본다. 그리고 마루에 있는 세영 사진 앞에서 주저앉는다.

민숙희 (10년전 생각에 잠긴다) 세영씨, 10년 전 이 집을 떠날 때는 당신과 같이 떠났고 지금은 나 홀로 찾아 왔어요. 당신의 아들을 데리고. (소리 없이 운다) 당신은 내 생명의 은인이요, 나의 전부였어요. 사랑해요. 세영씨.

사진을 끌어안는다. 이때 대문 밖에서 차 멎는 소리가 들리고 벨이 울린다. 숙희 얼른 사진을 제자리에 놓고 대문을 연다. 사색이 된 어머니를 부축이고 정애 들어온다.

박정애 어머, 숙희언니가?

민숙희 (어머니의 팔을 잡고 마루에 앉힌다) 어머니, 안녕하셨어요? 어디가 몹시 불편하신가 보죠?

박정애 언제 왔어요? 실은 작은 오빠가 데모하다 부상을….

민숙희 조금 전에 왔어요. 그런데 많이 다쳤나요?

오산월 (가까스로 정신을 차리고) 정애야, 나 물 좀 주련?

박정애 네, 엄마.(부엌으로 들어간다)

오산월 그런데 네가 웬 일이냐? 그 동안 살아 있었구나. 세영인 어떻게 됐니, 살았니, 죽었니?

박정애 (물을 들고 나오다 숙희에게 눈으로 신호를 하며) 자, 어머니 물이나 드시고 천천히 물어 보세요.

민숙희 마산에서 좀 떨어진 진영이라는 곳에요.

오산월 우리 세영인?

박정애 보나마나 철호씨가 월북하면서 데리고 갔겠죠 뭐.

오산월 넌 좀 가만있어. 너한테 묻는 말이 아니잖니.

민숙희 맞아요, 그분과…. (말문이 막힌다)

오산월 어이구, 내 자식. 이젠 나 살아 생전 널 다시 만날 수 없겠구나. 세영아! (목을 놓아 운다)

박정애 (따라 울다가 말을 돌려서) 그런데 아버지는요?

민숙희 응, 내가 와서 만나 뵙고, 피곤하시다고 방으로 들어가셨는데 주무시나 봐요. 약주를 좀 하셨나 봐요.

박정애 요셉은 어쩌구 왔어? (조용히 말한다)

민숙희 (세완 방을 가리키며) 저 방에서 자요.

오산월 그래, 이리 앉거라. 자세한 얘긴 이따 듣기로 하고.

민숙희 어머니가 무척 수척해지셨어요.

박정애 몸이 약하신 데다 작은오빠가 병원 응급실에 있다니까 졸도까지 하셨어요.

민숙희 그럼, 왜 왔어요. 지키고 있어야지?

박정애 보호자들이 하도 악을 쓰니까 일주일은 면회금지라고 모두 경찰차로 데려다 준 거야요.

민숙희 그래도 중상이면 식구들이 옆에 있어야지요.

박정애 원체 수가 많으니까 강제로 금지시킨 걸요.

오산월 어쩌면 10년이란 기나긴 세월 살아 있으면서 세영의 소식을 얼마나 궁금해 할지 생각이나 해 봤니? 해도 너무 했다. 너야, 보나마나 혼자 살진 않았을 것이고 결혼도 했을 터이고. 단꿈에 사로잡혀 우리집 식구들 생각이나 해봤겠냐만 너무도 야속하다. 3, 4년전 학교 친구에게서 편지 한 장 받아보고 정애가 방학 때마다 여름, 겨울 빠짐없이 마산 일대를 찾아 헤매더라. 그래도 동기간밖에 없지. 오빠 소식을 알아 오려고….

(눈물을 닦는다)

이제, 우리 집은 망했다. 큰아들은 생사도 모르고 작은아들은 다시 살아온다 해도 병신이 되었을 테구.

도대체 내가 무슨 죗값을 이렇게 모질게 치러야 하는지 모를 일이다. 그래도 두 놈 중에서 손자라도 있었다면….

**박정애** 엄마, 고정하세요. 내가 있잖아요. 그리고…. (머뭇거리다)

**오산월** 그리곤 또 뭐가 남았니. 이젠 내 차례다. 정의를 부르짖은 젊은 청년들을 다 죽이고 뭐가 남겠니.

이번엔 해내야 할 차례다. 이러다간 똑똑한 놈, 다 죽이고 맨 쭉정이만 남아 다시 옛날처럼 외국 놈들 손아귀에서….

**박정애** 어머니, 전국적으로 대학교수들이 25일 평화적인 시위를 한댔잖아요? 우리나란 멍청이들만 사는 게 아니야요. 역사가 증명하고 있잖아요.

**민숙희** 걱정 마세요, 어머님. 저희들도 있어요. 아가씨나 전 젊어요. 그리고 요셉이….

**박정애** 엄마, 요셉이 누군지 모르시죠?

**오산월** (어리둥절해 하며) 요셉은 또 누구냐?

**민숙희** 어머니, 그 앤 어머니 손자야요.

**오산월** 손자라니, 갑자기 무슨 소리야?

숙희, 방으로 요셉을 데리러 들어갈 때 안방에서 정애, 아버지와 나온다.

**민숙희** 자, 이리로 와. 친할아버지 할머니께 인사 올리자.

**박찬우** 뭐, 그 애가 누구라고?

**박요셉** 할머니? (눈을 비비며) 할머닌 어디 있어?

**박정애** 여기, 여기 이 할아버지 할머니가 너희 친할아버지 친할머님이시다. 그리고 난 네 고모야.

**박요셉** 우리 아빠 박세영인데요.

**오산월** (놀라서 어리둥절해 하며) 어디 보자. (끌어 안으며) 아이구 내 새끼, 이게 참말이냐 꿈속이냐?

잠시 후 마루에서 큰절을 받는다.

**박찬우** 어떻게 된 일이냐? 이 애가 틀림없이 우리 손자란 말이냐?

**오산월** 그래요, 저 애가 우리 손자 틀림없네요. 꼭 제 애비 어릴 때 모습 그대로구나.

**박정애** 아버지, 저 애 얼굴 좀 자세히 보세요. 꼭 오빠 판박이지요.

**민숙희** 죄송합니다, 아버님 어머님. 저를 용서해 주세요.

**오산월** 죄송할 거 없다. 언젠가 통일이 되면 그땐 큰애가 돌아오겠지.

어디 좀 안아보자.

박요셉 할머니가 내 아버지 박세영 어머니가 틀림없어요?

오산월 응 그래, 틀림없다. 난 네 할미야요. (볼에 뽀뽀한다)

박정애 할아버지께도 뽀뽀해 드려야지. (요셉, 할아버지에게 안긴다)

민숙희 (정애에게) 천천히 알립시다. 아직은 도련님이….

이때 전화 벨소리. 정애 받는다. 식구들 모두 긴장한다.

박정애 네, 병원이요? 여보세요. 네, 네 의식을 회복했다고요. 네, 네, 내일 면회 오라고요? 네, 고맙습니다. (전화를 끊고) 아버지 어머니, 작은오빠 살아났대요.

오산월 오, 하느님! 고맙습니다. 이 아이의 앞날도 당신께서 지켜 주시옵시고 하루속히 평화통일이 이루어지게 하여 주시옵소서.

박찬우 요셉은 누가 지은 이름이냐?

박요셉 엄마가요. 성경 속에 요셉처럼 큰 사람이 되야 한다구요. 그래야 할아버지 할머니가 사랑해 주신다고 했어요.
그런데 아빠는요 6 · 25때 돌아가셔서 못 만난다는 거예요.

오산월 아니, 뭐라고 했니? 너희 아빠가 죽었다고? (요셉을 무릎에서 밀어내며 가슴을 움켜쥔다) 그 애가 죽다니.

박정애 어머니. (끌어안는다) 왜 그러세요.

민숙희 어머니, 정신 차리세요.

박찬우 (황급히) 물 좀 가져와라, 물.

**오산월** (정애가 가져온 물을 마시고) 오, 하나님! 우리 요셉의 세대에는 제발 밝고 사랑이 넘치는 평화의 나라가 되게 하여 주시옵소서. 세영아! 내 아들 세영아! 네가 죽다니. 세영아. 세완아, 내 아들들아! (다시 쓰러진다)

**박정애** 어머니! 어머니! 아버지? 어머니가 이상해요.

**박찬우** 여보, 정신 차려요.

(급히 끌어안고 방으로 들어간다. 식구들 모두 들어간다. 잠시 후 통곡소리가 들린다) 여보! 여보!

**박정애** (목소리만 들린다) 어머니, 어머니.

**박요셉** 할머니, 할머니. (무대 정면을 향해 소리친다)

이때 무대 조명 사라지고 환등기의 화면이 비춰진다.
대학교수들의 평화행진하는 광경과 이승만 대통령 하야 성명의 방송이 흐르는 가운데 웅장한 음악 속에 막이 천천히 내린다.
다시 막이 오르며 무대 F.I.
성가대의 코러스가 조용히 퍼지는 가운데 출연자들이 하나 둘씩 다시 무대로 등장하여 관중에게 다 함께 인사를 하고, 정애가 조용히 무대 가운데로 나와 잔잔한 음성으로 시를 낭송한다.

조국의 어머니

아, 조국의 어머니로 불리는 이 땅의 많은 어머니시여!

아, 조국의 찬란한 아침처럼 떠오르는
이 땅의 어머니시여!
아, 조국의 수난을 온몸으로 안고 이겨낸
이 땅의 어머니시여!
조국의 어머닌 가난하셨네
조국의 어머닌 외로우셨네
조국의 어머닌 눈물이셨네
조국의 어머닌 희생이셨네
조국의 어머닌 사랑이셨네
조국의 어머닌 자랑이셨네
조국의 어머닌 등불이셨네
조국의 어머닌 십자가지셨네

조국의 어머닌 불의를 거부했네
조국의 어머닌 횃불이셨네
조국의 어머닌 평화이셨네

출연자들 조용히 손을 흔드는 가운데 무대 F.O. 되고 고요한 음악이 깔리며 천천히 막이 내린다.

(1991년 作)

* 이 작품은 1993년 한국 문화예술진흥원에 의해 우수작품으로 선정되어 『한국문학 작품선집』에 수록되었음.

# 태양은 다시 뜨리

(2장)

2000년 국제펜클럽 펜문학상 수상

작품 소재를 찾던 중 어느 날 일간지에 실린 어떤 신여성의 기사에 관심이 집중됐다. 1920년에서 1923년 사이에 일본 동경여자전문학교까지 마치고 시 소설 연극 기자생활도 한 개화기 신여성이 비참하게 짧은 생애를 살다간 사건이었다. 일제 강점기 때 사생아까지 낳고 가부장 제도의 억압과 멸시의 거센 세파를 헤치며 몸부림치다 사면초가의 질곡에서 그만 미친 채 일본 아오야마(靑山) 뇌 병원에서 생을 마감했다는 개화여성의 생애를 써 보기로 결심했다.

그래서 서점으로 달려갔으나 신통한 자료를 못 찾았다. 생각 끝에 시대를 단축시켜 1944년에서 1945년으로 연대를 내려잡고 구상을 시작했다. 그때 그 당시 태평양 전쟁 막바지의 유학생이었던 몇 분 선배님께 자문을 받았다. 그래서 순교자이신 저항 시인 윤동주 선생의 생애가 부각되었다. 1944년 귀향길에서 체포되어 모진 고문으로 1945년 2월 16일 8 · 15해방 6개월 전 28세의 젊은 나이로 후쿠오카 형무소에서 옥사했음을 다시 확인할 수가 있었다. 그분의 시 2편도 삽입했다. 전집 『하늘과 바람과 별과 시』에서 선정했다. 아무튼 이 기회에 성인(聖人) 윤동주 선생의 고귀한 사상을 추적할 수 있었던 기회는 나로선 큰 수확이 아닐 수 없다.

— 1998년 『월간문학』 12월호에 발표

**등장인물:**

오애실(25세) _ 동경 여자 전문학교 학생

오세영(28세) _ 동경 제국대학 철학과 학생 (애실의 오빠)

김철호(27세) _ 릿교대학 영문과 학생 (세영의 친구이며 애실의 애인)

공민수(28세) _ 의과대학 학생이며 세영의 친구

야마무라 히데오(40세) _ 일본 형사

미우라 사부로(27세) _ 대학생 변절자

양원달(30세) _ 도립병원 실험실장(공민수의 친구)

신간호원(23세) _ 정신병동 수간호원

홍간호원(21세)

박간호원(21세)

기타 _ 지나가는 사람들 의사, 간호원, 환자 등

**때:** 1944년 ~ 1945년 8월 15일

**곳:** 1막 _ 일본 동경 빈민가

2막 _ 해방을 맞는 황해도 해주 도립병원 부설 정신병동

**무대:** 1944년 가을, 태평양전쟁으로 일본 전국이 어수선하고 방공 연습, B29의 폭격 등으로 패전의 기색이 짙어 불안과 공포 분위기 속에 국민은 우왕좌왕하며 무대 배경도 어딘지 살벌한 느낌을 주고 있다. 퍽 무거운 음악이 깔리면서 막이 오른다.

# 1막

무대는 동경 시내에서 벗어난 빈민가. 허술한 다다미방이 중앙에 있고, 우측엔 조그만 부엌문이 보이며, 좌측에는 골목에서 들어오는 쪽문이 있다. 무대 한가운데 고목나무 한 그루가 서 있고, 고목나무 아래에는 평상이 놓여 있다.
음악이 조용히 낮아지면 막 저녁을 끝낸 오세영 나오다가 방 앞에 떨어진 종이 쪽지를 들고 열심히 들여다본다.

**오세영** (감탄조로) 야, 이거 누구에게 보내는 사랑의 시인지 참 잘 썼는데, 이젠 제법이야. 영문과 학생답게 시인 지망생으로도 손색이 없는 걸.
(쪽지를 들고 무대 전면으로 나오며) 어디 한 번 낭송해 볼까. 제목부터 근사한데… 그리움이라… 아주 로맨틱한 제목이군. (감정을 잡고 낭송한다)

사랑의 날개에 그리움을 싣고
물살처럼 파도치며 흘러간
시간과 시간 사이
텅 빈 내 가슴 속에

사랑은 이끼로만 남아 있네
사랑이란 속절없이 흐르는
뜬구름인가
밤하늘의 유성인가
끝간데를 모르겠네
아! 내 사랑 빈 메아리 되어
되돌아올지라도
나 그대 영원히 사랑하리
못 잊을 사람이여-

끝날 무렵 부엌에서 행주치마를 벗으며 나오던 오애실 달려와 종이 쪽지를 뺏는다.

**오애실** 오빠, (눈을 흘기며) 남의 글을 몰래 읽으면 안 돼.

**오세영** (내숭을 떨며) 그런 줄은 알지만, 그 편지가 살짝 내 앞으로 나 보라는 듯이 날아오질 않겠니?

**오애실** 오빠, 앞으로 일체 내 허락 없이는 안 읽기예요. (가까이 가며) 자, 약속해요. (새끼손가락을 내민다)

**오세영** (잡아 주며) 그래 그래, 그러기로 하지.

**오애실** (시계를 보며) 왜들 안 오죠? 약속 시간이 한 시간이나 지났는데….

**오세영** 강제징용, 징집 문제로 일본 안의 전체 학교마다 초긴장 상태이고, 학교로도 형사대가 소리 없이 닥쳐 체포하는 바람에 모두 숨어 다니니까 더 어둡기를 기다리는 모양이지….

오애실 오빠, 이젠 태평양전쟁도 아주 극한 상황인가 봐요. 오빠도 조심하세요.

오세영 그러나저러나 고향집에서 회답이 통 안 오니 부모님 안부가 궁금하다.

오애실 오빠, 언니 얘긴 왜 빼고 그래요? 언니 생각이 제일 먼저 날 텐데… 그리고 출산일도 며칠 안 남았잖아요?

오세영 응 그래, 모두가 다 궁금한 일뿐이다.

오애실 오빠, 우리 남매는 공부한답시고 일본 땅에 숨어 있지만 만주 독립군에 가 계신 삼촌 때문에 고향집에는 감시 사찰원들이 찾아와 괴롭힌다지 않았어요. 지난번 인편으로 온 편지엔 가끔 복면한 괴한이 우리집 정원에서 서성거리다 간 적이 있다질 않았어요?

오세영 이놈들이 이젠 최후 발악으로 청부 살인까지 시도하고 있다고 하더라.

이때 공습 경보 사이렌이 요란하게 들리고, 비행기 소리, 조명탄 터지는 소리 요란하고 배경이 어두워진다. 다급히 애실은 마루 등에 검은 커버를 내린다. 불빛 아래 두 사람 붙어 앉는다.

오세영 애실아, 넌 내년 봄에 졸업하면 고향으로 가거라. 우린 남매밖에 없는데 어차피 난 조국이 독립될 때까진 집으로 못 갈 것 같다. 난 졸업하면 임시정부가 있는 중경으로 갈 생각이다.

오애실 오빠! 아버지 어머니의 유일한 희망은 오빠예요! 그런 오빠가 그러다 희생되면 어떡해요?

오세영 (목메인 소리로) 그걸 내가 왜 모르겠니. 알지만….

오애실 오빠 대신 고향으로 가서 결혼해 나만이라도 부모님 곁에서 돌봐드리라는 소린데, 이미 난 고향을 떠날 때 결혼을 포기한 여자란 걸 아시잖아요. 그런대로 집엔 언니가 있어서….

오세영 아니 포기라니? 넌 아직도 그 선배 윤동주 시인을 못 잊어 그러니? 아니면 철호 때문이냐?

오애실 아니요. 그분들 때문이 아니에요. 윤동주 그분과는 차 한 잔 마신 적도 없고, 무슨 약속 같은 것도 한 적이 없어요. 그분이 연희전문학교 졸업하던 날 기독학생들 축하연에서 목사님께서 "이젠 결혼할 일만 남았네"라고 하시자 "전 조국을 찾을 때까진 절대 가정을 가질 생각이 없습니다. 한 여자를 행복하게 해 줄 자신도 없으니까요"라고 하던데요. 나중에 알고 보니 그분은 감옥에 자주 끌려 다니다 폐병에 걸렸다데요. 그리고 오빠! 철호씬 유부남이잖아요? 처음 만났을 땐 총각인 줄 알았지만….

오세영 그래 참! 윤동주 형은 지금도 감방 생활을 하고 있겠지. 고생이 많을 거야.

오애실 나 그분의 사상을 존경했고, 이를테면 짝사랑이었다고 할 수 있죠. 아무튼 우린 시대를 잘못 타고 태어났어요. 사내애들은 열대여섯 살이 되면 씨를 받아야 한다고 모두 다 장가들어, 공부 많이 한 신여성들에게 사랑의 상대가 될 남성은 거의 유부남들일 수밖에 없잖았어요. 오빠, 그래서 난 일생 독신으로 살기로 결심했어요.

오세영 그것도 말이라고 하니?

오애실 오빠 선배인 성악가 윤심덕씨와 극작가 김유진씨 두 분의 사랑의 종말을 아시잖아요? 졸업 후 결국 연락선상에서 끌어안고 만경창파로 뛰어든 비련의 사건 말이에요.

오세영 소견이 너무 좁은 사람들이지.

오애실 글쎄, 그럴까요?

오세영 그러기에 이루지 못할 사랑은 처음부터 올려다보지도 말아야 한다지 않니. 너도 조심해야 해.

이때 다시 비행기 폭격 소리, 조명탄 번쩍이는 불빛, 불안한 분위기 속에 대문 흔드는 요란한 소리.

오애실 (황급히 대문 쪽으로 뛰어가며) 누구세요?

김철호 나요 나. (철호와 민수 들어온다. 세 사람 말없이 포옹한다)

오애실 어두워서 오시기 불편하셨겠어요.

김철호 오히려 감시망을 뚫고 오기가 제격이었어. (애실 부엌으로 들어간다)

오세영 자, 이리로 앉게. (평상으로 안내한다) 그러잖아도 퍽 초조했었네. 그래 오늘 메이지대학 강당에 우리 유학생들이 많이 모였던가? 유명한 소설가 이광수 선생의 특강이라고 강제로 모이게 하더니….

공민수 갔던 걸 후회하네. 차라리 자네처럼 가지 말아야 했어.

오세영 완전히 매수 당했겠지.

김철호 많은 작품을 써서 존경받던 그분이…, 한 사람의 두 얼굴을 처음 본 듯하네.

오세영 그분의 진심이 아닐 테지.

공민수 자신의 목숨이 위태롭다고 그럴 수가? 완전히 일본에 이용당했어.

김철호 그놈들의 조선 엘리트 전멸 작전에 말려든 거야.

오세영 죽음 앞에서도 의연히 거부했어야지.

오애실 (안에서 차를 들고 나와 놓고) 아니, 대관절 그분이 뭐라고 했는지 궁금하네요. 일본 전지역으로 방송되는 자리에서….

김철호 (흉내를 내며) 여러분! 나는 조선에서 온 이광수올시다. 이번 태평양전쟁 학도병 징집에 적극 협력합시다. 유학생 여러분, 자원하십시오. 이런 식의 연설이었어.

공민수 (손으로 철호 입을 막으며) 그만. 이제 더 이상 전할 말이 없네. 비통하이.

이때 공습 경보 해제 사이렌이 나며 뒷배경이 밝아진다. 애실,

등 커버를 벗긴다.

**오세영** 아니 그럴 수가 그분이 제정신으로…?

**김철호** 이젠 우리 유학생들은 일본의 희생 제물로 몰살당할 판국일세.

**오세영** 여기가 이 지경이니 조선 땅에선 얼마나 많은 고통들을 당하고 있겠나.

**공민수** 요행히 난 내달에 연구 과정을 끝내면 의대 총장님의 특별 배려로 제일 희망지인 황해도 해주도립병원 특설 정신병동으로 파견가게 됐네. 역시 일본의 지성인들 양심 고운 자유주의자들은 자국의 횡포를 가슴아파하더군. 난 참 운이 좋은 편이지.

**오세영** 야, 축하하네. 역시 의대 가길 잘했어. 특히 해주 나의 고향으로 가게 됐다니 기쁘네. (손을 잡는다)

**오애실** 민수씨! 저도 기쁘네요. 그 곳에 가시면 저희 가족도 돌봐 주실 수 있을 테고. 오빠 참 잘 됐지?

**오세영** 우연치고는 기막힌 행운일세.

**김철호** 그런데 자네가 떠난 우리들 모임의 텅 빈자리를 어떻게 메우지?

**공민수** 어데 가 있든 조선 독립이 될 때까진 우리들의 맹세를 잊을 수가 있겠나.

**오세영** 고맙네.

**공민수** 그리고 그 병원 실험실 실장이 내 친한 친구여서, 지난번 편지가 왔는데 신설된 정신병동엔 사상범으로 감옥에서 매를 맞아 정신 이상이 돼 들어온 환자가 수십 명이나 된다는 것이었네. 그래서 더욱 그리로 가고 싶었어.

김철호 아까운 인재들이 모진 고문을 못 이겨…. (목이 메인다) 똑똑한 조선 청년들 병신 만드는 놈들.

공민수 특히 그 곳으로 가게 된 것이 다행으로 생각되는 것은 중경 임시정부 김구 주석, 미주에서 독립 운동하고 계신 이승만 박사의 고향 땅이라는 데 큰 의미를 가지네.

오세영 뿐만 아니라 하얼빈에서 이등박문을 사살한 안중근 의사도 그 땅에서 태어나질 않았나.

김철호 큰 인물이 많았군. 그래 장차 세영형도 그분들처럼 큰 인물이 되리라 믿네.

오세영 그랬음 좋겠네만….

공민수 자네는 꼭 해낼 수 있을거야. 여태까지도 우리 기독결사대를 비상하게 끌고 오지 않았나. 난 믿어. 이 일본 땅에 자네 같은 애국자가 안 왔음 지하운동을 주도할 인물이 없었을 것 아닌가.

오세영 고맙네. 그런데 참! (철호를 보며) 자네 어제 윤동주 형 면회 갔었지? 도대체 죄명이 뭐래?

김철호 죄명은 '조선독립운동가'로 사상범으로 구속됐고. 고종사촌인 송몽규도 같은 죄명이랬어.

공민수 무슨 뚜렷한 증거라도?

김철호 윤동주 형은 도쿄 릿교대학 영문과 재학 시절에 쓴 시와 교토 대학으로 전학해서 쓴 일기장 일체가 증거물로 압수되었다는 거야. 그리고 송몽규도 같은 죄명으로….

공민수 공연히 사촌 따라 교토도시샤대학 영문과로 전학하더니 결국….

오세영 외로워서 사촌 옆으로 갔을 테지.

김철호 면회 사절인 걸 간수에게 신신부탁 끝에 잠깐 만났어.

오애실 사실은 저도 지난달 책 몇 권 가지고 갔다가 면회 사절로 책만 넣어 드리고 왔어요.

오세영 그랬어? 처음 듣는 얘긴데….

오애실 면회가 됐음 얘기를 했을 거에요. 그냥 책만 넣고 왔기에….

김철호 1944년 2월 22일 기소됐고, 3월 3일 교토 지방재판소 제2형사부의 재판 결과 2년형의 언도를 받았다는 거였어. 규슈 후쿠오카 형무소엔 사촌도 함께 있더군.

공민수 그럼 난 어떻게 해야 되지? 내달엔 일본을 떠나는데. 오늘밤이라도 마지막 기차를 타고 가서 내일 면회 신청을 해보고 안 되면 사식이라도 좀 넣어 주고 싶은데.

오세영 공형이 떠나기 전에 만날 수만 있다면… 나와 함께 가 보세. (애실에게) 그럼 다녀오마.

오애실 오빠! 이 밤중에 징용 사찰대에 붙들려 가면 어떻게 하려고 그러세요?

오세영 (철호에게) 자넨 갔다 왔으니. 좀 쉬다 가게. 애실아 다녀오마.

너무 걱정말고.

세영, 민수 나간다.

김철호 (전송하며) 조심해. 잘 다녀들 오게.

오애실 조심하세요. (먼저 들어와 평상에 앉는다)

김철호 간수 얘기론 몇 달 더 살기가 힘들 거라는 거였어. 나이가 아깝지. 29세의 미남에다 시인에다 그리고 (애실의 기색을 살피며) 애실의 첫사랑이기도 한 그 친구….

오애실 짝사랑도 사랑이란 이름을 붙일 수 있나요?

김철호 어쨌든 잊을 수 없는 간절한 사람, 그것이 사랑 아니겠어.

오애실 그래요. 난 그분의 확고부동한 애국심, 그 처절한 시구절에서 우러나오는 깊은 뜻, 정말 존경하고 있었어요.

김철호 (애실에게 가까이 다가앉으며) 애실이, 이제 그만 우리 두 사람 얘기나 합시다. 나도 이젠 언제 징병에 끌려갈지 모르는 신세요. 작년에 징병제가 공포됐지만 이렇게 급속도로 강제 징집되리라고는 아무도 짐작 못했던 일이요. 이젠 고향에도 못 가보고 죽게 됐으니 한심한 신세요. (애실을 안으려 한다)

오애실 (물리치며) 이러지 마세요.

김철호 날 좀 위로해 줄 순 없소.

오애실 내가 뭐 당신의 애완물인 줄 아세요? 난 지금 당신의 쓸쓸한 가슴을 달래 줄 수 있는 여유를 가진 여자가 아니에요. 어제 서울서 온 친구를 만났어요. 그 친구 얘기론 지금 서울에선 신사 참배 않는 교회 목사님 200여명이 체포되어 교회도 문이 닫혔다는 거예요. 그리고 어린 처녀 아이들을 공장에 취직시킨다고 강제로 종군 위안부로 끌고 가고 있고, 젊은 청년들은 자원봉사대라고 데려다가 위험한 군수공장 강제 노동대로 끌려간다는 거였어요.

**김철호** 일본의 식민지 정책이 무엇인들 못하겠소. 조선말살운동 아니오.

**오애실** 농촌에서 강제로 농산물 공출을 하고 있고… 농민들은 보리밥도 제대로 못 먹고산다니…. (목이 메인다)

**김철호** 아! 그만. (애실 말을 막으며) 창씨개명 시킬 때부터 예측한 것 아니오.

**오애실** (사색에 잠기며) 총명하고 똑똑했던 명성황후가 그놈들의 계획된 암살로 칼에 베이고 그것도 모자라 불질러 형체도 못 알아볼 죽음을 당한 일, 그 일을 상기할 때마다 참을 수 없는 분노가 솟구친다구요. 그리고 어린 나이에 볼모로 잡혀간 영친왕이나 덕혜옹주의 기막힌 사연들… (이때 철호 다시 애실을 끌어안으려 하자 물리치며) 난 내년 봄 학교를 마치면 서울이나 고향으로 가서 학교 교사가 되겠어요. 조선 땅에 태어난 나의 사명이라 생각하고 여성들 계몽과 애국심을 심어 주는 일부터 해야겠어요.

**김철호** 잘 생각했소.

오애실 (의식적으로 철호의 접근을 피하며) 그런데 윤동주씨 말이에요. 지난 번 면회갔을 때 간수에게 윤동주씨 근황을 자세히 물었더니, 간수가 날보고 그분의 부인인가? 애인인가 물으며 자기는 일본에서 태어난 교포 3세라면서 매일 의무실에서 그분에게 무슨 주사를 놔주고 가는데 그 주사만 맞으면 하루종일 몽롱한 상태로 의식을 잃고 허공만 바라보고 있다고 말해 주었어요.

김철호 무슨 주사를 놓아줄까?

오애실 모른댔어요. 며칠 전까지는 하루에도 몇 차례 "나를 조선으로 보내다오. 이 불한당들아" 그 소리만 자꾸 했었데요. (울먹인다)

김철호 (어깨를 어루만지며) 세상이 온통 어찌 돌아가는지 예측할 수가 없어.

오애실 도대체 중경에 있는 대한민국 임시정부는 뭣들 하고 있는지? 또 미국에서 독립운동하고 있는 분들은 무엇을 하고 있는지?

김철호 나라를 빼앗긴 약소민족의 설움이지 뭐가 있어야 싸워 보지. 맨손으로 싸울 순 없질 않소?

오애실 지난번 고향집에 갔을 때 삼촌이 중경에서 군자금 모금차 왔었어요. 우리집에선 과수원을 팔아 보냈고요. 그 냄새를 맡고 아버지께서 수차 경찰서로 끌려 다니며 매도 많이 맞고 곤욕을 치르셨어요. 시종 모르는 일이라고 잡아뗐대요.

김철호 한 번 그놈들에게 찍히면 작살나기 쉬운 판국에….

오애실 정말 이대로 가다간 우리 조선은 전멸이 될 것 같아요.

김철호 (시간을 보며) 이 사람들 무사히 갔을까? 삼엄한 그들의 사찰망을 잘 피해가야 할 터인데….

오애실 공연히 가신 것 같은 예감이 드네요.

김철호 어쨌든 1910년 8월 22일 한일합방 조약에 서명한 매국노 이완용 그자가 조선을 통째로 넘겨 준 원흉이지. 생각해서 무엇하겠소.

오애실 민족을 노예보다 더한 비참한 삶을 겪게 하고….

김철호 결국 나라를 팔고 민족을 배반한 매국노 민족 반역자. (치를 떤다)

오애실 일본이 준 작위와 은사금으로 자기네만 호의호식하고 살다 간 그들… 그 망령들은 지금 편안할까요?

김철호 지옥에서 가슴을 칠 테지.

오애실 안중근 의사가 침을 뱉어 주겠지요. 사실 인생이 한세상 살고 떠난 자리가 중요하지 않겠어요?

김철호 그래서 삶의 목표와 행동이 중요한 것 아니겠소. (또다시 애실 가까이 다가앉으며) 애실이, 우리 이젠 그만 골치 아픈 얘길랑 뒤로하고 당신과 내 얘기로 화제를 돌립시다.

오애실 우리 얘기라니요? 뭐가 그리 심각한 얘기가 아직도 더 남았어요? 우린 서로 제자리로 돌아가기로 했잖아요? 끝난 얘기인데 뭐가 또….

김철호 당신은 인간 관계를 그토록 잔인하게 벨 수 있을지 몰라도 난 못해. 못하겠소.

오애실 당신은 나에게 유부남인 걸 속였어요. 그래서 우린 뜨겁게 사랑을 했고요. 난 당신을 하루라도 못 보면 미칠 것 같은 그리움에 몸부림쳤었어요. 그러나 난…. (애실 말을 못한다)

김철호 애실이….

오애실 (허공을 쳐다보며) 난 여자에요. 한때는 이런 꿈을 꿨었어요. 푸른 언덕 위에 하얀 집을 짓고 그 곳에서 당신을 닮은 아기를 기르며 즐겁게 살아가리라는 꿈. 결국 꿈으로 끝났어요.

김철호 우리 함께 다른 나라에라도 가서 살 수가 있질 않소.

오애실 끝났다고 했잖아요. 역시 우린 불장난으로 끝났어요. 우리 세대 신여성들 대부분이 결혼에 실패한 경우가 많았어요. 공부를 많이 하다 보니 혼기를 놓쳤고, 그러다 보니 주위엔 유부남이 많았고요. 사귀다 보니 뜨겁게 사랑하게 되고. 동거하다 임신했고. 살다 보니 조선의 엄격한 규범과 법률안에 갇힌 채 발버둥치며 결국 헤어져야 했던 희생자들, 뿐만 아니라 원치 않은 부모 틈에서 피해를 받으며 살아가야 하는 자손들의 슬픈 사연들, 그런 상황을 잘 알면서 어찌 내가 당신을 받아들일 수가 있어요?

김철호 난 내가 좋아 결혼한 게 아니지 않소. 부모님께서 외아들인 나에게 손자를 빨리 봐야 한다고 서둘러서 그만….

오애실 기혼 남성들 모두가 애인 앞에서 구슬리는 상투적인 변명이라더군요. 지난번 당신 가족이 일본에 다니러 왔을 때 보니 그 부인 앞에서 벌벌 기더군요. (냉소 짓는다) 그 꼬락서니는 구역질나는 광경이었고요. 온 정나미가 떨어지더군요. 그 전에는 당신이 그런 위선잔 줄 몰랐거든요.

김철호 애실이! (부르짖는다)

오애실 내 앞에서 이젠 더 이상 비겁한 꼴 보이지 말아 주세요. 이미 우리 사인 끝난 일이고 이제 몇 달 안 남았어요. 난 졸업하면 조선으로 갑니다. 가서 열심히 나라와 겨레를 위해 살아갈 작정입니다.

김철호 나는 이젠 살아서 조선 땅을 디딜 자신이 없어졌소. 일본 노예로 희생의 제물이 될 것 같소.

오애실 사람의 목숨은 아무도 장담할 순 없어요. 아, 참 난 말이에요. 그분이 1934년에 발표한 시를 아직도 생생히 기억하고 있어요. (다시 끌어안으려 할 때 재빨리 비켜서며) 들어 보시겠어요? 자화상이란 시였어요.

산모퉁이를 돌아 논가 외딴 우물을 홀로 찾아가선
가만히 들여다봅니다.
우물 속에는 달이 밝고 구름이 흐르고 하늘이 펼치고
파아란 바람이 불고 가을이 있습니다.
그리고 한 사나이가 있습니다.
어쩐지 그 사나이가 미워져 돌아갑니다.
돌아가다 생각하니 그 사나이가 가엾어집니다.
도로 가 들여다보니 사나이는 그대로 있습니다.

다시 그 사나이가 미워져 돌아갑니다.

돌아가다 생각하니 그 사나이가 그리워집니다.

우물 속에는 달이 밝고 구름이 흐르고 하늘이 펼치고

파아란 바람이 불고 가을이 있고 추억처럼 사나이가 있습니다.

(철호를 돌아보며) 어때요? 아름다운 시지요?

**김철호** 질투나는데….

**오애실** (명랑하게) 그리고 또 잊혀지지 않은 시 한 편 더 낭송해 드릴게요. 서시(序詩), 1941년에 쓴 신데요.

죽는 날까지 하늘을 우러러

한 점 부끄럼이 없기를,

잎새에 이는 바람에도

나는 괴로워했다.

별을 노래하는 마음으로

모든 죽어가는 것을 사랑해야지

그리고 나한테 주어진 길을

걸어가야겠다.

오늘밤에도 별이 바람에 스치운다 (애실이 목이 메인다)

**김철호** (평상에 누워 듣다가 벌떡 일어나 앉으며) 그 시는 오로지 나라를 위해 살다 가리라는 유언같아 쓸쓸해지는데. (평상 한쪽에 걸터앉

은 애실을 끌어안는다. 애실을 평상에 눕히며 키스한다)

**오애실** (한층 더 격한 행동에 밀어 제치며) 안 돼요. 우린 다시 불붙어선 안 된다고 약속했으면서 당신은 늘 그 약속을 어겼어요.

**김철호** 우린 그럴 수 없어. 어떻게 헤어져? 애실이 당신 없이는 난 아무 일도 할 수 없는… .

**오애실** 난 비난받을 대상으로 살긴 싫어요.

**김철호** 난 당신 없는 앞날을 생각해 본 적이 없소.

**오애실** (눈물을 억누르며) 난 나보다 먼저 유학 왔다 간 선배님들 슬픈 사연을 잘 알고 있어요. 수덕사 스님이 되신 여성작가 김일엽 스님, 그분도 신여성으로 선망이 높으신 분이었어요. 그런데 그분은 사생아를 숨기고 살다 삭발하고 결국 절로 들어갔어요. 우리 둘 사이도 난파될 항해를 해서는 안 되지요. 그리고 오빠가 이런 우리의 깊은 관계를 아시면 절대 용서하시지 않을 거구요. 물론 고향의 부모님께서도 결사 반대하실 거구요.

**김철호** 애실이! 우린 지금도 서로 사랑하고 있질 않소. 그리고 당신은 내 아이까지….

**오애실** (놀라며 사방을 살핀다) 아니, 그 일은 왜 또 끄집어내세요. 이제 다 잊은 일을….

**김철호** 어찌 잊겠소. 그 날 밤일을.

**오애실** (울부짖으며) 제발 그 일만은… (다시 숨을 돌이키며) 우린 공모한 살인자였어요. 내 몸 속에 꿈틀거리는 생명을 무참히 (얼굴을 감싸며 운다) 우리는 용서받지 못할 죄인이에요. 제발 이제 그만 돌아가세요.

김철호 애실이, 용서해 줘. (분위기를 바꾸려고) 애실이, 오빠가 무사히 돌아와야 될 텐데….

오애실 (기분을 가라앉히며) 글쎄요. 징병 체포령이 대단히 심해졌다는데. 요행히 우리집 부엌 뒤꼍에 한두 사람 숨을 수 있는 벽장이 있어서 아직까진 오빠가 무사했지만….

이때 대문 밖에서 왁자지껄하는 소리와 대문을 발로 걷어차는 소리가 들린다.

야마무라 몽 아께로! [문 열어라!]

애실 눈치채고 철호의 손을 잡고 무의식적으로 뒤꼍으로 숨어 버린다. 다시 문을 찬다. 문이 열리며 쇠고랑을 찬 오세용 미우라에게 끌려들어온다.

야마무라 문이 안으로 잠긴 것을 보면 누군가 있을텐데… (미우라에게 눈짓으로 찾아보라고 한다. 그리곤 오세영을 평상에 밀어 앉힌다) 바른대로 털어놔. 중경 임시정부에서 온 지령 등 비밀 서류가 있을텐데. 알고 보니 넌 일본이노 유학생 중에 항일운동권 주동자라는데 그래서 지원병 절대 반내의 삐라노 너희들이 학교마다 뿌리게 했다지?

오세영 그런 일을 내가 시켜서 한 적 없다. 모두 자발적으로 했을 것이다.

야마무라 (담배를 피워 물며 미우라에게) 풀어 줘! 자기 손으로 증거물을 끄집어내도록. (미우라가 수갑을 풀어 준다. 이때 야마무라가 담배를 맞불여 넘겨주며) 자, 한 대 피우며 잘 생각해 봐. 지금도 늦지 않으니 순순히 자백하고 지원병에 자원하겠다는 사인만 하면 놓아 줄 거야. 그렇지 않으면 넌 아주 골로 가는 거야. 알아 듣겠나?

오세영 난 아무것도 모르오. 그리고 비밀 서류도 없소.

야마무라 우린 네 지하 활동 상황을 아주 세밀히 잘 알고 있어. 너의 집안 부모 친척들의 활동 정보까지도 알고 있다고. 식구가 모두 기독교 열성 신자들이고 삼촌이 중경 임시정부 백범 주석의 비서라는 것까지도.

오세영 (어리둥절해서 뒤돌아보며) 미우라 자네가 모두 밀고를…?

미우라 왜 실망했나?

오세영 자네가 어찌 이런 일에 앞장을… 자넨 조선 유학생이고 우리 모임의 동지 아닌가?

미우라 (능글맞게 웃으며) 응 그랬었지.

오세영 그럼 여태까진 가면을 쓰고?

미우라 (능글맞게) 미안하지만 어쩌겠나. 난 일본 특별관비로 학교를 다닐 수 있었고 또 앞으로 군 입대 면제가 된다니 협력 안 할 수 있나.

오세영 그럼 넌 우리들 모임 속에 일본 밀정이었군 그래? (얼굴에 침을 뱉으며) 이 비겁한 배반자.

야마무라 (말을 가로막으며) 뭘 그리 꼬치꼬치 알려고 그래? (바로 세영의 옆구리를 차며) 자, 우리들도 고단한 신세야. 시간이 없어.

오세영 서류나 명단이 없다질 않았소.

미우라 왜 자네하고 제일 친한 김철호, 그자의 행방을 잘 알고 있을 텐데.

오세영 모른다. 이 개만도 못한 놈아. 하등동물인 개도 주인을 돕더라만 조선놈인 네가 우리들을 밀고하다니.

미우라 (능글맞게) 네 누이동생, 그 잘난 년이나 내놔! 대문이 안으로 잠겼으니 필시 이 집안 어디인가 비밀 아지트가 있을 테고. (사방을 둘러본다)

오세영 내 여동생에게 사랑의 접근을 시도하다 실패했으니 그것 때문에 그 보복으로 이토록 잔인한 짓을?

미우라 역시 그 누이에 그 오빠시군, 무얼 믿고 이 일본 땅에서 배짱인가.

야마무라 자, 어차피 순순히 내놓지 않으니 올라가 뒤지는 수밖에. (구둣발로 방문을 차고 두 방 모조리 뒤진다. 그러다가 수첩 한 권을 들고 무대 정면으로 나온다)

응. 이거면 다 알 수 있어. '송죽 서클' 주소 전화번호 다 기록돼 있어. (미우라에게) 자넨 저 뒤쪽을 뒤져 봐! (오세영 곁으로 가며) 이잔 내가 맡을 테니! (권총을 꺼내 보인다)

미우라 네 그러지요. (뒤로 돌아가다 잠시 후 소리치며) 계장님 여기 사람이… 남녀 한 쌍입니다.

야마무라 끄집어 내!

오애실 (울먹이며) 오빠 어떡해?

김철호 (세영을 끌어안는다) 세영이 자넨?

오세영 우린 저 미친개한테 물렸어. 저자가 우릴 밀고한 거야.

오애실 오빠, 이제 우린 어쩜 좋아요.

김철호 윤동주 형도 못 만나고, 민수형은?

오세영 우린 역에서 붙들렸어. 민수는 다른 형사가 하숙으로 데리고 갔어.

김철호 (미우라를 노려보며) 야! 이럴 수가 있니? 넌 나하곤 고등학교때부터 친구였었고 부모님끼리도 형제같이 지내는 사이 아니냐. 그런 네가 일본 경찰 앞잡이로 유학생들 감시원 노릇을 하다니. 도대체 무슨 약속을 믿고 이러니? 조선에 계신 부모님 생각을 해봐라. 일본 유학을 마치고 돌아와서 조국을 위해 큰 지도자가 되어 달라고 하질 않으셨니? 그런데 네가 지원병 모집 선두에 나서서 조국 청년 말살작전에 협력자가 되다니 한심하고나!

미우라 한심한 건 너야. 비싼 교육비 뿌리며 공부한답시고 동경 유학생 배지를 달고 다니며 하라는 공부는 않고 유부남인 주제에 남의 처녀 꽁무니나 따라다니는 너, 너야말로 한심한 놈이지. (비웃는다) 네가 누굴 감히….

김철호 (덤비며) 이 비겁한 놈, 그 아가릴!

야마무라 (수첩을 뒤적거리며) 아, 그만! 할 말이노 많은 것 같은데 이제 가면 다시 못 돌아올지도…. (애실을 본다)

오애실 아니, 당신이 어떻게 동지들을 밀고하실 수가 있어요? 그리고 내가 당신을 사랑하지 않기 때문에….

미우라 (말을 가로막으며) 철호 넌, 내가 사랑하던 여잘 가로챈 놈이야. 그런 놈한테 무슨 의리가.

김철호 아니 저놈이 환장을 했나? (발로 걷어찬다. 미우라 쓰러졌다가 일어난다)

오세영 철호 더 이상 말하지 말게.

김철호 세영이 우린 이대로 끌려갈 순 없잖나?

오세영 이제 우린 독 안에 든 쥐 신세가 아닌가?

오애실 오빠 이대로 가시면…. (운다)

야마무라 (평상에서 일어나며) 자, 이만 가도록 하지. (수갑을 차례로 채운다) 자 가자고, 뭐 더 할말이노 있는가?

미우라 두 사람을 밀며 대문 밖으로 나가려 한다.

오애실 (미우라 앞을 가로막으며) 잠깐만 할 말이 있어요. 이제 가면 어디로 가는 겁니까?

야마무라 우선 이 관할 경찰서 특수 형사계로 오면 만나게 해 주지.

김철호 (돌아서며) 애실이….

**오세영** 애실아! 몸조심하고 고향에 계신 부모님껜 알리지 마라.

**야마무라** 아차! (포켓에서 전보 용지를 끄집어내 주며) 고향엔 알릴 필요도 없고, 받을 사람도 없을 거구.

**오애실** (황급히 읽어 보다 비틀거리며) 오빠, 우리집에 불이…. (철호가 끌어안는다)

**오세영** (수갑 찬 손으로 전보 용지를 받아 읽어보고) 아니 이럴 수가! 아닐 거야. 필시 누가 거짓말을 해서 우릴….

**김철호** (떨어진 전보 쪽지를 집어서 본다) 아니 이런 죽일 놈들!

**오애실** 오빠, 우린 이제 어떻게 살아요? 식구가 모두 불에 타 죽다니.

**야마무라** 그러게 순하게 복종하며 살라고 하지 않았어. (두 사람을 밀며 나가려는데)

**오애실** 오빠! 철호씨. (고막을 찢어질 듯 부르며 대문 앞에 쓰러진다)

**오세영** (황급히 애실을 끌어안으며) 애실아! 애실아! 정신차려라. 우린 이대로 죽어선 안 돼! 살아서 조선으로 돌아가야 한다. 빨리 병원으로….

**김철호** (급하게 애절하게) 구급차를 좀 불러주시오. 빨리 병원으로….

**야마무라** (미우라에게 눈짓으로) 오빠의 수갑을 풀어 줘. 그리고 내 차에 실어 병원에 내려놓고 가자.

세영 풀린 손으로 애실을 안고 나가는데 침통한 음악이 흐르며 막이 서서히 내린다.

# 2막

1막에서 10개월째 되는 여름. 1945년 8월 14일과 15일 사이 태평양전쟁이 막바지에 달했고, 하루에도 수차에 걸친 공습경보 사이렌 소리에 모두 초긴장 상태이다. 회전무대가 돌면 무대 뒤편에 긴 복도. 우측으로는 병원 건물 본관으로 가는 통로고, 좌측으로 정신병원 입원실로 가는 통로이다. 중앙에 휴게실로 들어오는 문이 있고, 휴게실 우측으로 간호실 겸 치료실이다. 휴게실 좌측 중앙에 테이블과 의자가 적당히 놓여 있다.

회전무대가 돌아 무대가 밝아지면 박간호원과 홍간호원 회진 준비에 바쁜 듯 기록부를 보며 주사기, 혈압기 등 준비에 한창이다.

**박간호원** (홍간호원에게) 아니 얘, 요새 세월 돌아가는 것 보니 우린 한 세상 재미있게 연애 한번 못해 보고 가는 것 아니니? B29가 수시로 와서 폭격을 하니.

**홍간호원** 천만의 말씀. 난 가을이면 결혼하기로 약속했다우.

**박간호원** 어머, 그래, 상대는 누구야?

**홍간호원** 말하면 너도 잘 아는 사람, 양원달씨

박간호원 등잔 밑이 어둡다더니 그럼 나만 없네.

홍간호원 신 선배 언니도 있지 않니?

박간호원 아직 눈치 못 챘니. 그 미남 공 선생과 그렇고 그런 사인 것 같애. 며칠 전에도 암실에서 두 사람이 나오는 걸 봤어. 뭣하고 나오는지…. (웃는다)

홍간호원 어머 세상에…. 벌써 그런 사인가. 부임해 온 지 8개월밖에 안 된 줄 아는데….

박간호원 첫눈에 반했나 봐.

홍간호원 신 선배는 미인이라서 첫눈에 반할 수도 있지.

박간호원 그런데 말이야. 일주일 전에 공 선생이 일본에서 데리고 온 그 여자 정신병동 7호실의 오애실씨 말이야.

홍간호원 (약간 놀란 기색으로) 그래, 그 여자 뇌혈전증 환자?

박간호원 응, 맞아. 그 여자와는 보통 사이가 아닌가 보더라.

홍간호원 (다가서며) 그럼 애인 사이…?

박간호원 그렇지 않으면 그 먼 일본까지 가서 아오야마 뇌병원에 입원한 여자를 여기로 데려다 놓고, 그것도 무료 병실까지 섭외해서 입원시킬 수가 있겠니?

홍간호원 그래 맞다. 네 예감이 틀림없을 거야. 나도 좀 이상한 데가 있지 않나 했었어.

박간호원 (생각에 잠기며) 그래, 이렇게 됐을 거야. 한 미남 의학도를 사랑했는데 상대가 받아 주지 않고 조선으로 떠나는 바람에 충격을 받아 정신 이상이 왔다 이거야. 그 소문을 들은 공 선생은 일본으로 건너가 지난날 짝사랑했던 환자를 이리로 데려 온 거구. (돌아서며) 자 내 추측이 어때?

**홍간호원** 야 그럴듯한 상상인데… 그런데 너 공선생에게 관심이 많은 것 같다.

**박간호원** (놀라며) 원 천만에, 난 그런 허망된 꿈을 꿔 본 적이 없어. 그리고 신 선배가 열애하는 것 알고 있잖아.

**홍간호원** 아무튼 공 선생은 60명이나 되는 간호원 사이에 큰 화젯거리야. 인기가 대단해.

이때 공민수 등장. 간호원 인사, 목례한다. 신간호원도 뒤따라 들어온다

**공민수** 지난밤 이상 없었지요?

**홍간호원** 어젯밤엔 제가 숙직이었는데요. 한밤중에 1호실 김철호 환자가 두 번이나 휴게실에 와서 하모니카를 불어제치는 바람에 좀 힘들었지만 딴 일은 없었어요.

**공민수** 우선 회진 전에 박간호원과 홍간호원은 체온과 혈압을 좀 재오세요.

두 사람과 준비된 용기를 들고 나간다. 이때 실험실의 양원달이 환자들 교각과 뇌촬영 X레이 필름 몇 장을 들고 나타닌다.

**공민수** (말없이 받아 들고 전기틀에 끼워 투시해 본다. 신간호원도 나간다) 철호는 폐나 장은 이상이 없는데 뇌 좌측에 약간 이상이… 그것 때문에 가끔 발작 증세가 일어나는 것 같은데….

**양원달** 오애실 환자는 뇌엔 큰 장애는 없는 것 같아.

**공민수** 쇼크로 온 뇌혈전증이거든. 과거를 깡그리 잊어버린 실어증 환잘세.

**양원달** 그런데 배부른 건 복막염이 아니라 임신 때문이었어.

**공민수** 그래, 임신 때문이라… 몇 달쯤 됐을까? 일본 뇌병원에서 임상일지를 못 받아와서….

**양원달** 반년은 넘은 것 같아.

**공민수** (손가락을 꼽아 보고) 그럼 해산달이 가까워지지 않았을까?

**양원달** 내가 손으로 만져 보려고 하자 뺨따귀를 갈기는 거라. (씁쓸히 웃는다)

**공민수** (웃으며) 저런, 저런. 실험실 실장도 곤욕을 치르는군 그래!

**양원달** 눈에서 불이 번쩍 나겠지. (웃는다)

**공민수** 미안하네, 다 나 때문에 그런 봉변을….

**양원달** 이 사람아, 그래서 정신병동 환자 아닌가? 대관절 애 아범이나 아는가?

**공민수** 과거를 전연 모르니 알아낼 도리가 없지. 글쎄, 내가 일본에 있을 때인 것 같긴 한데….

**양원달** 그때 누구와 친했나? 혹시 자네?

**공민수** (펄쩍뛰며) 이 사람아, 생사람 잡겠네. (생각에 잠긴다) 응, 그래,

그랬어. 지금 여기 1호실 김철호완 각별한 사이 같았어.

양원달 그럼 더 큰일일세, 출생해도 친권자 누구도 양육할 수 없질 않나?

공민수 현재 상황으로 보아 김철호의 두 눈은 화약 폭발로 시력 소생이 불가능하다고 하더군, 안과 일지에 재수술을 받아 봐야 안다지만 희망은 없다고 보아야겠지. 그러니 기적이나 바랄까?

양원달 김철호는 그나마 부모님이 입원비를 대고 있으니 다행이네만 애실씨는 자네가 보증인으로 되어 연고자 없는 무료 환자로 되어 있으니….

공민수 문제는 철호의 발작 증세야. 하루에도 몇 번씩 방에서 뛰쳐나와 소리소리 고함을 지르는 거야.

양원달 어쨌든 자네가 큰짐을 맡고 있네.

공민수 그냥 우리가 해야 할 도리가 아니겠나. 항일 운동 멤버들이라서….

양원달 아무튼, 요사이 전해 온 정보에 의하면 일본의 패망도 가까워진 것 같애. (이때 홍간호원이 들어오는 것을 보고) 그럼 이따 다시 만나세. (나가려는데)

공민수 오늘밤 내가 숙직일세. 자세한 이야긴 그때 함세.

양원달 응, 알았네. (나간다. 이때 박간호원도 들어온다)

공민수 이상 없지요? 그럼 난 회진을…. (나간다)

이때 신간호원 들어오다 공민수를 따라 나간다. 박간호원, 홍간호원 두 사람 나가는 모습을 물끄러미 바라본다.

홍간호원 어디 있다 냄새도 잘 맡는군.

박간호원 사랑도 센스가 빨라야 성립된대. 아마도 천생연분인가 봐.

홍간호원 박간호원도 왜 열심히 따라다니는 미남 선생 있었지 않니?

박간호원 초등학교 선생인데 시골에 처자가 있다질 않니. 재수 없게….

홍간호원 저런, 그래서 넌 서울로 가서 야간 전문학교라도 간다는 거니. 모든 것 잊기 위해?

박간호원 그래서만은 아니야. 그냥 공부나 많이 했으면 하는 희망 뿐이야. 난 결혼을 생각해 본 적이 없거든. 어머니의 불행했던 환경 때문인가 봐.

홍간호원 사랑할 수 있는 상대가 나타나도?

박간호원 당분간은 생각지 않기로 했어.

홍간호원 어머니 삶이 불행했다고 네 삶까지?

박간호원 그래서만은 아니고. 우선 많이 배우고 알아야 피맺힌 한을 풀 수 있을 것 같아서….

홍간호원 배울 수만 있으면 여자들도 많이 배워야지 그러나 애실씨처럼 돼선 안되지.

박간호원 난 벌써 서울에 계신 변종호 목사님께 편지를 냈어. 그랬더니 신학기가 내년 9월이래. 하루라도 빨리 상경하라는 통지가 왔어. 그래서 금년 가을초엔 서울로 갈 거구만, 그래야 입학시험 준비도 할 수 있을 테고.

홍간호원 그럼 가을에 있을 내 결혼식에도 참석하지 못하겠네.

이때 공습 사이렌이 요란하고, 폭격 소리도 들린다. 두 사람 책상 밑으로 숨는다. 김철호 한 손에 지팡이, 한 손엔 하모니카를 들고 '아리랑'과 '울 밑에 선 봉선화'를 구성지게 불며 나온다. 어디선가 또 폭격소리가 연방 들린다. 더듬거리며 휴게실 의자에 앉는다.

박간호원 김 선생님 안 돼요. 병실로 돌아가세요. 지금 회진 중이에요. 그리고 공습 경보 중이고요.

김철호 (너무나 처절한 모습으로) 그래 폭격해라. 일본이 하루 빨리 패망하고 손들어야 우린 산다. (다시 헛소리처럼) 내 눈, 내 눈알이 없어졌어…. (소리지르며 다시 허공을 올려다본다. 이때 회진 갔던 일행이 돌아와 이 광경을 본다) 그 날, 세영은 그놈들에게 맞아 죽고, 나와 그 표리부동한 놈, 미우라 그 놈은 강제 징용 당해 탄환 만드는 공장으로 징집됐었어. 탄환 폭발로 그놈은 죽고 나는 이렇게 두 눈이… 내 눈 내 눈을 돌려다오. (사방을 돌고 있다)

공민수 (뛰어가 붙들어 주며) 철호, 정신이 좀 드나? 날세, 나 민수야. (김철호 알아보지 못한다. 다시 하모니카를 찾아 분다. 공민수 간호원에게) 병실로 데려다 주지. (간호원 두 사람 부축해 나간다)

공민수 (암담한 기분, 멍하니 섰다 주먹으로 책상을 치며) 오, 하느님!

박간호원 (오애실 부축해 나온다) 복도에서 만났어요. 입원해서 며칠은 방

안에만 있더니, 삼일 전부터 하루에 두세 번 휴게실로 나오네요. 이젠 저하곤 퍽 친해졌어요. (애실을 의자에 앉힌다. 일기책을 옆구리에 끼고 있다)

**공민수** (기분을 가다듬고) 박간호원, 친절히 돌봐 주세요. 그분은 연고자가 없는 외로운 분이에요.

**박간호원** 네 알아요. 처음엔 견제하더니, 이젠 절 좋아하고 일기책도 다른 사람에겐 안 보여 주는데 저한테는 읽어보도록 하네요.

**공민수** 저런 다행이구려. 주위에 정 붙일 사람이 있음 덜 외로울 텐데.

공습해제 사이렌 소리. 공민수와 신간호원, 홍간호원 다시 회진차 나간다. 휴게실에는 오애실과 박간호원 두 사람뿐이다.

**박간호원** (가까이 다가앉으며) 그 일기책 나 좀 보여 주세요.

**오애실** (머리만 좌우로 젓는다. 순수한 표정이다)

**박간호원** 어제는 보여 주질 않았어요. 자 내가 소리내어 읽어 드릴게요. (애실 한참 박간호원을 올려다보다가 내밀어 준다. 박간호원 몇 장 뒤적거리다) 1944년 5월로 기재되어 있으니까 약 1년 전인가 본데 제목은 해바라기라 써 있네. (낭송한다)

사랑하는 당신이 태양이 되면
나는요 해바라기 꽃이 되리다
당신이 동에서 솟아나면

나는요 동쪽으로 고개 돌리고
당신이 서쪽 산기슭을 넘어서면
나는요 고개 숙여 잠자리라.

**박간호원** (박간호원 애실 옆으로 앉으며) 참 재미있게 쓰셨어요. (책을 다시 뒤적거리며) 또 한 장 읽을게요.
'나의 조국 조선 땅' 이라. 1944년 8월 1일이라고 기재됐어요.

오애실 아무 반응이 없이 그냥 멍하니 앉아 있다. 박간호원 무대 중앙으로 나오며 낭송한다.

'나의 조국 조선 땅아'
사랑과 인정으로 가득했던 조국 땅아
지금은 모두 어디로, 흩어지고
눈물만이 가득히 통곡하고 있구나
나의 조국 조선 땅아
세세토록 빛내려 하던 그 약속의 맹세들은
지금 어디서 결박당하고 있는 것인지
우리 민족 모두가 통곡하네 통곡하리.

(숙연해진 박간호원 돌아와 의자로 오며) 세상에 이런 애국사가 이 모양이 되다니. 무슨 극한 상황을 당해서 이런 정신 이상자가

되었을까….(애실에게) 그만 들어가시지요. (부축하며 들어간다. 회진 갔던 홍간호원 돌아온다)

홍간호원 저 여잔 나한텐 곁을 안 주면서 박간호원하곤 잘 사귀었어. (기록물을 챙긴다)

박간호원 (들어오며) 오애실씨 말이다. 일긴지 시인지 잘 모르겠는데 아주 속이 깊은 여자야. 글 속에 민족정신이 꽉 들어찼어.

홍간호원 뭐가 달라도 다르니까 멋쟁이 공 선생이 일본까지 가서 데리고 왔을 테지.

박간호원 신간호원이 요새 시큰둥해 보이더라. 약간 의심스러운가 봐.

홍간호원 애인 뺏길까 봐?

박간호원 애인은 뭐, 혼자 달아 날뛴다고 성사되는가? 공 선생은 퍽 무뚝뚝한 남성 같아 늘 조심히 많아 보이더만.

홍간호원 그야 일본 유학 시절 친했던 1호실 김철호씨랑 7호실 오애실씨를 곁에 놓고 보자니 오죽하겠어? 이 병동 환자 모두가 정상이 아니니 그런 사람들만 상대하다 보면 침울할 수밖에.

이때 공민수, 신간호원 회진 끝내고 들어온다. 박간호원, 홍간호원 다시 주사기를 챙겨 들고 나간다.

신간호원 아니 공 선생님 7호실 오애실씨 말이에요. 일본서 오실 땐 그 여자가 임신일 줄 모르고 데려왔었나요?

공민수 그때, 내가 가면 도저히 면회가 안될 것 같아서 먼저 내 모교 총장님을 찾아뵙고 애실씨 사정 얘기를 말씀드리고 내 곁에 두고 치료를 해보겠다고 했더니, 참 좋은 생각이라시면서. 그러나 자네가 가선 퇴원시킬 수가 없으니 내가 우리 집사람과 의논해서 우리가 보호인으로 데려다 줄 터이니 그리 알라기에 그대로 했었어. 총장님은 내가 곤궁에 빠졌을 때마다 늘 애써 주신 고마운 은사님이셔.

신간호원 일본 사람 중엔 그런 좋은 분도 있군요.

공민수 그럼, 일본 사람들 중에 지식층과 자유주의자들은 자국의 군국주의가 나라를 쑥밭으로 만들고 있다고 걱정할 뿐만 아니라, 조선 침략에 대해서도 개탄하는 지성인들이 많다는 것도 알아야 돼요.

신간호원 그래요. (앙칼진 목소리로) 그런데 애실씨가 임신 중이라는데 누구 애래요?

공민수 모르지. 그걸 본인이 말해야 하는데 실어증이라서…. 가끔 제정신으로 돌아올 때면 일기장에 글을 써 놓지만 그 글이 모두 아버지 어머니가 보고 싶다, 오빠는, 그리고 언니는, 철호씨는 모두 어떻게 됐을까? 그것뿐 다른 사연은 없다는 거요.

신간호원 (민수를 바라보며) 혹시, 공 선생님의 애인 아니었어요?

공민수 신간호원도 날 의심하는군. 몇 번을 설명해야 알아듣겠소?

신간호원 의심이라기보다 친구 누이동생이라는 것만으로 그토록 온 정성을 다해서 관심과 정성을 쏟을 수가 없지 않느냐는 거지요. (냉정하게) 그뿐인가요 정말?

공민수 (약간 농조로 환자들 기록 카드를 조사하며) 문제는 뇌혈전증으로 실어증 증세에다 과거를 전연 기억 못하는… 정상이 아닌, 그러니까 나도 몰라보질 않소.

신간호원 그럼 앞으로 회복될 가망이 전연 없을까요?

공민수 아마 힘들 것 같아요. 일주일 간 아주 세밀한 검사를 하고 있지만, 충격이 너무 컸어. 어제 원장님 특별 진찰도 받아 봤지만 가망이 없다는 거였어. 덕혜옹주와 똑같은 증세라는군. 조선 마지막 왕가 어린 옹주가 일본에 강제로 볼모로 끌려 가 마음에도 없는 일본인과 결혼을 하게 되어 울다울다 지쳐서 그만 실어증에 걸려 오래도록 동경 아오야마(青山) 뇌병원에 입원했었다지 않소.

신간호원 만약 애 아버지가 1호실 환자라도 알려 줄 필요는 없겠네요. 그분은 애실씨가 이 병원에 온 것도 모르지 않아요.

공민수 알릴 수도 없고, 안다면 더 괴로울 테지, 치료상 모르는 게 좋겠어.

신간호원 오애실씨께도 일체 알리지 않는 것이 좋겠지요?

공민수 알려 주려고 해도 기억 상실증이니까 아무 소용이 없을 거요.

신간호원 비극 중에 이보다 더 큰 비극이 또 어디 있겠어요?

공민수 그리고 전번에 암실에서 준 책은 읽고 돌렸소?

신간호원 네, 동기생 몇 사람께 읽어보고 돌리라고 했어요. 박간호원과 홍간호원 두 사람은 내 후배고, 아직은 그들 사상을 검토 못해서….

공민수 괜찮을 거요. 홍간호원은 내 친구인 실험실 양원달과 내달에 결혼할 사람이고, 박간호원은 우리들 클럽에서 조사해 보니 그 아버지가 항일 운동 선봉에 섰다 헌병에게 맞아 죽었다는 걸 알고 있소.

신간호원 어머 그랬어요? 그런 걸 전혀 몰랐어요. 그리고 전번 우리 두 사람 암실에서 만나고 나올 때 그애한테 들켰어요. 두 번이나.

공민수 저런, 의심했겠네.

신간호원 자기가 얼굴을 붉히던데요. 아마 은근히 공 선생님을 사모하는 눈치던 걸요.

공민수 (씩 웃으며) 원 사람도.

신간호원 아무튼 남자나 여자나 매력 있는 용모가 문제 중 문젠가 봐요.

공민수 자화자찬인가?

신간호원 아니죠. 나는 빼고.

공민수 (전화벨이 울리자 전화를 받는다) 네, 네. 곧 가지요. (송수화기를 놓으며) 원장실 비선데 좀 오라는 거요.

신간호원 무슨 일일까요?

공민수 응. 어제 원장님이 용당포 시멘트 공장의 군대 자원 안한 대학생 징용 숙소에서 200명이 집단 장질부사 사태가 벌어졌는데, 그 환자들이 오늘 오후에 이 병원 내과로 온다고 했었어. 그 환자들 보는데 좀 도와달라고 했었는데 아마 그 일 때문일 거요. (일어서 나간다)

홍간호원, 빈 주사기 몇 개 들고 들어온다.

신간호원 홍간호원 축하해요.

홍간호원 뭔데요. 무슨 축하를…?

신간호원 경사는 숨기면 안 돼요. 가을에 결혼한다면서?

홍간호원 미안합니다. 선배님이 먼저 가셔야 순서인데….

신간호원 순서가 어디 있어? 이젠 친형제끼리도 뒤바뀌는 데….

홍간호원 선배님께서도 열애 중이란 소문이 기숙사에 화젯거리던데요.

신간호원 어머 그래? 공연한 헛소문 때문에 남 시집도 못 가게 하려고들….

홍간호원 발 없는 말이 천리 간다나요? 꼭 성사되실 거예요.

박간호원 (들어오며) 내과 앞 복도가 꽉 막혀 가까스로 뚫고 나왔네요. 용당포에서 온 학도병 징집 거부자들이라나요. 비틀거리고, 맨 거지꼴이고, 냄새가 진동하더군요.

신간호원 그래, 나도 가서 좀 거들고 올께. (재빨리 나간다. 홍간호원과 박간호원 피곤한 듯 자리에 앉는다)

박간호원 아 아, 고달파라. 나비처럼 어디론가 훨훨 날아가고 싶다.

홍간호원 역시 마음이 들떠 있군, 올 가을경 서울 갈 준비중이라더니. 그럼 7호실 오애실 환자는 누가 맡지?

박간호원 글쎄, 또 누군가에게 기댈 테지.

웅성거리는 소리와 함께 환자와 의사들 황급히 복도로 지나간다.

홍간호원 (문 쪽을 보며) 저기 또 7호실 환자 나오네.

박간호원 나도 피곤하니까 가만히 내버려 둬 봐요.

오애실, 책을 끼고 가만가만 나와서 테이블 한쪽에 앉는다. 그리고 조용히 허공만 쳐다본다.

박간호원 어서 완쾌됐음 좋으련만. 저러다 오래도록 고생하게 되면 어떡하지

홍간호원 혹시 해산의 고통이 재생의 쇼크가 되어 정신이 되돌아올지도 모른다는 얘기도 있던데….

박간호원 전쟁이 아주 심해 병원이 해체되면 그땐 저 여잔 어떡하지?

홍간호원 국난은 아무도….

박간호원 억울해. 정말 억울해. (소리지른다. 오애실 이쪽을 바라보며 웃는다) 내가 당신의 한을 풀어 줄 수만 있다면 좋으련만.(혼자 독백하다 소리내며 웃는다)

홍간호원 야, 누가 보면 정신병동 박간호원도 미쳤다고 하겠어.

박간호원 미치기 일보 직전이야. 도대체 왜 남의 나라를 빼앗고 약소 민족을 학대하고 나라를 찾겠다는 청년들을 모조리 죽이고… (목이 메어 혼자말로) 그래, 우선 배우자. 알아야 힘이라 했다. (홍간호원에게) 이 정신병동에 들어온 거의 모두가 일본의 피해자

들 아니니? 분하고 원통하다. (소리지른다)

**홍간호원** 박간호원, 너는 공부하러 서울 가면 많이 배워 조선 사람들의 맺힌 한을 풀도록 힘쓰라고. 그리고 늘 억울하고 착한 사람들을 위해 사는 거야.

**박간호원** 뭐, 나같이 형편없는 가난뱅이가 학교인들 제대로 갈 능력이 되겠어? (일어서서 오애실 쪽으로 가며) 뭘 보고 그리 웃으세요?

이때 1호실에서 하모니카 소리가 들리며 철호 더듬거리며 나온다. 홍간호원이 부축하며 애실 옆에다 앉힌다. 애실 그냥 자꾸 웃고 있다. 아무 것도 모른다. 김철호 계속 하모니카를 불어 댄다. '아리랑'과 '봉선화' 두 곡이다. 박간호원과 홍간호원 연방 손수건으로 눈물을 닦는다.

**박간호원** (애실을 일으키며) 이제 그만 들어갑시다.

오애실 순순히 웃으며 응한다. 박간호원과 애실 나가고 홍간호원은 김철호를 부축해서 데려다 주려고 할 때 신 간호원이 들어온다. 잠시 후 박간호원 들어온다.

**신간호원** 오늘 박간호원 숙직인가?

**박간호원** 네, 그런데요.

**신간호원** 오늘은 내가 교대할 테니까 내일 하지.

박간호원 그러세요. 그럼 제가 내일 할게요.

홍간호원 (나오다 신음 소리에 7호실 쪽으로 갔다가 다시 뛰어오며) 큰일났어요. 애실씨가 진통이 오나 봐요.

신간호원과 박간호원 뛰어간다. 공민수 들어온다.

홍간호원 선생님 큰일났어요. 애실씨가 배가 몹시 아프다네요. 해산 진통인가 봐요.

공민수 황급히 청진기를 들고 나간다. 다시 신간호원, 공민수, 박간호원 들어온다.

공민수 일단 산부인과 병실로 옮깁시다. 그리고 박간호원 미안하지만 오늘밤엔 그 방을 좀 지켜 주세요.

신간호원 그래요. 그렇게 좀 해 줘야겠어. (박간호원 말없이 7호실로 간다)

공민수 해산 진통이라도 초산이니까 그리 쉽게 출산은 안될 거요. 홍간호원은 퇴근하지.

홍간호원 아니에요. 저도 산실을 지키고 있겠어요.

신간호원 그래, 우리 모두 같이 고생합시다.

홍간호원 7호실 쪽으로 나가고 양원달 휴게실 쪽으로 와 앉는다.

공민수 오늘 고단했지. 징병 학생들 다루기가….

양원달 피검사를 하려고 피를 빼자 모두 제대로 먹인 것도 없이 왜 아까운 피를 뽑느냐는 항의야. 진땀 뺐어.

공민수 모두 거지 중의 상거지 꼴이더군. 조선의 최고 지성인들인 그들의 모습을 보고 돌아서서 울었네. 이대로 오래 가다간 다 죽네.

양원달 아니 절대로 오래 안 가네. 2개월 전에 서울에 있는 20대 젊은 나이의 조문기, 류민수, 강윤묵, 우동학, 권준 등이 대한 애국청년당이라는 비밀결사 조직체를 결성하고 민족적 울분을 터뜨리고자 기회를 노린다는 정보를 입수했고, 여기저기서 기회만 노리고 있다네.

공민수 악질 고등계 사찰망에 정보가 들어가면 몰살일 터인데….

양원달 이미 목숨을 내건 구국 광복 운동이라서- 그리고 아주 중대한 뉴스가 있네. 포츠담 선언의 요질세. (쪽지를 내민다)

공민수 (받아들고 사방을 둘러보고 읽는다) 포츠담 선언 세 가지, 첫째 본국을 점령하지 말 것. 둘째 해외 파견군의 무장해제. 본 권은 자주적으로 할 것. 셋째 전쟁 범죄인의 처벌은 자국별로 할 것 등 수락 내용이라.

양원달 일본이 나가사끼에 제2의 원자폭탄 세례를 받고서야 정신이 좀 나나 보네. 이미 8월 9일 궁성 안 방공호 속에서 스즈키 수상의 제의로 도고 외상도 함께 천황의 결단을 요구했다는 점일세. 결국 7월 26일 8월 6일 히로시마에 투하된 원자탄이 항복할 결정적인 원인일 거야.

공민수 아니 어떻게 그것까지?

양원달 이 정보는 8월 10일 중립국인 스위스와 스웨덴을 통해 알았지. 일본 천황의 어명으로 포츠담 선언을 무조건 수락한 신문기사를 본 친구한데 오늘 아침에야 입수했네.

공민수 야, 만세! (큰 소리로 하다가 자기 입을 막으며) 안 되지. 아직은 잘못 발설하다간.

양원달 지금 연합국측과 일본국측 간에 항복 절차에 따른 서신의 왕래도 있고 중립국에서는 중개하느라 연일 고심 중이라는군. 아마 금명간 중대 발표가 있지 않을까 싶네.

신간호원 (조용히 옆에서 앉아 듣다가) 만세, 만세. (소리내다 입을 막는다)

공민수 야, 양 형! 이제 우린 살았어. (끌어안는다. 신간호원도 함께 세 사람 환희의 포옹이 지속된다) 이거 축배라도. (사방을 둘러본다)

양원달 아직은 소리내면 안 되네. 묵묵히 진전을 지켜보세.

공민수 그래, 그래야지.

신간호원 (상기된 기분으로) 아차, 7호실 환자가 어떤지 가보고 올게요.

공민수 그래 좀 다녀오구려. (신간호원 나간다)

양원달 왜 오애실씨가?

공민수 응 좀 전에 산기가 있어서 산부인과로 보냈어.

양원달 저런, 순산해야 할 텐데…. 그리고 전일 일본에 갔을 때 윤동주 형에 대한 소식 자세히 들려주게. 아까운 사람인데. 살아서 조선 독립을 맞아야 할 텐데.

**공민수** 생각하면 분하고 원통하네. 그토록 민족 정신이 투철한 저항 시인이 29세의 짧은 생애로 돌 마룻바닥 감방에서 지난 2월 6일 옥사했다더군. "내 나라를 돌려다오" 란 숭고한 목소리를 남긴 자유의 자산을 지키고 죽음을 걸고 싸운 레지스탕스 문학가였지. 마지막 숨을 거둔 그 감옥 주변만 몇 바퀴 돌며 명복을 빌고 왔을 뿐일세. 그의 사촌 송몽규씨도 20일 후 그곳에서 옥사했다고 듣고 왔네.

**양원달** (비통한 표정으로) 조국의 해방을 목전에 두고 가다니. 너무 억울하이. (목메어 운다. 공민수도 눈물 닦으며 숙연해진다)

**신간호원** (급하게 들어오며) 큰일났어요. 진통이 늦어지는데요. 산모가 기운이 없대요.

**공민수** 체력이 건강해야 분만이 쉬울 텐데…. 일본서부터 영양실조로 보였어.

**양원달** 아무도 돌봐 준 사람이 없었을 터이니 건강이 좋을 리 있나? 체력이 딸리나 보이.

**공민수** 계속 링거주사라도 놔주구려.

**신간호원** 알겠어요. (나간다)

**양원달** 그 윤동주 유해는?

**공민수** 아버지 품에 안겨 그의 고향 땅 간도로 돌아와 묻혔다는군.

**양원달** 아무튼 일본은 패망이야. 연합국측 영수회담을 통해 작성된 13개 조항의 포츠담 선언을 무조건 수락한다고 함으로써 사실상의 항복을 선언한 셈이지 뭔가.

**공민수** (통쾌하게 웃으며) 악인은 지옥으로군.

**양원달** 일본 천황이 할복 자살 안 할까?

**공민수** 천만에. 아마 그 밑의 전쟁광 몇 놈은 죽을 테지. 1급 전범들 말일세.

**양원달** 내 추측으로는 오늘밤쯤 녹음해서 내일쯤 발표되지 않을까?

**공민수** 그렇게 빨리 할까?

**양원달** 이젠 빠를수록 자국을 위하는 거니까, 폭격이 무섭겠지. 철호나 애실씨가 이 정보를 알면 정신이 돌아올 수 있을까?

**공민수** (머리를 좌우로 젓는다) 천만에 뇌세포가 죽어서 원상 복구는 힘드네. 그러나 애실 씬 모르지. 뇌에 큰 상처는 없이 쇼크로 인한 기억상실증이라 다시 큰 쇼크가 있으면 돌아올 수 있을까? 아니 힘들 거야.

**양원달** 두 사람 다 아깝네. 폐인이 되다니…. 그런데 김철호 부모님은 간간이 보이는데 부인이 왜 안 보여?

**공민수** 철호가 귀국해서 발작을 일으킬 때마다 아내는 못 알아보고 애실씨의 이름만 수없이 찾았었다는 걸세. 지금은 애실씨 이름도 잊은 채 대신 하모니카만 분다지만…. 그래서 부인은 짐을 챙겨 어디론가 사라졌다는 거야.

**양원달** 아차, (들고 왔던 봉지에서 막걸리 병과 오징어포를 끄집어내며) 아까 매점에서 사 온 걸세. 심각한 얘기하느라 잊고 있었네. (잔 두 개에 막걸리를 붓고) 자, 오늘같이 기분 좋은 날 안 마시고 그냥 새울 순 없지. (들이킨다. 그리고 주저하는 민수에게 권하며) 괜찮아요. 한 잔이야 어때? 의사도 사람인데 이렇게 기분 좋은 날, 한 잔쯤 마셔도 의사 본분 다할 수 있어요. (연달아 마신다)

**공민수** 그런데 그 포츠담 선언의 요지를 자넨 구체적으로 아는가?

**양원달** 응 나도 쪽지 봐야 알지. (포켓에서 꺼내 읽는다) 포츠담 선언의 요지는 '일본의 무모한 군국주의자들이 세계 인류와 일본 국민에게 지은 죄를 뉘우치고 속히 항복할 기회를 주는 동시에 항복 후 일본의 군대와 국민은 각자의 가정으로 돌아가 평화적이고 생산적인 생활을 향유하여 책임 있는 민주정부를 세우게 될 것을 보장한다'라는 것이구먼.

**공민수** 자세히 알았네. 당직 의사 입에서 술 냄새가 나면 파직일세. (한 잔 마시고 오징어 다리를 씹는다) 그러고 보니 아침일세. (옆 긴 의자에 양원달 누워 곧 잠든다. 공민수 손목시계를 다시 보며) 아직도 해산 소식이 없으니 웬일이지? (궁금해서 복도를 왔다갔다한다)

신간호원 어디서 소형 라디오를 들고 들어와서 공민수에게 말없이 건네주고 나간다.

**공민수** (리시버를 끼고 열심히 듣다가 리시버를 빼며) 양형! 양형, 일어나. 중대 발표 방송 좀 듣게.

**양원달** (눈을 비비며 일어나며) 어디 좀 크게 틀어 놔. 오늘 정오 라디오에서 일황 히로히토의 중대 발표가 있다고 했거든.

공민수 볼륨을 높인다. 일왕 히로히토 목소리 침통하게 들린다.

'종전의 조서.' 나는 오늘로써 연합국측 영수회담을 통해 작성된 13개 조항의 포츠담 선언을 무조건 수락한다.

두 사람 박수하며 힘껏 포옹한다.

공민수 양형, 이게 꿈이요? 생시오?

양원달 조선 독립 만세일세. 대한 독립 만세! 만세!

두 사람 합창처럼 터져 나온다. 병원 안에서도 밖에서도 함성이 들린다.

양원달 일본의 패전이란 말은 안 쓰고 종전의 조서라고 하더군.

공민수 곧 죽어도 자국의 자존심은 살리겠다는 결정이겠지.

신간호원 (뛰어 들어오며) 해방됐지요? 기숙사에서 일본인 간호원 세 사람만 안 나오고 모두 맨발로 만세를 부르면서 광장으로 나갔어요. (기뻐서 어쩔 줄 몰라할 때 홍간호원 침통한 얼굴로 나온다)

공민수 어찌 된 일이요? 홍간호원?

홍간호원 선생님, 7호실 애실씨가 출산 후 그만 기절하더니 영영….

공민수 (놀라며) 아니 선생님들은?

홍간호원 네, 두 분이 분만실에 계셨는데요. 인공 호흡도 해보고 최선의

노력을 다했으나 그만…. (운다)

공민수, 신간호원 뛰어나간다

**양원달** 애는 무사하오?

**홍간호원** 네, 신생아는 건강하고 아들이었어요.

**양원달** 뭐, 아들!

**홍간호원** 아들이면 뭐해요. 엄마 없는 아기는 처량했어요. (눈물을 훔친다)

**양원달** 어쩌겠어? 가는 사람 오는 사람 세상 만사 무상한 것 아니오.

김철호 또 하모니카를 불며 나온다. 두 사람 멍하니 서서 본다.

**김철호** 내 눈, 내 눈을 … 눈이 안 보이니 태양 빛을 볼 수 있나….
(다시 자기 방으로 돌아가며 하모니카를 구슬프게 분다)

두 사람 서로 마주보며 침통한 표정이다. 이때 박간호원 강보에 싼 아기를 안고 들어오고 그 뒤로 공민수와 신간호원 들어온다.

**박간호원** (공민수에게 아기를 안겨 주며) 신생아실로 가기 전에 여러분께 보이고 싶어서요. 난 분만실을 끝까지 지키고 있었는데 아기를 출산하고 잠시 제정신으로 돌아왔었어요. 그분은 아기를 잘 부탁한다고, 그리고 일기책은 잘 보관했다가 아기에게 좀… 하시곤 숨이 찼어요, 그래서 흔들며 애 아버지가 누구냐고 물었지만 목소리가 차츰 안으로 숨어 들어가 알아들을 수가 없었어요. (북받치는 울음을 억누르며 참는다)

**공민수** (아기를 열심히 들여다보다가 신간호원에게 주며) 신간호원! 이 아이는 당신과 내가 맡아 기릅시다. 오늘부터 당신이 이 애 엄마가 되고 난 아빠가 되어 줍시다. 그리고 우리 결혼합시다.

**신간호원** (약간 수줍어하며) 이 아기는 오늘 내가 낳았습니다.

모두 박수를 친다.

**양원달** 오늘은 조국 광복의 날이자 공민수 결혼 선포식에다 득남까지 했으니 자네 집에서 큰 잔치를 벌여야겠네.

**공민수** 그러세. 그런데 한턱내는 건 일주일 후에 하겠네. 아직 준비가 없으니….

**양원달** (민수의 손을 잡으며) 고맙네, 늘 궂은일은 자네가 도맡아 치르니 면목이 없네. 아무튼 이 아이는 자네라야 훌륭히 키울 수 있으리라 믿네. 혈통이 문제가 아니라고 생각하네. 결국 인간 됨됨이가 필요한 시대라고 보네. 높은 이상과 인자한 인격인 자네라면 그 애를 장차 조국의 큰 일꾼으로 키워 내리라 믿네.

**공민수** 고맙네. 꼭 기대에 어긋나지 않게 키움세.

이때 여기저기서 대한 독립 만세, 조선 독립 만세 소리가 우렁차게 들린다. 어디선가 농악이 가까이서 멀리로 사라진다.

**김철호** (지팡이를 짚고 나오며) 아니 웬 만세 소리가? (환희에 찬 표정이 다시 어두워지며) 태양빛이 안 보이네, 내 눈, 내 눈….

**공민수** 철호! (애절한 절규로 더듬거리는 철호를 끌어안는다)

모두 숙연해진다. 조용한 음악이 흐르며 윤동주 시 또는 적절한 시와 조선 독립만세, 대한독립만세 소리, 그리고 우렁찬 찬송가의 코러스가 들리며 막이 서서히 내린다.

(『월간문학』 1998년12월호)

「태양은 다시 뜨리」 희곡평(『월간문학』 1999년 1월호)

# 비극적 결말 구조와 휴머니티

곽노홍(희곡작가)

질곡의 역사로 점철된 20세기를 정리할 수 있는 시간도 1년밖에 남지 않았다. 1998년을 보내며 우리 민족의 암울했던 과거사와 일제 침탈사를 새롭게 조명하는 작품이 소설에 이어 희곡에서도 『월간문학』 12월호에 박현숙의 「太陽은 다시 뜨리」로 발표되었다. 진정 세기말을 정리하는 시대정신이 투철한 작가들의 노력이 하나하나 그 문학적인 족적을 남기게 됨을 다행스럽게 생각한다. 그런 이유만으로도 박현숙의 「太陽은 다시 뜨리」는 독자들의 반향을 불러일으켰으리라 생각한다.

어느 사회를 막론하고 그 시대와 그 시대의 숙원을 미완의 장으로 남겨 둘 수밖에 없는 것이 인간사의 현실인 것이다. 세기말적 신드롬의 확산과 경제적 궁핍함으로 곳곳에서 우울한 소식이 끊이지 않고 있지만 지나간 우리 역사의 부침을 사실적 경험을 바탕으로 후학들에게 전해줄 수 있는 세대는 얼마 남지 않았다.

그러기에 20세기 벽두부터 치러낸 세계대전의 참담함과 약소민족으로서의 울분, 일제침략사, 강제징용과 여성 수탈의 치욕사는 누군가 반드시 이 즈음에 작품으로 남겨주어야만 했던 터였기에 박현숙의 「太陽은 다시 뜨리」는 더욱 값있는 작품으로 보전되리라 믿는다.

이 작품은 그가 일생 추구해온 사회극 계열의 리얼리즘 희곡이다.

「여자의 城」 이후 1년여를 침묵하며 「太陽은 다시 뜨리」와 치열하게 싸워왔음을 확연하게 느낄 수 있는 역작으로 평가된다. 그의 작품 「여자의 城」, 「조국의 어머니」, 「청사에 빛나리 그 이름」 등에서 휴머니즘의 회복, 여성의 역할 신장론과 여성의 사회참여론은 그가 작품 속의 중심인물의 성격과 대사 속에 풀어헤쳐 확고한 작가의식을 작품 속에 투영해오고 있다.

「太陽은 다시 뜨리」에서 작가는 주인공 오애실의 성격을 다음과 같이 창조하고 있다. 오애실은 여자로서 이성을 사랑할 줄도 알고 문학적 욕심도 많으며 고향을 그리워하고 가족을 걱정하며 조국애에 불타는 정열적인 당시대 엘리트 집단의 여성임에 틀림없다. 그러나 작가는 오애실에게 비극으로 치닫게 할 결함을 만들어주었다. 그것은 시를 사랑하는 문학적 열병이다. 이러한 열병은 비극적 결함(tragic flaw)을 가진 주인공은 결말 구조에서 결국 그 결함으로 인해 뇌혈전증이란 정신과적인 병을 얻음으로 비극적 파멸과 운명을 맞이하게 된다.

「太陽은 다시 뜨리」는 중심인물(오애실과 김철호)의 대조적 운명의 비극성은 독자들을 극 속으로 빠져들게 하는 카타르시스의 효과와 비극으로서의 비장함을 교차시키는 데 성공하고 있고, 그에 따른 치밀한 구성이 돋보이는 희곡적 특징을 골고루 갖추고 있다.

「太陽은 다시 뜨리」는 작가 박현숙의 생애와 우리나라 해방공간의 좌충우돌하는 격랑기를 부초처럼 살아온 삶의 유형들과 일치하고 있기 때문에 현시대의 젊은 작가군에서는 리얼하게 그려낼 수 없는 특징을 갖춘 작가 자신의 경험을 바탕으로 사실성에 충실한 작품인 것이다. 이 작품에서 작가는 일제 말기 강제징용과 민족말살정책, 농수산물의 무제한적 공출로 이어지는 일제 강점기의 극악한 사회 상황을 사실적으로 설파하고 있다.

이 작품에서 나오는 인물들은 우리나라 근대사의 엘리트 계층이라고 불리는 동경 유학생들의 이야기를 소재로 하고 있다. 다소 친일적 행각이라 치부될 수 있는 선각자들의 안이한 동경 유학생활을 넘어설 수 있는 이유는 그들이 대처하고 있는 패전의 징후가 뚜렷한 일본에서의 급박한 상황전개와 젊은 지식층의 고뇌, 나라 잃은 슬픈 현실 등의 공통기류는 곧바로 그들로 하여금 항일 비밀단체를 결성하게 했고 한국 유학생 강제징용에 항거하는 범민족주의 노선의 청년 집단을 사실감 있게 그려내는 데 있다고 볼 수 있다.

「太陽은 다시 뜨리」는 1막과 2막으로 구분하여 동경과 한국을 이원화시키고 그 안에 여러 장면의 에피소드를 나열하여 하나의 테마에 부합하려는 복합적 수성을 시도하고 있다.

제1막은 애실의 오빠 세영이 그녀의 시를 몰래 낭송하는 장면에서 시작되며 이내 애실의 운명이 시로 인하여 비극적인 결함을 안고 있음을 알게 된다. 그것은 이 극에는 등장하지 않지만 윤동주 시인과의 관계 설정이 적극적이기 때문이다. 윤동주의 주변인물로 설정된 인물들은 윤동주의 애국애족 정신의 밑바탕은 그의 강인한 시정신에서 출발하고 있음을 볼 때 이성으로서의 남성 윤동주가 아닌 그의 치열한 시정신이라 판단된다. 이렇게 도입부에서 잉태된 애실의 비극직 결함은 사건 전개에 따라 돌출과 함몰을 되풀이하며 진행된다.

오누이의 대사에서 애실은 윤동주와의 관계가 인간적이 아닌 시와의 흠모로 연결되고 있음을 보여주며 철호란 이름을 던져줌으로써 사건 전개의 복선은 앞으로의 갈등을 예시하며 긴박한 상황 전개를 펼치고 있다.

오세영의 동료인 철호와 의대생 공민수가 등장하며 현재 감옥에서 죽어가고 있는 윤동주의 상황이 보고된다. 그들은 현재 진행되고 있는 조선 유학생 자원 입대에 춘원(이광수)이 선봉자로 연설하고 있는 현실을 개탄해하며 기독결사대의 단결을 더욱 공고히 할 것을 다짐한다.

공민수는 오세영의 고향인 해주도립병원으로 떠나야 할 몸이기에 그와 함께 윤동주 면회 신청을 위해 야간열차를 타러 나간다. 이것은 작가가 의도적으로 애실과 철호의 갈등을 점진적으로 증폭시킬 목적으로 처리한 부분으로 자연스럽게 둘만의 자리를 만들어주는 효과를 노린 것이다.

애실은 철호가 총각인줄 알고 사랑했었다. 그러나 그는 고향에 처자가 있는 남자였다. 애실은 어린 나이에 징용을 회피하기 위한 수단으로 서둘러 결혼을 했고 가부장적 종족보존을 위한 방법으로 억지 혼사를 치르던 불운했던 사회 현상을 토로하며, 기왕에 혼기를 놓쳐버린 바에야 열심히 여성들 계몽운동과 애국심을 심어주는 사업을 벌일 각오를 피력하며, 과거의 情事를 빌미로 추근거리는 철호를 따돌리려 하지만, 그의 집요함에 한계를 느낀 애실은 윤동주의 시를 낭송함으로써 분위기의 변화를 이루고 있다.

일본에 유학 왔다 불미스런 愛亂에 휩싸여 현해탄에 몸을 던진 윤심

덕과 김우진의 사랑, 수덕사로 삭발한 채 들어간 김일엽 작가, 유랑하는 애정의 부질없음, 나라 없는 백성의 슬픔, 이러한 상황은 애실에게 슬픔을 배가시켜주더니 마침내 결정적인 비극적 사건의 핵심이 밝혀진다. 철호의 씨앗을 잉태했다가 공모해 사산시켰다는 사실을 확인시켜줌으로써 기독교도인 애실의 운명을 어린 생명을 담보로 근원적 죄악의 세계에 갇혀지게 만들고 있다.

1막의 마지막 에피소드는 윤동주를 면회하러 가던 오빠가 쇠고랑을 찬 채 친구이며 조선인 유학생인 미우라에 이끌려 들어오는 부분이다. 여기서 작가는 동족의 신의가 개인의 영달에 무너져 내린 참담한 인간성의 표리부동함을 보여주고 있다. 일제 침략기에 숱한 조선인 밀정들에 의해 얼마나 많은 애국지사들이 고초를 겪어야 했는지를 비유적으로 제시해주는 장면인 셈이다. 숨어 있던 김철호와 애실이 미우라에게 발각되고 결국 그들은 유형의 길을 떠나게 되며, 애실은 목전에서 생이별하게된 오빠와 한때 사랑했던 사람을 떠나보내고 실신하며 막이 내린다.

제2막은 1막으로부터 10개월째 되는 1945년 8월 14일~15일의 해주도립병원에서 벌어지는 일이다. 공민수는 예정대로 해주도립병원으로 부임해고 여러 간호원들에게 인기있는 젊은 의사다. 2막 역시 몇 개의 에피소드를 통해 사건의 절정을 향해 상승하는 전개부이다.

박 간호원과 홍 간호원의 대사에서 드러나듯 철호는 전장에서 눈이 멀고 정신이 이상해져 이 병원에 입원해 있고, 공민수는 일본에서 뇌혈전 증세로 기억력을 상실한 애실을 그녀의 고향 해주도립병원으로 이

송해왔다. 그야말로 대단한 지위가 아니면 할 수 없는 일을 공민수는 일본인 총장을 통해 구해낸 것이다. 그것은 전장에서 조국의 혼으로 사라진 친구 오세영에 대한 우정의 보답이며, 조국을 위해 투철한 사명감으로 환자들을 치료함으로써 애국의 일익을 담당하려는 의사로서의 공명심에서 기인된 것이다.

일본의 지식인 중에서도 군국주의를 비판하고 침략행위를 성토하여 한국 유학생들에게 힘과 용기를 주는 사람들도 있음을 설파하기도 한다. 사랑하는 사람들이 서로가 자아를 상실한 채 같은 병원에 입원해 있으면서 하모니카와 시 낭송으로 이원적 비극성을 외화시켜 점층되어 가는 상승부의 절박감이 사건의 흐름을 한층 빠르게 이끌고 있다.

이러한 비극적 요소들이 밖에서 들려오는 공습경보 사이렌소리와 함께 암울하게 펼쳐지는데, 양원달의 등장으로 포츠담선언과 일본 원폭투하 사건이 전해지고 해방의 날이 다가왔음을 자축한다. 애실은 출산의 진통을 겪고 밝아오는 내일의 현실을 외면한 채 끝내 숨을 거두게 되는 것으로 주인공의 운명과 생명의 탄생이란 비극적 결말 구조에 다다르고 있다. 한쪽에선 해방의 환호성, 한쪽에서는 아들의 탄생과 그로인한 애실의 죽음. 결국 애실은 자신이 지니고 있던 비극적 결함으로 인해 절정의 시점에서 죽게 되는 것이다. 그리고 태어난 아기의 처리를 놓고 공민수와 신 간호원이 자신들의 아들로 키울 것을 약속하며 해방의 감격 속으로 빠져들고 있는 것이다.

이상과 같이 박현숙의 「太陽은 다시 뜨리」는 시적 음율로 말끔하게 정리된 대사와 플롯상의 결말 구조에 작가의 휴머니티가 살아 숨 쉬고 있음을 발견하게 된다. 사생아로 태어난 아이를 자신의 아들로 기를 것을 맹세하고 매우 뜻 깊은 광복의 날에 결혼을 선포하고 죽은 애실의 아기지만 자신의 아들로 받아들여 득남까지 했음을 주변 인물에게 공포하게 만든 것을 보면 작가는 파격적인 카타스트로피(catastrophe)를 이끌어내기 위한 순간적인 반전을 시도하고 있다.

이 작품에는 작가의 보편적 휴머니티와 죽음을 초월하는 작가의 비극적 세계관이 한 아기의 출생을 계기로 불운했던 시대를 마감하고 새 생명의 성장을 통해 시대의 다시 떠오르는 태양으로 승화할 수 있으리란 확실한 믿음이 기저에 깔려있기 때문에 애실의 죽음을 극복하게 하는 요소로 작용하고 있다. 그래서 대단원의 처리가 무리없이 해방과 환희, 민족적인 축제의 무드로 전환되고 있는 것이다.

# 그의 고백

(1막 5장)

나는 일제 강점기에 태어나 80평생 조용한 날 없이 늘 소용돌이치는 비운의 국운을 따라, 슬픈 사연들을 겪어야 했던 부모 세대를 바라보며 살았다.

광복 후 38선을 숨어서 넘나들며 가족끼리의 얼룩진 고통의 한(恨)을 애타게 그리워하면서도 만날 수 없었던 지나간 세월, 사랑하는 사람들이 목 메이게 그리워하며 살아야 했던 지나간 시간들….

요사이 젊은이들이 외국 이민 가는 수가 많아졌다는 뉴스와 이혼율이 세계 2~3위라는 소식은 안타까운 사연들이다. 그리고 혹자는 외국은행에 많은 돈을 숨겨 놓았다는 정보도 우리를 슬프게 하고 있다. 건강한 가정이 튼튼한 사회를 만들고, 그래야 훌륭한 국가가 존속할 텐데 하는 생각과 이제 언제 떠나갈지 모르는 팔순을 맞으며 지나간 암담한 세월 속에 한을 묻고 미래를 재조명하고자 쓴 희곡이다.

그리고 나는 이 희곡의 주인공처럼 자식 없이 고통 받는 노인들을 위해 자선사업단체에 희사해 주었으면 하는 바람으로 이 작품을 엮어냈다.

— 2005년 『월간문학』 6월호 발표

**등장인물:**

박세민 _ 전, 대학교수. 현재 한일건축회사 회장. 80세

홍옥선 _ 박세민의 부인. 77세

박철수 _ 박세민의 아들. 호주이민자. 58세

박정숙 _ 박세민의 딸. 시나리오 작가. 45세

이수지 _ 박철수의 아내. 53세

아줌마 _ 가정부. 본명은 금자. 60세

오선생 _ 박정숙의 애인. 영화감독. 50세

김선생 _ 박세민의 친구A. 전 대학교수. 불구자. 80세

이선생 _ 박세민의 친구B. 변호사. 공중법률사무소 회장. 81세

석군 _ 박세민의 기사. 40세

마이클 _ 박철수의 아들. 대학원생. 25세

제니 _ 박철수의 딸. 대학생. 20세

(마이클과 제니는 전화 목소리만 들림)

**무대:** 한강 상부에 자리 잡고 있는 고옥이지만 풍요롭게 설계된 박세민의 2층 저택. 잔잔한 음악이 흐르며 막이 오르면 잘 정돈된 박세민의 저택 응접실이다. 배경으로 야산 언덕에 나무가 우거지고 그 밑으로 한강이 흐른다. 응접실 우측 뒤쪽으로 2층으로 오르는 계단이 보이고, 응접실 중앙으로는 박세민의 내실과 우측 앞으로는 식당으로 통하는 문이 있다. 좌측으로 한 계단 내려서면 마당이 있고, 나무 사이로 적당히 놓인 의자와 탁자가 야외용으로 장식되어 있다. 좌측 뒤편으로는 외부로 통하는 현관문이 있다.

# 1장

막이 오르면 어머니가 응접실에서 꽃꽂이를 해놓고 조금 작은 용기에도 꽃을 꽂고 있다. 아줌마는 꽃잎을 따서 올려주고 물도 열심히 나르고 있다.

어머니 아줌마 이층 방 청소 깨끗이 해놓으세요.

아줌마 벌써 다 했어요. 내내 비워놨던 방이라서 몇 번을 닦고 쓸고 사모님이 주신 향수도 뿌려 놓았어요.

어머니 잘했어요. 그런데 정숙인 아직 안 일어났어요?

아줌마 좀 전에 일어나서 샤워하고 있어요. 어제 새벽 3시까지 불을 켜고 있었어요. 아마 그때까지 안 주무셨나 보던데요.

어머니 그 앤 원고를 쓰는 애라서 한밤중이래야 머리가 맑아진대요. 그러니까 밤에 2층에서 시끄럽게 TV나 라디오를 크게 틀지 마세요. 전화 벨소리도 싫다고 자기 핸드폰만 사용하고 있어요. 좀 성격이 까다로워서….

아줌마 아…. 그러세요. 알았습니다.

어머니 아줌마가 우리 집에 온 지가 오늘로 10일째 되나요?

아줌마 네. 내일이면 꼭 10일째 되네요.

어머니 중국에서 서울 온 지가 몇 년 됐다고 했나요?

아줌마 네… 네. 꼭 7년이 되네요. (손으로 꼽아 본다.) 내가 54살에 떠나 왔으니까 7년이지요. 세월이 어찌나 빠른지요. (한숨을 쉰다.)

어머니 우리 집이 몇 번째라고 했지요?

아줌마 (쑥스러워 하며) 네… 일곱 번째네요. 소개소에서 월급이 좀 더 많은 데로 보내준다고 하기에 그렇게 전전했어요. 특히 이북 함경도에서 월남한 집만 골라서 소개받아왔어요. 꼭 찾아 볼 사람도 있고요. 한 달에 한번은 중국 길림에 사는 딸집에 돈도 부치고 그리고 전화로 목소리도 듣고요. 참 부탁인데요, 돈 부치는 것하고 전화 한 번 거는 것 좀 도와주세요.

어머니 걱정 말아요. 석군에게 부쳐달라고 하면 되고, 전화는 집 전화 한 번씩 쓰세요. (잠시 생각 난 듯) 아줌마 벌써 3시네요. 정숙이 점심을 좀 차려주시고, 아줌마도 잡수세요. 난 사과 주스나 한 잔 갈아다 주구요.

아줌마 저~ 따님은 나가서 저녁 약속이 있어서 먹는다고요 집에선 안 먹는다던데요.

어머니 그래요. 그럼 아줌마나 일찍 저녁 먹고 치우세요. 회장님도 오늘은 내일 팔순잔치 위해 때 빼고 광내시느라 기사랑 찜질방에 갔다가 저녁 먹고 들어오신댔어요. 그리고 호주서 오는 아이들도 비행기에서 저녁은 먹고 집에 도착이 늦는다니까.

아줌마 그럼 저녁 걱정은 하지 않아도 되네요. 저 혼자 먹게 됐네요. (들어가려고 할 때)

어머니 자 이것 좀 이층에 갔다놓고요. (꽃꽂이한 용기를 건네준다. 이때 2

층에서 정숙 외출준비를 끝내고 내려온다.)

정숙 좋우시겠수…? 애타게 그리던 아들 내외를 만나니. (약간 비웃는다.)

어머니 그래 넌 안 반갑니? 오빠가 10년 만에 오는데 내외만 오고 마이클하고, 제니는 학교 때문에 못 온다는구나. 그리고 참, 제니는 호주전국대학생 피아노경연 준비 중이라고.

정숙 개들은 언제나 자기들 편리한대로 사는 애들이라 결혼하고 한 번 오고, 그리고 첫애 낳고 한 번, 30년 이민 생활에 오빠가 네 번 그 애….

어머니 (말을 막으며) 넌 그 말버릇 좀 고쳐라, 아무리 학교 선후배 관계라지만 수지는 올케언니 아니니.

정숙 흥. 올케언니? (비웃는다.) 꼭 잊어버릴 만하면 10년에 한번 꼴로 오는 애가 무슨 올케야. 남에 집 장남. 그것도 아들 하나라고. 얼마나 애지중지로 길렀어요? 좀 아프다면 어머닌 밤을 꼬박 새우며 키운 그 오빠였어요. 그런 아들을 유학입네 보내서, 그것도 부모 허락도 없이 호주 이민가족과 현지에서 결혼식을 부모도 안 모시고 치룬 애 아닙니까?

어머니 (노한 어조로) 말조심하라니까. 애가 뭐니? 50이 넘은 오빠에게….

정숙 50세가 뭐 그리 중요해요. 철이 안 들면 애지요.

어머니 얘 그만해라 남세스럽게 저 아줌마가 들으면… 어쩌려고.

정숙 (격한 목소리로) 들으면 어때요. 그 부부가 이번 아버지 팔순잔치에 사람들이 많이 모일 테니까 와서 우리가 장남인 아들 내외요 라는 전시 효과를 목적으로 생색내고, 돌아갈 때는 늙어 언제 돌아가실 지 모르는 아버지 비위맞춰서 재산 상속 좀 받고 싶어오는 것 아니겠수.

어머니 정숙아 (격한 어조로) 그런 식으로 오빠를 매도하지 마라. 그리고 이번에 오면 오빠 내외한테 좀 따뜻이 대해다오. 네가 그런 태도로 오빠나 올케에게 대하니까 그 애들이 집에 오고 싶은 생각이 나겠니.

정숙 (말 받아 부친다.) 그럼 나 때문에 집에도 잘 안 오고, 귀국할 생각이 없다는 거예요?

어머니 그런 말이 아니지. 원체 아버지가 그 애 이민간 가족과 결혼을 반대했었고, 그리고 오빠가 박사가 되어서 돌아와 여기 대학교수하기를 원했던 터이라서….

정숙 본래 오빠가 유학지를 호주로 정한 건 그 애 수지를 못 잊어 떠난 계획적인 유학이였다고요.

어머니 그만두자. 너한테 그 얘긴 몇 번이나 들어서, 더 이상 설명은 필요 없으니.

정숙 어머닌 왜 그렇게 오빠한테는 관대하세요?

어머니 아들이래서 오빠만 감싸는 얘기가 아니다. 너도 오빠와 다름없이 나에게 소중한 딸이다. 그래서 이런저런 충고를 하지만 넌 왜 그렇게 이 에미 맘을 비꼬이서만 해석하니? 나는 너만 보면 짝지어 주지 못하고 떠나면 어떡하나 그것이 제일 큰 고민이다. 오빠가 고국에서 살 생각을 않는 것 같아, 너라도 결혼해서 손주나 손녀 하나 안아보고 갔으면 하는 바람뿐이었는데….

정숙 (쏘아붙인다) 결혼은 절대 안한 댔지 않아요. 그리고 자식을 낳으면 뭘 해요. 죽기 살기로 고생해 키워 놓으면 모두 자기 타산에 맞지 않으면 달아나지 않아요? 요새 세상에 그런 애들 천국이니까. 그런 애를 낳기 싫어서도 안가요. 그리고 사랑하는 남자는 한 번으로 족하다고요.

어머니 마음을 넓게 가져라 그 사람은 이미 결혼해서 자식 낳고 잘 살지 않니.

정숙 정적의 아들이라고 아버지와 오빠가 얼마나 완강히 반대했었어요. 그래서 그는 자살소동까지 벌였었어요. 그런데…. (목이 멘다. 일어나 코트를 입는다.)

어머니 얘, 지나간 얘기는 왜 자꾸 들먹거리니. 내일 잔치일인데 왜 그런 얘기를 끄집어내서 심기를 어지럽히니….

정숙 (기분을 돌리며) 엄마 미안해요. 공연히 오빠 내외가 오래간만에 온다니까 20년 전 생각이 나서….

어머니 (아줌마가 들고 들어온 주스를 마시며) 오늘밤은 늦지 말고 들어오렴.

정숙 (나가다 돌아보며) 오늘은 오피스텔에서 원고 마감 끝내야 하니까 기다리지 마시고 주무세요. 내일 12시까지 연회장으로 바로 갈게요.

어머니 일도 중요하지만 내일만은 좋은 분위기를 만들어주렴.

정숙 걱정 마세요. (나간다.)

아줌마 따님이 미인인데 왜 아직 미혼인가요?

어머니 (한숨을 쉬며) 그렇다네. 우리 집엔 아들 하나 딸 하난데 아들은 오늘 오는 내외고. 저 앤 외동딸인데, 저렇게 고집이 세고 독신주의라나….

아줌마 시집 안가고 살 수만 있다면 좋지요. 우리 아니, 나 같은 물건은 출생서부터 눈물이에요. 이렇게 한평생 눈물로 사니까요. 그저 팔자거니 하지요. 중국에 있는 딸 하나하고 어린 손주만이… 유일한 희망이지요.

어머니 사위는 뭘 하는 사람인가?

아줌마 (한숨을 쉬며) 사위는 결혼한 지 얼마 안 돼서 탄광 일하다 갱이 무너져 죽었어요. 딸아이도 내 팔자를 닮아서. (눈물을 닦는다.) 어쩌면 내 어머니나 나 그리고 내 딸까지 똑같은 과부팔잔지요.

어머니 그래서 돈 벌러 한국에 왔다고 했나?

아줌마 예, 그리고요 아버지를 찾아 볼 생각도 있고요.

어머니 아버지는 남쪽에 사는 한국 사람인가요?

아줌마 네. 아버지는 본래 이북 함경남도 북청인데요 일찍 해방 후 서울로 공부하러 간다고 떠나셨대요.

어머니 그럼 이북 5도청에 가서 알아보지 그래요.

아줌마 그 5도청이라는 곳도 몇 번 찾아가 봤는데요. 이북 사람들이 남쪽 와서 주소를 모두 서울로 갱신했다고요. 아버지 이름도 전혀 없다네요. 이름 바꾼 사람들도 많다나요.

어머니 저런 그럼 영 영 못 찾겠네.

아줌마 그래서 아버지가 돌아가시기 전에 찾아뵙고 싶어 서울시 구마다 가정부 소개소를 찾아다니며 소개받아갈 집의 남편이 이북서 온 사람인가 그것부터 물어보고 있어요. 혹시 아버지의 소식을 알 수 있을까 하고요.

어머니 저런 저런 아무튼 38선은 비극 중에 비극일세. 우리 집 회장님도 이북인데 소문에 부모님이 다 돌아가셨다는 것을 알고는 통 이산가족 찾기를 포기했다네.

아줌마 사실 이번에 소개한 소개소에서 전화로 사모님께 물었대요. 회장님이 이북분인가, 그렇다기에 혹시나 하고요. 아무튼 통일이 돼도 통 그리운 가족 상봉도 못하고, 세상을 뜰 것 같으네요.

어머니 (초인종 소리) 누구세요?

아버지 응, 나요. (문 열리면 아버지 등장)

어머니 저녁은 잡수셨어요?

아버지 응. 석군과 먹고 일찍 비행기 도착시간 마쳐서 비행장으로 보냈어. 난 콜택시로 오고.

어머니 (머뭇거리는 아줌마에게) 마실 것 좀 갔다드리세요. 아까 갈아온 사과 주스라도.

아줌마 네. (식당으로 간다.)

어머니 피곤하실 터인데 침실로 드세요. 얘들은 늦어야 도착한데요.

너무 늦어지면 내일 하루 종일 피곤하실 터이니, 일찍 들어가 쉬세요. 애들 인사는 내일 아침에 받으세요.

아버지 응, 그래야지. (이때 응접실에서 사과 주스를 마시고 방으로 들어간다.)

어머니 아줌마. 아줌마도 올라가 주무세요. 애들이 너무 늦어지면 내일 준비에 피곤할 테니, 짐은 석군이 올려다줄 거고 그러니, 마실 물이나 준비해서 올려다 놓고요.

아줌마 네, 그럼 올라가겠습니다. (식당으로 가서 물을 들고 올라간다.)

어머니 (전화기를 들고 다이얼을 돌린다.) 여보세요. 호텔이지요. 여기 삼성동 박세민 씨 집인데요. 내일 파티장소 음식 등 잘 좀 부탁합니다.

석군 (벨 누르고, 문이 열린다. 짐을 들고 메고 들어온다.)

어머니 (뛰어나가며) 아니, 늦어질 줄 알았는데 정시에 도착했나보 구나.

철수 (어머니, 끌어안고 양 볼에다 인사한다.) 어머니, 그간 편안하셨어요.

어머니 그래 (뒤따라 들어온 며느리 끌어안는다.) 반갑다.

수지 어머님, 죄송합니다. 자주 왔어야 하는데…. 이번엔 애들도 왔으면 좋았을 텐데.

철수 마이클은 대학원 졸업시험이 있고요. 제니는 피아노 연습 때문에….

어머니 그래 올라가자. (응접실로 올라오고 석군 짐을 챙겨서 2층으로 올라간다.)

수지 어머님 죄송합니다. 저희가 잘 모셔야하는데…. 인사 받으세요.

철수 아버님은요.

어머니 응, 좀 전에 피곤하셔서 주무시라고 했다. 비행기가 늦어지면 내일 피곤해 하실 것 같아. (어머니 자리에 앉는다.)

철수 그럼 어머니나 절 받으세요. (두 사람 나란히 큰절을 한다.)

어머니 그래 잘 왔다. 석군은 빨리 가야지. 내일 12시 잔치니까 11까지는 꼭 집에 대야하네.

석군 네, 그럼 안녕히 주무십시오.

철수 수고했어요. (석군 퇴장)

어머니 올라가 씻고 일찍 자거라.

철수 정숙이는요?

어머니 그 앤 작품 마무리가 급하다고. 오늘 오피스텔에서 못 온다는구나…. 그리고 아버지께는 내일 아침에 인사드려라.

철수 내외 2층으로 올라간다.
이때 어머니 2층을 올려다보고 응접실 불을 끈다. 계단만 보이는 작은 등만 키고 어머니, 침실로 들어간다. 음악이 잔잔히 흐르며 1장이 끝난다.

# 2장

다음날 오후5시 2층에서 조용한 피아노 반주가 흐르며 무대가 밝아진다.
팔순잔치를 끝내고 일진은 이미 집으로 돌아와, 1층에서는 칵테일 등 음식준비에 바쁘게 돌아간다.

어머니 아줌마, 떡이랑 포도주잔 준비도 됐지요? 그리고, 저녁 2차는 칵테일파티니까 접시나 포크 등 깨끗이 닦아 놓으세요.

아줌마 네, 알았습니다. (아줌마만 앞치마 두르고 어머니, 딸, 며느리는 한복차림이다)

정숙 (응접실로 내려와 포도주를 마시며) 아이 배고파. (접시에 담긴 안주를 목이 메게 먹는다.)

어머니 체할라 앉아서 천천히 먹어라. 언제나 큰 잔치엔 식구들은 배곯는 법이다. 손님접대가 그래서 힘든 게 아니냐.

정숙 (한복을 가리키며) 이제 이 옷은 편한 옷으로 갈아입으면 안되겠수?

어머니 몇 십 년 만에 아버지 고향 친구를 모시는데 좀 참고 그분들께 좋은 인상줘 보내자.

정숙 (이층을 가리키며) 쟨 왜 내려와서 돕지 않고 그 잘난 피아노 솜씨만 자랑한답디까?

어머니 그냥 둬라 내가 시켰다. 오늘은 2차로 오시는 분들을 위해 분위기 맞춰 음악담당이나 하라고 했다. 어제 열 시간이나 비행기를 타고 왔으니 힘들 테고. 그리고 너와는 피아노 전공인 대학 선배님 아니니?

정숙 엄마는 그게 틀렸어요. 올케를 늘 공주마마 대하듯 하니까 버릇없이 안하무인격인….

어머니 (말을 막으며) 얘 오늘 네가 한 가족대표 노래도 멋졌고 올케가 친 피아노 독주도 멋졌다.

정숙 괜찮았어요? 내 노래가….

어머니 그럼, 얼마나 구성지게 불렀는지 재청 박수도 받지 않았니?

정숙 그대로 성악전공을 했어야 했는데 결국 늘 붙어 다니던 반주자(올케를 지칭)가 이민 가는 바람에… 문학 쪽으로 기수를 돌렸지만….

어머니 (벽시계를 쳐다보며 아줌마에게) 벌써 5시가 다 됐네. 냅킨도 좀 갔다 몇 군데 골고루 놓으세요.

이때 초인종 소리 아버지와 아들, 옛 친구 A, B와 기사 등장

어머니 어서 오세요. (정원 테이블 중앙에 안내한다.)

정숙 감사합니다. 이렇게 아버님을 위해 집에까지 와주셔서.

친구A 당연하지. 우리야 고향 소꿉친구들인데.

친구B 야, 우리가 이 집에 왔던 지 꼭 20년이 되나?

친구A 그럼 그땐 회갑을 집에서 차리고 초대하는 바람에 왔었지.

아버지 아… 벌써 20년이 됐나?

친구B 사는 게 뭐가, 그리 바빴는지. 그리워하면서도 집에까지 방문하기란 그토록 어려웠어.

아버지 자네야 거리가 좀 먼데 살지만 이 친구(A를 가리키며)는 아주 가까운데 살면서도 전화로만 안부 묻고, 통 만나지지가 않더군.

어머니, 아줌마, 딸 열심히 접시에 안주를 담아 나른다. 아들 피곤한지 2층으로 올라간다.

어머니 많이 잡수시고 오래 노시다가세요. 옛이야기도 좀 나누시고요.

아버지 그러세. (기사에게) 자넨 저녁 먹고 2층에서 좀 쉬고 있다가 이 친구 두 분 차로 집에까지 잘 모셔다 드려야하네.

기사 네, 알았습니다. (2층으로 올라간다.)

어머니 우리 며느리는 음악담당이라 2층에서 피아노를 치라고 올려 보냈습니다.

아버지 그래도 우선 내려와 인사를 하고 올라가야지.

어머니가 귓속말로 뭐라 했는지 아줌마 이층으로 올라간다. 2층에서 며느리 내려온다.

수지 죄송합니다. 고맙습니다.

친구A 아까 식장에서 소개받았지만 가까이서 만나보니, 과연 미인이로군. 이 집 딸과 며느리는 한국의 미스코리아 저리 가라일세 그려.

친구B 저 사람은 여자만 보면 옛날이나 다름없단 말이야. (어깨를 툭 치며 웃는다.)

친구A 이 사람아, 이쁜 꽃은 다시 쳐다보는 게 인간의 본능이 아닌가. 난 겉은 이렇게 보잘 것 없이 늙었지만 아직도 마음은 18세일세. 하하 (구성지게 웃는다.)

딸, 며느리 웃으며 다시 2층으로 올라가고, 어머니와 아줌마만 1층에서 부지런히 술과 얼음, 안주를 나르고 있다.

아버지 이제 그만 당신도 좀 쉬구려. 철수도 어제 귀국해서 피곤한 모양이지? 보이질 않으니.

어머니 그럼요. 2층에서 좀 쉬라고 했어요. (다시 피아노소리 은은히 들리고 아줌마도 식당으로 들어간다.) 그럼 천천히 노시며 옛날이야기도 하세요. (거실로 들어간다.)

아버지, 친구A, B 편안한 자세로 의자에 고쳐 앉는다.

아버지 자 다리도 좀 마음대로 올리고. (낮은 의자를 친구A 앞에다 놓아준다.)

친구A (다리를 두 손으로 올리며) 됐네. 이렇게 올리니까 편안하이.

친구B 오늘 일기도 좋았고. 특히 옛 스승이신 강 교수님의 축사가 아주 좋았어.

아버지 역시 그분의 대꼬챙이 같은 성격이며, 아직까지 그 우렁찬 목소리며, 우리 주변에 정말 존경하는 단 한 분밖엔 안 계시는 소중한 스승 아닌가.

친구A 그분은 우리 재학시절 때도, 유난히 우리 세 사람을 사랑하셨어.

친구B 그럼 나이 차이도 별로 안 나서 형님처럼 따랐고, 모든 일에 자문 받았었지?

아버지 그래서 그분은 그때도 우리 세 사람을 어디서 만나든 '어이 삼총사라고 부르셨지 않았나.

친구A 그래, 아무튼 우리 주변에 존경하는 스승님이 한 분이라도 남아 계심은 천만다행이야.

친구B 특히 오늘 축사에서 그분의 축사 내용은 아주 좋았어.

아버지 그래 나도 눈물이 나더군.

친구B 사실 난 요새 우울증인지 가끔 죽고 싶은 생각에 우울했 었어. 그런데 오늘 좀 더 삶에 대한 욕심이 생기데…. 그 축사 내용이 아주 늙어 희망이 없는 사람들에 생명수였네.

아버지 자네가 의사인 아내를 얼마 전에 저 세상으로 보내드니, 허무주의자가 된 모양이지.

친구A 그럴 테지. 우리 세 사람 중에 제일 부부 금슬이 좋지 않나. 의사에다 우리가 4 · 19때 데모 주동자로 감옥살이 할 때 그 부인이 제일 많이 찾아와 주었고, 돈도 꼬박 꼬박 잘 넣어준 사람이 아닌가?

아버지 처덕이 제일 박복한 사람이야 자네 (친구A를 가리키며) 아닌가?

친구A 말 말게 인생 60년사에 세 여자와 이별이니. (약간 우울해하며) 마지막에 만났던 과부는 70세인데 노인정에서 만난 할망구였어. 5년은 그런대로 삐걱거리며 비벼대며 살더니, 돈 떨어지고 나니까 밤일에 만족도 못 시키는 주제에 자길 식모로 앉혔냐고 하며 도망가 버렸어.

(세 사람 모두 웃어댄다.)

아버지 세상인심이 다 그런 것 아닌가. 지금은 자식들도 모두 줘야 좋다지 달라면 싫어해요. 물론 사회가 각박해져 그렇겠지만.

친구B 맞소, 맞아. 지금 세상엔 의리나 도덕면에서 제로야. 모두 자기 욕심만 남아서. (물을 마신다.)

친구A (심각한 어조로) 그런데 오늘, 그 축사 내용 생각나나? (잠시 머뭇거리다.) 아 조금 생각나이. 인생이란 80엔 꽃을 피우고 90세엔 열매를 맺으니, 다음 10년 후엔 큰 열매 아니 빛을 남기란 말씀. 난 힘을 얻었네. 사실 우울증세에 큰 활력소였었어. 어서 이 복잡한 세상을 떠나야지 했던 좌절이 조금은 삶에 대한 의욕으로 바뀌었단 말이네.

친구B 이 사람 또 장가 갈 생각이 났나보지. (세 사람 모두 웃는다.)

아버지 아무튼 금년이 광복 60년에다 분단 60년 그리고 우리 세 사람 월남 60년 우리가 그런대로 오래 산 축복은 받은 셈 아닌

가. 생각하면 감개무량하이.

친구A 대학교수시절 4 · 19때 세 사람 다 데모에 앞장섰었는데 재수 없게 어찌 나만 이렇게 (다리를 옮기며) 병신이….

아버지 그때 사태가 급한지라 나와 저 사람(친구B를 가리키며)은 옆으로 빠져 숨었네. 그래서 큰 부상은 없었지. (생각하다) 어찌 보면 우리 두 사람은 자네보다 겁보였는지도…. (모두 쓴웃음을 짓는다.)

친구A 그리고 참 이북 소식은 좀 아는가?

아버지 응. 월남 후 곧바로 식구들이 모두 평남 강서 쪽으로 보내졌다는 소식만 알고 그 후 아무리 알아보려고 해도 통 알 길이 없네.

친구B 이산가족 상봉 때 자네들은 못 갔지. 나만 다녀왔었지? 그런데 아무리 알아보려고 해도 캄캄하더군. 월남가족은 모두 분리 이주시킨 바람에 아무도 모른다는 거였었어.

친구A 난 홀어머니였으니까 돌아가셨을 터이라서. (눈시울을 닦는다.)

아버지 나도. 돌아가셨을 거라 생각하고 이산가족 상봉이나, 금강산 관광을 포기했네. (다시 무슨 말을 하려다 말고, 일어서서 술잔에 얼음과 포도주를 붓고 자리에 앉을 때 어머니 밖으로 나오며)

어머니 뭐 좀 더 내올까요? 따끈한 국물이라도.

친구B 아닙니다. 술을 마시니까 몸 체온이 올라 오히려 찬 얼음을 넣고 마십니다.

어머니 그러세요? 그럼. (아버지를 향해) 더 필요한 게 있으면 부르세요. (방으로 들어간다. 2층에선 오디오에서 흘러나오는 「어버이전상서」라는 구성진 노랫소리에 모두 숙연해진다.)

친구A (사면을 둘러보고 조용히) 참 자네 그 옆집처녀 말이야, 월남하기 전 3개월 간 방공호에 숨어있던 그 처녀. 아니, 지금이야 그도 늙은 할망구겠지만, 그 사람 소식도 전연 모르나?

아버지 (깜짝 놀란 태도로 사면을 살피며) 아니, 자네가 어떻게? (조용하게) 집사람 알면 큰일이니 절대 비밀일세.

친구A 그 일을 아직도 모르나. 철저한 비밀이군. 우린 징병 피하느라 숨어 살았고, 처녀들은 모두 소련 로스케 강탈 피하느라 숨었었지. 그래도 자넨 첫사랑과 알콩달콩 재미나보며 숨어있었겠지만.

친구B 그래 그래. 그런 일이 있었지.

아버지 그때 난 그 처녀집 방공호가 아니었으면 군에 끌려가 벌써 이 세상에 없었을 테지. 그때 일제 말 학도병을 피하느라 그 집 신세 많이 졌어. 그리고 해방되고도 우리들의 수난을 생각하면, 조마조마 움츠리고 산 시간들이 아깝고 분하이.

친구A 우린 첫 사랑의 여인들을 모두 이북에 남겨두고 온 처지가 아닌가.

친구B 그래 맞네. 그때 우리는 눈으로만 사랑했고, 사랑한단 말 한마디 전하지 못하고 산 세대 아닌가? (아버지를 보며) 자넨 빼고….

아버지 그때 겁 없던 아버지들은 똑똑한 청년들로 모두 독립단에 입단했고, 그 바람에 우리들은 과부 어머니의 눈물을 먹고 살 질 않았나.

친구A 일제 36년간의 식민지통치 가난했던 우리 조선민족의 슬픔과 아픔의 시절 그 당시 우리 아버지들은 비밀리에 독립군을 위해 군자 조달 담당으로 중국 땅으로 건너갔고, 통 소식이 두절된 채 어머니들은 영하 20도에 물통을 지고 물장사를 하며 생활을 하고 그렇게 키운 우리가 아니었던가?

친구B 비운의 나라 결국 국력이 약해서 당한 고초 아니겠나. (다시 분노의 치를 떤다.)

아버지 어쨌든 난 1894년에 있었다는 명성황후의 죽음 현장을 상상하면 아직도 분통이 터져 치가 떨리네.

친구A 난, 뭐니뭐니해도 1923년 일본 관동대지진 사건 말일세. 일본 정부가 한국인 3만 명 거주자 중 6천 명을 우리 조선인이 우물에 독약을 넣었다고 조작하여 대학살했다는 사건. (아직도 치가 떨리는지 이를 악 문다) 생각을 말아야지.

친구B 특히 우리나라 귀여운 아가씨들을 취직시킨다는 감언이설로 위안부로 끌고 간 일이나, 우리 청년들을 자기나라에 좋은 직업을 준다는 속임수를 써서 데려다 군수공장, 탄광 등에다 몰아넣고 강제 노동을 시켰던 36년을 어디서 보상받겠나? 그것을 돈으로 환산 할 수 있겠나?

아버지 나라 잃은 비애. 후회한들 무엇 하겠나? 앞으로가 문제일세. 지금도 내 말만 옳다 아니다를 계속 60년을 싸우는데. 참으로 걱정일세. 걸핏하면 고구려는 우리 땅이라고 하는 중국이나, 심심하면 독도는 우리 땅이라고 우기는 일본 틈바구니에 끼여 사는 우리 땅. 그 뒤에 감시꾼들의 눈초리, 참으로 진땀나는 세월 아닌가?

친구A 정신 차려야지. 참으로 정신 바짝 차리고 침착하게 행동할 때가 바로 지금이 아니겠는가?

친구B 어쨌든 민족끼리 단합해야하네. 내일의 번영을 위해서 머리를 맞대고 연구해야지. 용서와 사랑으로 만사를 타협해야 민족통일도 이루어지고 그래야 자손만대의 번영이 이루어질 거 아닌가?

아버지 우리는 조금 머물다 떠나가야 할 세댈세만 문제는 우리 후대야.

친구A (기분을 돌이키며) 자 이제 모두 침울한 얘기 그만두고 오늘이 무슨 날인가. 삼총사의 축젠날 아닌가. (세 사람 잔을 든다.) 자 마시세. 우리 오늘일랑 그런 우중충한 마음에서 젊은 시절 애인 만나던 그 젊은 시절을 생각하며. 이제 그만 가야 할 시간일세. (잔을 부딪치고 마신다. 큰 소리에 2층에서 모두 내려온다. 어머니 방에서 나온다.)

어머니 왜 벌써 가시려고요?

친구A 벌써가 뭡니까. 10시가 다 된걸요.

아버지 (기사에게) 잘 모셔다 드리게 우리나라 제일 귀중한 보물단지니.

모두 웃는다. 인사를 나누며 대문 쪽으로 사라질 때 2장의 막이 내린다.

## 3장

그 다음 날, 11시 조용히 음악이 흐르고 불이 밝아지면 응접실 전화 벨소리가 요란히 울린다. 아줌마 식당에서 황급히 나와 수화기를 든다.

**아줌마** 네 여보세요. 네. 네? 아 잠깐만 기다리세요. (2층을 향해) 전화 받으세요. 외국에서 온 전환가봐요.

**철수** (급히 내려와 수화기를 든다.) 여보세요. 아 마이클이냐. 응 그래. 어제 잘 치렀니. 제니는? 콩쿠르에서 어떻게 됐니?

**목소리** 됐어요. 입선했어요. 바꿀게요.

**철수** 그래. 아, 제니. 축하한다. 엄마 바꾸마.

**수지** (재빠르게 수화기를 가로채며) 응 제니. 축하해. 우리 딸 장하다. 응, 그래 올해 입선이면 다음은 장원할 거다. 우린 약속한 날짜에 떠난다. 지금. 할아버지 할머닌 어디 나가시고, 집에 안 계셔. 오시면 너희들한테 안부전화 왔었다고 전할께. 외할아버지 할머니께 안부 전해라. 응 그래 알았어. 선물 많이 사오라고. 그래 그래 집 잘 보고. 일찍 일찍 들어가거라. 오빠 바꿔라. (수화기 남편에게 준다.)

**철수** 여보세요. 응 그래 대학원 시험은 잘 치렀니?

목소리 결과는 1주일 후에야 아니까 그때는 아버님 어머니 오신 다음 아시게 될 거예요.

철수 그리고 우리 가게 매니저님께 잘 부탁한다는 전화왔다고 전하고 시간 나는 대로 들러 도와주렴. 그래 그럼 그만 끊는다.

수지 (남편에게) 시장하시지요. 식당으로 가서 아침 요기나 합시다.

철수 그럽시다. (2층을 올려다보며) 그런데 정숙이는 아직 안 일어났나.

수지 깨우지 마세요. 글 쓰는 사람들은 식욕이 당겨야 일어나지요. 자는데 깨우면 심술 내요.

철수 그럼 우리나 먼저 먹읍시다. (식당으로 들어간다. 이때 정숙 부스스한 머리를 쓸어 넘기며 내려온다.)

정숙 왜 이렇게 조용하지. 모두 어디 가고 빈 집 같으니.

아줌마 (나오며) 아가씨도 식사하시지요. 아버지 어머니 두 분은 급한 볼 일이 있다고 나가시고 오빠내외만 식사하구 계셔요.

정숙 아직은 먹고 싶은 생각이 없어요. 내 걱정은 말아요. 난 이따 토스트나 먹을 생각이니까.

아줌마 네 그러세요. 그럼 과일즙이나 해놓을게요.

정숙 그러세요. (의자에 앉으며) 아줌마는 중국교포라면서 통 중국 억양을 안 쓰네요.

아줌마 아 네 저요. 전 원래 고향은 이북 함경남도 북청이라요. 옛날에 가난한 집안은 물장사해서라도 자식 공부시킨다는 곳. 그곳에서 태어났고, 20세에 어머니가 중국 교포께 시집보냈어요. 가난하니까 그곳은 좀 나을까하고요. (한숨 돌리고) 그런데 팔자 사나운 년 자빠져도 코가 깨진다고. 딸년하나 두고. 3년 만에 그 남편이 그만 교통사고로 가고 맙디다.

정숙 저런 그랬군요. 그래서 딸은요?

아줌마 (목멘 소리로) 그 에미에 그 딸인가 보죠? 그 애도 일찍 시집보내 아들하나 낳아 일곱 살 나던 겨울에 아비가 탄광 일을 하다 갱이 무너져서 그만…. (눈물을 닦는다.)

정숙 아줌마 제가 공연히 물었나 봐요. 난 아줌마가 이북이나, 중국 사투리를 안 쓰기에 남쪽사람인줄 알았어요.

아줌마 네. 그렇지 않아도 처음 왔을 때는 지독히 사투리를 쓰는 바람에 무슨 말을 하면 세 번 네 번 되풀이해야 했거든요. 그래서 2년 전부터는 서울 말 배우기에 힘썼어요. 그랬더니, 모두 날 경기도가 고향이냐? 충청도가 고향이냐? 알아맞히기 내기까지 걸던걸요. (재미있게 웃는다.)

정숙 아 그랬군요. (이때 오빠 내외가 식당에서 나온다.)

철수 우리 먼저 식사했다. (아줌마 들어간다.)

정숙 잘 하셨어요. 제 식사시간은 들쭉날쭉 이라서. (오빠 내외 의자에 앉는다.)

철수 그동안 글 많이 썼다고. 어머니께서 칭찬이 자자하시더라.

정숙 그래요? 어머니가 날 칭찬할 때도 있구려. 나만 보면 시집이나 빨리 갈 생각 않고 제 값도 못 받는 원고는 왜 가지고 씨름이냐고 나만 만나면 잔소리만 하시는데.

수지 그거야. 아가씨 연령이 결혼 적령기가 넘었으니까 놓칠까봐 그러실 테죠.

정숙　이미 결혼 적령기는 멀리 떠내려갔어요. 그때 꼭 결혼시켜 달라고 애결복걸한 사람을 정적의 아들이라고 오빠도 언니도 모두 합세해서 반대하지 않았어요. (목이 멘 목소리다.)

철수　그때야 그랬지. 생각해 봐라 그 치열한 정치 싸움 아슬아슬 한 득표 차로 떨어지게 된 아버지나 식구들의 고통을….

정숙　그 고통은 나나 그 사람도 똑같이 당했어요. 그러나 우리는 그 이전부터 사귄 사이 아닌가요?

철수　그야 알지. 그러나 그때 우리 처지론, 찬성할 수 없는 그런 극한 상황이 아니었니?

수지　왜 다 지나간 얘기들을….

철수　그때 아버지께선 꼭 당선된다는 생각에 어머니 친정집까지 은행에 담보 넣고 뛰셨질 않니. 그것도 20표 차이로 졌다는 사실…. 그때 그쪽 허위 중상모략 때문에…. 지금 생각해도 치가 떨린다. 아버지야 이 남쪽에 지역구도 없었고, 정치 자금도 별로 도와주는 사람 없이 단지 당신 실력만 믿고 뛰셨지 않니.

정숙　그런 설명하지 말아요. 그거 우리나라 정치풍토가 그리됐던 때였고요.

철수　나도 그런 꼴 보기 싫어 떠났었다.

정숙　그런 변명하지 마세요. 오빠는 그때 언니를 사랑했었고, 그 가족이 호주로 이민 갔기 때문에 따라 갔으면서. 무슨 그런….

철수　그야 외국에 연고지가 없으니까 그쪽을 택한거고.

이때 초인종 소리 들리고 어머니만 들어온다.

수지 아버님께서는요?

어머니 (응접실에 앉으며) 응 아버지 단골 은행에 좀 같이 가자고 해서 나갔다왔다. (모두 서로의 얼굴을 쳐다보며)

철수 은행에요?

어머니 그래 아버지께서 2~3년 전부터 정신이 깜박깜박하신다. 아 글쎄 며칠 전에 날 빤히 쳐다보시며, "당신은 누구세요?" 라는 거였어. 얼마나 놀랬는지…. 그런 대로 조금 후에 알아는 보더라만….

철수 이젠 연세가 연세인 만큼 건망증세겠지요.

어머니 그래 치매나 되지 말았으면 한다. (아줌마 보고) 아줌마 나 사과즙 한잔 주세요. (아줌마 식당으로 가서 사과즙 가져다 놓는다.)

어머니 오늘 은행에 간 것은 어제 밤에 아들 돌아갈 때 좀 도와줍 시다라고 했더니, 응 그래야지 하시더니. 오늘 나가서 은행 몇 군대 둘러봐야지 하시더라. 그래서 집에다 은행간단 소리 않고 식사 초대라고 했었다.

정숙 그래서 먼저 분실됐다는 돈은 찾아냈어요?

어머니 아무리 몇 군데 물어도 다 그런 금액은 없고 모른다는 거야.

철수 금액이 많은가요?

어머니 나도 모르지 돈에 대한 참견은 아예 못하게 했고, 생활비 얼마나 내놓으면 그 범위 내에서 살았으니까.

철수 어머닌 바보처럼 자기 주권도 못 찾고 사셨어요. 결국 아버지가 정치에서 손 떼고 외할아버지 건축회사 부사장으로 갔기 때문에 번 돈 아닙니까?

정숙 그래도 그때 번 돈보다 혼자 나와 개인회사로 땅투기해서 번 돈 아닌가요?

수지 2층으로 올라간다. 정숙도 올라간다.

철수 어머니. (머뭇거린다.) 저…. 사실은.

어머니 말해봐라 뭔데.

철수 이번에 가면 좀처럼 쉽게 오지도 못할 거고. 이왕 왔을 때 말씀 드리려 했어요.

어머니 무슨 얘긴데.

철수 이젠 애들도 크고, 마이클도 애인이 생겨서 조만간 장가 갈 나이고. 그래서 그런데 내일 모레 떠날 때 아버님께 살아 계실 때 재산 상속 겸 돈 좀 줘 보내자고 해주세요.

어머니 글쎄다. 내가 알기로는 인천 땅을 팔았어도 얼마에 팔았는지 또 돈은 어디 맡겼는지 통 모르질 않니. 일부러 그러시는지 통 알 수가 없으니….

철수 그러니까 건망증세가 더 심각해지기 전에 이번 기회에 분배해주자고 말씀 좀 해주세요?

어머니 글쎄다. 땅 판돈이 적어도 10억은 될 것 같아. 며칠 전 어제 오셨던 이 변호사 친구 분께 혹시 아시냐고 물었더니. 머뭇거리며 자기는 돈에 대한 사정은 통 모른다는 거야. 원래 아버지 자문 변호사 어른인데.

철수 그럼 아버님께서 어느 회사에 투자라도 한 거 아닐까요?

어머니 그럼. 서류라도 있어야 하는데 그런 건 안보이더구나.

철수 혹시 은행 비밀함이 있으실지 모르지요.

어머니 내가 알기론 그런 말씀도 없으시고, 그렇다면 비밀함 열쇠라도 있을 텐데.

철수 잘 찾아보세요. 원체 쇠가 콩알만 하니까요.

어머니 그래? 다시 찾아 봐야겠다. 원체 비밀이 많으신 분이라서. (어머니 방으로 들어가고 2층에서 수지 내려온다.)

수지 어머님께 미리 말씀 해두세요. 이따 아버님 오시면 부탁한다고요?

철수 했어. 말씀은 드렸지만 힘들 것 같아…. 함경도 또순이 고장에서 자란 분이라서. 그게 다 아버지 없이 홀어머니 밑에서 자란 분이라서….

수지 이젠 연세도 많으시고, 언제 우리가 같이 또 오겠어요. 돌아가시면 몰라도.

철수 당신은 아무 말 안 하는 것이 좋아.

수지 왜요? 며느린 자식 아닌가요?

철수 그런 게 아니라 당신 때문에 아들을 빼앗겼다고 생각하는 분들이라서.

수지 며느리 덕택에 아들이 일등국에 편안히 살게 됐다는 생각은 못하시고요.

어머니 (나오시며) 아무리 찾아봐도 없다. 네 아버지 절대비밀이란 007 가방을 간신히 열어봐도 없더라.

철수 그럼 할 수 없지요.

어머니 이따 아버지 들어오시면 자세히 설명 드려 보렴. 요전에 네 편지에 네가 경영하는 슈퍼 확장자금이 부족해서라고 요구했던 금액은 어림도 없다 성만 내시더라. 박사 학위 따고 돌아와 대학교수가 희망이셨던 아버지시라.

철수 세상만사 자식이 꼭 부모에 마음대로 됩니까?

어머니 얘야, 성질 좀 부리지 마라.

철수 큰 소리가 안 나오게 해주셔야지요. (이층에서 외출준비를 한 정숙이 내려온다.)

정숙 왜 이렇게 큰소리예요. 오래간만에 만난 모자간에.

어머니 오빠가 모레 떠나려니까 이런 저런 얘기하다가….

정숙 혹시 슈퍼확장 문젠가요? (코웃음을 치며) 엄마 내 예측이 맞지요?

수지 아가씨 예측이라니요? 무슨 그런 말을….

정숙 아. (말을 하려다 만다)

철수 (급히 말을 막으며) 정숙아.

어머니 얘야, 그만들 해둬라.

철수 (분을 참으며 2층으로 올라간다. 수지두 따라 올라간다.)

어머니 너도 그만 나가거라. 늦지 말아라.

정숙 내일 오후에나 들어올 거예요. 어때요. 내 예측이 맞지요?

어머니 그러지 말고 일찍 들어와. (정숙 나가려는데 아버지 초인종 소리)

아버지 (정숙을 보며) 이제 나가니?

정숙 네. (나간다.)

어머니 그래 좀 더 알아 보셨어요?

아버지 몇 군데 더 들렀는데 모른다는 거야.

어머니 큰일이네요.

아버지 분명히 그 은행 같은데 전혀 그런 돈을 맡은 일이 없다는 거야.

어머니 어떤 개인 사업에 투자해놓고 증서를 안 받으신 거 아닌가요?

아버지 글쎄 전혀 생각이 안 나네. 이따금 정신이 가물가물하고 조그만 충격에도 쓰러질 거 같은….

어머니 (아줌마에게) 주스 좀 가져오세요.

아줌마 (식당에서 나오며) 두 잔 드릴까요?

어머니 아니 한잔만….

아버지 어제, 그 친구들과 변호사 친구도 이랬다저랬다 도무지 종잡을 수 없이 건망증세가 심하더군. 나이 탓이겠지 모두. 아까운 친구들이 이젠 그만…. (능청을 떨며)

어머니 세월이 망가트리는 걸 어쩌겠어요.

아버지 (주스를 단숨에 마시고 일어나 방으로 들어간다.)

어머니 주무실래요? 철수가 의논할 얘기가 있나보던데요.

아버지 오늘은 피곤하니까 내일 하자고 해.

어머니 그럼 들어가 쉬세요. 아줌마 문단속 잘하고, 올라가세요. (방으로 들어간다.)

아줌마 네. 염려 마세요. (식당으로 빈 컵 들고 들어간다.)

이때 조용히 음악이 흐르며 불이 꺼진다.

# 4장

음악이 흐르며 불이 밝아진다.

아버지와 어머니 외출차림을 하고 나가려다가

어머니 아줌마 (식당에서 나온다.) 우린 볼 일이 있어서 나갔다 점심 먹고 들어 올 테니 (2층을 보며) 저 애들 식사 잘 부탁해요. 정숙인 안 들어온 모양인데. 애비보고 어제 찾아보려던 일 때문에 나가셨다고 하세요. 그럼 나가요.

아줌마 네 알았습니다.

아버지 조금 지친 듯한 모습으로 지팡이를 짚고 나간다.

어머니 (나가려다 말고) 그리고 정숙이 들어오면 내일 오빠 네가 떠난다니까 오늘밤에 집에 있으라고요. (나간다.)

아줌마 네 알았습니다. (돌아서 식당으로 들어가려는데 2층에서 철수 내외 내려온다.) 저 회장님과 사모님께선 지금 막 외출하셨어요.

철수 벌써요? 피곤하실 터인데, 매일 외출이시네요.

아줌마 식당으로 가세요. 식사 준비해뒀어요.

수지 네 고맙습니다. (남편에게) 먼저 들어가세요. 난 시드니에 전화를 걸고 갈게요.

수지 (다이얼을 돌린다.) 제니? 응 엄마다. 별일 없지? 우린 예정대로 내일 떠난다. 그리 알고 공항에서 만나자. 뭐라고. 한국에서 선물 좀 많이 가져오라고? 응 그래 그래 알았어. 내일 저녁 예약된 시간에 출발 예정이다. 응 응 그래 오빠한테도 전해라.

(전화 끝내고 식당으로 들어가고 아줌마 응접실로 나온다.)

아줌마 아니 5년 10년에 한 번씩 다녀간다면서 일주일이나 열흘쯤 부모님과 같이 지내다 갈 것이지 잔치 끝내고 곧바로 떠날 생각만하니 참 매정한 며느릴세.

철수 아줌만 뭘 그리 혼자 중얼거리세요.

아줌마 (깜짝 놀라며) 네 아닙니다. 제가요. 외롭게 자란 사람이라서 혼자 잘 중얼거리는 버릇이 있어서요.

수지 (나오며) 아침식사를 안 하는 습관이라서 스프만 먹었어요. (아줌마 식당으로 들어간다.)

철수 도대체 늙은이들이 기운도 좋지 얘기 좀 해야지 하고, 내려오면 외출중이니.

수지 우리를 피하시는 게 아니에요? 갈 때 노비 좀 두둑이 달라고 할까봐.

철수 설마 그렇기야 하겠어. 듣자니 인천 땅 처분한 돈을 어떻게 했는지 아버지께서 생각이 안 나신다니. 거참 이상하질 않소? 우리가 슈퍼확장비 좀 보태 달라고 할까봐 미리 꾀를 부리시는 건지?

수지 그럴 거예요. 아버님 말씀하시는 것이 얼마나 조리 있게 잘 하세요. 이번 잔칫날 인사 말씀도 잘 하시데요.

철수 아버님은 늘 알다가도, 모르는 점이 많으신 분이야. 이북 또순이 고장에서 태어나서 그런지 지독한 고집쟁이고, 절대 타인의 말을 잘 받아들이질 않는 성격이시라 어머니께서도 일평생 사시기 힘드셨을 거야.

수지 해방 후 이북서 오자마자 어머님의 친정아버님이 건축회사에 직공이셨다가 좋은 대학에 입학돼서 어머님 가정교사로 발탁된 것이라면서요.

철수 그래 외가 때문에 장가도 잘 들고 대학교수도 하시고, 4 · 19 앞장섰다 붙들려가 10년 징역 받았었지. 그때도 외할아 버지가 힘써서 일찍 풀려나셨고. 그뿐인가 출마했다 떨어진 다음 외가까지 알거지로 만들어 놓고 참 그때 암담했었지.

이때 초인종 소리 들리고 아버지와 어머니 등장

철수 빨리 오시네요?

수지 우린 늦게 오실 거라고 생각했었는데요.

어머니 응. 몇 군데 더 들르려다 점심만 먹고 오는 길이다. (두 사람 방으로 들어가 평상복으로 갈아입고 나온다.)

어머니 앉아라. 오늘이나 실컷 봐야지 내일 떠난다니. 앞으로 5년이나 10년 후에야 만나질지 어디 그때까지 우리가 살 수 있을

지? (쓴웃음)

아버지 백 살까지 살면 두어 번 더 보게 되겠지?

철수 죄송합니다. 이젠 저희들이 모셔야 할 텐데….

어머니 어쩌겠니? 그것도 운명이라, 체념 할 수밖에.

아버지 그래. 지금이라도 귀국해 살 생각은 없는 거야.

수지 아버님, 우리가 겨우 친정 덕택에 그런대로 시드니, 중앙에 규모는 좀 작지만 좋은 자리에 슈퍼를 경영하는데 이제 그만두고 돌아오면 애들은 어쩌고요?

어머니 아버님께선 오란 말이 아닐 게다 너희가 그간 수퍼확장하니 자금 좀 보태 달라는 편지를 받고 못 도와주니까 하시는 말씀일 게다.

철수 내가 알기론 아버지의 재산이 한 10억은 넘는다고 알고 있습니다. 자식을 위해 아니, 아들 하나인 제가 지금 제일 자금이 필요할 땝니다. 아이들도 시집 장가보내야지요.

아버지 (벼락같은 큰소리로) 자식들? 왜 내가 네 자식까지 내 피눈물 나게 번 돈을 바쳐야 하니? 우리 부부가 먹고 싶은 것 입고 싶은 것 다 눈감고 낭비 없이 아끼고 아끼고 장만한 돈인데. 그리고 그간 너 유학 때 송금한 돈만 해도 몇 억은 갔어. 아파트 산다. 슈퍼 살 때 부족금이나 그것들을 다 합산해봐라…. (목이 마른 듯 물을 마신다.) 그리고도 모자라서….

어머니 그만 고정하세요. 옛 말에 동냥은 못 주어도 쪽박은 깨지 말랬어요.

아버지 금은 벌써 벌어졌어. 난 내 어머니가 아버지 없이 영하 20도 넘은 고장에서 물지게를 지시고 날마다 주고받은 돈으로 입에 풀칠하고 살았다. 그래도 잘 배워서 훌륭한 사람 되라고 기도하며 길렀었어. 밤이면 구멍 난 양말을 기워가며 그렇게 모진 고생으로 자랐다. (목이 멘다. 옆에서 아줌마 앞치마로 눈물을 닦는다.)

어머니 그만 두세요. 그 얘긴 그 애가 모르나요. 다 알고 있어요.

철수 그냥 보태주시기 싫으면 못하겠다고만 하세요. 집사람 듣는데 그 아버지의 구질구질한 과거를 팔지 마시구요.

아버지 너 지금 뭐라 했니? 구질구질. 그래 내가 걸레 조각 같은 인생을 산 사람이면 넌….

어머니 제발 그만. 철수야 너도 네 자식 소중하지. 우리도 소중하기 때문에 하는 소리다. 어느 부모건 하등동물이 아닌 바에야 다 자식을 위해 헌신적인 삶을 사는 것 아니겠니?

철수 (말을 막으며) 그만 하세요. (수지 2층으로 올라간다.) 아버지께선 제가 시드니대학에서 박사과정만 끝내고, 서울에서 대학교수하라고 하셨던 것도 잘 알지요. 그러나 그곳이 애들 키우는 환경도 평안했어요. 그래서 차일피일하다 몇 십 년이 흘렀어요.

아버지 (마음을 좀 가라앉힌 듯) 그래 그것도 내가 이해한다. 그러나 모두가 그런 식으로 이 나라를 팽개치면 장차 이 나라는 어찌 되겠나 생각해봤니?

철수 네 잘 압니다.

아버지 잘 아는 놈이 내 나라는 어찌 돌아가든지 나만 편한 나라에서 겨우 슈퍼경영이나 하며 살겠다는 게냐? 난 내 아버지께서 어린 시절 새벽에 내 이마에 대고 이 아버지는 너를 위해 나라를 위해 떠난다며 중국 중경 김구 선생을 만나러 떠났다. 그때 넌 자라서 나라에 큰 일꾼이 되라고 하셨다. 난 아직도 그 말씀을 잊을 수가 없다. 넌 누구냐? 그분의 피와 살이 섞인 자식 아니냐? 그런데 겨우 내 땅을 던지고 피난살이를 하고 있으니. 내 아버님이…. (목이 메여한다. 어머니 물을 따라주며)

어머니 그만 하세요. 그 애가 모릅니까? 다 알지요. 흥분하시면 요전처럼 졸도하셔요.

철수 그만 두세요. 전 제가 그곳에서 성공하면 다시 송금도 해드리고 아니면 두 분이 원하시면 모셔다 살 생각까지 했었어요. 그리고 아이들 시집장가보내고 다시 돌아올 생각도 해보고요. (일어나며) 그럼 모든 것 없었던 걸로 치세요. (철수 2층으로 올라간다.)

어머니 들어가 좀 쉬세요. 그만 마음을 가라앉히고요.

아버지 약간 비틀거리며 일어나 방으로 들어간다. 이때 정숙 들어온다.

정숙 피곤해 일찍 왔어요. 아줌마 나 냉수 한 컵 주세요. 얼음 채워서요.

어머니 그래 네 작품 이번엔 희망이 있는 거니?

정숙 아직은 몰라요. 이번 감독이 아주 실력자라서, 기대를 걸어보는데… 좀 있어야 소식이 오겠죠.

어머니 이번엔 꼭 성공했으면 좋겠다. 감독은 널 따라다닌다는 그 오감독이냐?

정숙 (아줌마 가져온 냉수를 마시고) 맞아요. 그 능청이. 홀아비면서 자기는 지금까지 아무도 사랑해본 적이 없는 순진한 남자라나요.

어머니 홀아비면 어떠냐. 건강하고 능력만 있으면 되지.

정숙 글쎄, 3년 전에 상처했는데 딸이 하나 있어요. 아주 귀엽게 생겼어요.

어머니 그럼 더욱 좋지. 너도 이젠 출산 정년기도 넘었고. 남의 아이 입양해서도 기를 처진데….

정숙 애가 있고 없고가 문제가 아니라, 그 남자가 성실한가 아닌가가 문제라니까요.

어머니 잘 새겨보렴 너 같은 노처녀 이제 누가….

정숙 엄마. 난 아직도 금값이에요. 이래 뵈도 침을 질질 흘리는 연하의 남자들이 많이 있어요. (웃는다.)

어머니 얘야, 정신 차려라. 넌 이젠 한물간 노처녀야. 결혼해서 얼마 안 돼서 늙은 아주머니가 될 터인데.

정숙 엄마 쭈구렁 냄비도 밥만 되면 된다는 말 모르세요.

어머니 뭐, 뭐라고. (두 사람 깔깔대며 웃는다.) 처녀년이 못하는 소리가 없구나.

정숙 그런데 엄마 내일 떠난다는 얘들 아직 자요? 왜, 어디 나갔어요?

어머니 아니, 좀 전에 아버지와 한바탕 치르고 올라갔다.

정숙 요란했었어요?

어머니 하늘이 무너져 내리지만 않았지…. (둘 다 웃는다.)

정숙 그럴 줄 알았어요. (정숙 2층으로 올라간다.)

아줌마 (나오며) 저녁 차릴까요?

어머니 식구가 다 같이 맞춰 먹을 수 없으니까, 차려만 놓고, 누구든 기다리다가 먹고 싶은 시간에 챙겨주시고요.

아버지 (이때 아버지 나오며) 나 물 좀 주구려.

어머니 아줌마 물 좀 가져오세요. (아버지 의자에 걸쳐 앉는다. 물 컵 받아 마신다.)

어머니 아 참 아줌마 고향이 함경남도 어데라고 했지요?

아줌마 북청입니다.

아버지 깜짝 놀라며, 컵에 남은 물을 쏟는다.

아버지 뭐라 했소?

어머니 아니 저 아줌마 고향이 중국이 아니라 함경남도 북청이란 곳이 자기 출생지랍니다.

아버지 나도 그 곳이 고향인데…. 아바이(할아버지) 어마이(할머니) 성함은?

말없이 2층으로 뛰어 올라가 사진 두 장을 가지고 내려와서 보인다.

아줌마 이것 이 사진이 우리 집 가족사진인데 혹시 이 사진에 아는 분이 계신지 좀 봐주십시오. 이것은 내 백일사진이고요. 그것은 내가 20세 때 결혼사진임네다. 그 가운데 앉은 분이 내 어마이십니다. 혹시 아시는 분인지요?

아버지 (열심히 들여다본다. 깜짝 놀라며) 이 애기 옆에 부인은?

아줌마 그분이 내 어머니라요.

아버지 아니 이럴 수가. 아바이는?

아줌마 아바이는 중국에 가셔서 영영 안 돌아오시고요? 그 옆에 젊은 여자는 제 어머니세요. 이름은 강순이이고요.

아버지 강순이 그럼 강순이가 당신 어머니가 맞소.

아줌마 네. 내 아버지는 해방 후 남쪽으로 공부하러 떠나셨고, 이름은 박세진이라고 하던데요. 서울 와서 찾아 헤매도 그런 이름을 찾을 수가 없었어요. 혹시 회장님 아시는 분 중에… 박세진이라는?

아버지 당신이…. (한참 말을 못한다.)

어머니 여보. (놀라며) 그럼 당신이 이럴 수가…. 그럼 지금까지 날 속이고… (분노한 어조다.) 이럴 수가.

아버지 여보, 용서하구려. 내가 지금까지 당신을 속이려고 한 일은 아니었고 학도병 체포령으로 숨었던 방공호에서 그만…. 그때 난 그 처녀가 임신한 것도 모르고 떠났었소. 물론 나의 첫사랑의 처녀였었소만.

아줌마 그럼 회장님이 제 아버지 틀림없네요. (반가워 운다.)

아버지 그래 (아줌마에게) 이름이 뭔고? 나이는?

아줌마 전 60세고요, 박금자입니다.

어머니 방에서 사진 한 장을 들고 나와 아줌마를 준다.

아줌마 (열심히 보더니) 꼭 맞네요. 이분이 이 사진 속에 제 할머니가 분명합니다. 꼭 맞습니다. 틀림없네요. (사진 옆에서 꼬깃꼬깃한 편지 봉투를 꺼내 보이며) 저 이 편지는 내가 남조선에 갈 수 있으면 꼭 아버지를 찾아뵙고 전하라시던 어머님께서 돌아가시기 전에 주신 편지입니다.

아버지 (황급히 읽어본다. 마이크 대독) 여보하고 불러봅니다. 임신한 줄도 모르고 떠난 당신이 이제나저제나 돌아오실 거라고 기다리고 기다렸습니다. 차마 홀로 계신 당신 어머님을 버리고 떠날 수 없어 평생을 같이 살았습니다. 당신 딸 박금자를 중국 조선족 가정으로 시집보내서 하루라도 빨리 남쪽에 가 계신 아버지를 찾아보라고 멀리 보내고 더욱 외롭게 삽니다. 당신 어머니는 내가 모시다 70세 되는 겨울 타계하셨어요. 그때 당신 이름을 수 없이 부르다 가셨습니다. 나도 이젠 갈 때가 됐는지 매일매일 내 안에서 가랑잎 지는 소리를 듣습니다. 죽기 전에 한번만이라도 만나보고 싶은 사람. 지금도 당신을 애타게 기다리며, 기다립니다. 사랑합니다. 강순이 올림. (편지 낭송이 끝나며, 아버지 몹시 괴로워한다.)

아줌마 (심상치 않은 분위기에 2층으로 올라간다)

어머니 (착잡한 심정으로 비틀거리며 의자에 앉는다) 역시 그랬군요. 내 예측이 맞았어요. 때때로 부르던 그 여인이 바로 당신의 첫사랑이라니….

아버지 여보. (말을 못하다, 다시) 여보. (가까이 다가오며 안으려는데)

어머니 (손을 뿌리치며) 아무튼 평생을 속고 살아온 내 인생이 너무나 숨 막히고 불쾌해요.

아버지 여보, 정말 미안했소. 사실 난 그 사연을 당신에게 말하려고 몇 번이나 망설였었소. 그런데 용기가 안 납디다.

어머니 위선자 철저한 거짓말쟁이….

아버지 그건 내가 당신을 속이려고 한 계획적인 장난이 아니었다는 것 그것만은 알아주고 이해해주구려.

어머니 흥. (기분을 가다듬고) 어쨌든 기분 좋은 사건은 아니잖아요.

아버지 여보, 당신에겐 할 말이 없소. 용서를 빌 뿐이오.

어머니 당신은 내 고3시절 가정교사로 와 있으면서 나에게 첫사랑의 여인이라고 고백했었어요. 흥. (코웃음을 치며) 순진했던 나는 그 말에 그만…. 그래서 난 모든 것을 바쳤었어요.

아버지 첫사랑은 아니었으나 그때 나는 당신을 진심으로 사랑했었소.

어머니 (격한 목소리로) 그만, 그만 변명하세요. 그 시절 나는 꿈 많은 소녀였어요. 대학에 입학되면 대학원까지 마치고, 오빠가 유학 간 불란서로 유학 떠날 그런 계획까지 세우고 있었어요. 그런데… 물론, 야간대학은 졸업했지만요.

아버지 어쨌든 이젠 모두 지나간 과거가 아니요.

어머니 너무 억울해서 하는 말이에요. 그렇게 꿈과 포부가 컸던 나에게 말년에 겨유 이런….

아버지 여보, 미안하다는 말을 몇 번해야 당신이 위로받을 수 있겠소. 사람마다 잊을 수 없는 첫사랑의 사연을 안고 살아가는 사람은 많은 것 아니겠소.

어머니 불결해요. 마음 속 깊이 딴 사람을 품고 못 잊어 하며 산 당신의 그 이중성이 구역질나네요.

아버지 이해해주구려. 지금은 그도 이미 고인이 된 사람 아니오.

어머니 언제는 실체를 붙들고 사랑했나요?

아버지 지금은 다 지나간 과거일 뿐이오. 당신과 나와는 60년이란 긴 세월 사랑하며 아끼며 산 부부가 아니요.

어머니 (격한 마음을 가라앉히고) 사실 당신의 독선적 성격과 때때로 그 여자 이름을 부를 때마다 환멸했었어요. 때론 나도 옛날 내 옆집 소년을 그리워 했었고요.

아버지 그만 제발. 그만 지나간 과거얘기는 그만 합시다. 지금 우리가 이런 일로 다툴 시기가 아니지 않소.

어머니 듣기 싫어도 들어두세요. 그동안 내가 당신한테 깜쪽 같이 속고 산 내 처지가 너무나 처량했고요, 그 쓰라림을 무엇으로 보상받겠어요. (어머니 목이 마른 듯 2층을 향해) 아줌마 물 좀 가져와요. (소리친다. 계단으로 내려 온 아줌마 뛰며 물을 나른다. 탁자에 놓은 사진을 다시 대조해보며) 꼭 자기 어머니를 닮았네요, 아줌마가. 엄마를 판에 박은 듯 닮았다고요.

아버지 언제 돌아가셨다고 했지?

아줌마 꼭 10년 전이네요. 아까 그 편지도 그때 위독하다는 소식을 듣고 갔을 때 받아놨던 편집니다.

어머니 어쨌든 이젠 소원 풀었으니 아버지와 정담도 좀 나누지 그래. (어머니 일어서려는데)

아버지 그래 이름이 뭐랬지?

아줌마 네, 저 박금자입니다.

아버지 그래, 박금자. 그 이름은 누가 지었나?

아줌마 네, 할머니께서 늘 금쪽같은 내 새끼라 부르시다가 금자로 짓게 됐답니다.

아버지 할머니가 지은 이름이라고….

아줌마 네. 우리 할매가요.

아버지 그래 이리로 가까이 오너라. (손목을 잡으려다) 앗! (하며 비틀거린다.)

아줌마 아니, 아버지가 (부축한다. 다시 쓰러진다.)

어머니 여보, 정신 차리세요. (2층을 향해 소리 지른다) 얘들아, 빨리 내려와 구급차를 불러라. 아버지께서….

2층에서 아들, 며느리, 딸이 뛰어 내려온다.

정숙, 황급히 119로 구급차 오라는 전화.

복잡한 분위기에 불이 꺼진다.

## 5장

음악이 고요히 흐르며 조명이 무대 옆 '4장으로부터 일주일 후'를 환등기로 알려준다. 응접실 중앙에 아버지 초상화가 쓸쓸히 놓여있다. 밖에는 흰 눈이 내리고 큰아들 내외가 모두 떠난 고요한 아침이다.

아줌마 (마당을 쓸며 내실을 향해 소리친다.) 사모님 사모님 나와 보세요. 눈이 내리네요. 올 들어 첫 눈이 내리네요. (머리와 옷에 앉은 눈을 털며)

어머니 (문 열고 응접실에서 내려오며) 벌써 눈이 내리다니 언제부터 내린 눈인지….

아줌마 어제 밤부터 내렸나 봐요. 저 산 밑에 저렇게 쌓인걸 보면….

어머니 회장님 장례식은 날씨가 좋았는데….

아줌마 가시는 날 날씨가 좋아야 축복 받으셨다고 하지 않습니까.

어머니 (벤치에 앉으며) 그래 모두 그런 말들을 하지만, 너무 갑자기 떠나시는 바람에 자네는 아버지 품에도 제대로 못 안겨봤네 그려.

아줌마 (한숨을 쉬며 의자에 앉는다.) 다 이 박복한 년 팔자소관인가 봐요.

어머니 조금만 더 먼저 자네가 고향 일을 발설했어도 며칠만이라도 아버지라 불렀을 텐데….

아줌마 (눈물을 닦으며) 그래도 그날이 회장님의 운명하시는 정한 운명이라면 그날 그런 실토를 할 기회가 없었으면 영영 못 찾아뵙고 말았을 것인데, 사모님이 챙기셔서 불행 중 다행입니다.

어머니 그날 회장님이 아들하고 의견 충돌이 있어서 피곤한 상태였는데…. 돌연 아줌마 어머니 얘기가 나오자 큰 충격을 받으셨나봐. 그러다 나까지…. (마음을 가라앉히고) 결국 회장님은 첫사랑의 비밀을 숨기고 60평생을 산 사람 아닌가? 젊어서는 가끔 술에 만취된 밤이면 헛소리 같이 순이, 순이 하고 부른 적이 있었지. 다음 날 순이가 누구냐고 물으면 술집 아가씨 이름이었어 라고 숨겼었지. 난 그 말을 믿고 살았고.

아줌마 그야 사모님이 섭섭하실까봐 그러셨겠죠?

어머니 (씁쓸한 웃음을 지으며) 일찍 알았으면 또 무엇했겠나? 두 사람 사이만 벌어졌을 테지.

아줌마 춥지 않으세요? 따끈한 커피라도….

어머니 그래 두 잔 가져오게. (응접실로 올라가는데 전화벨 소리 들린다.)

아줌마 (수화기를 들고) 네 그렇습니다. 잠깐만 기다리세요. 사모님 전화 받으세요.

어머니 (응접실로 올라와 수화기를 들고) 여보세요. 네 그런데요. 아 네 이 변호사님이세요.

친구B 네. (목소리로 들린다.) 며칠 전 찾아다니시던 돈 문젠데요.

어머니 (빈가워하며) 네, 네. 알아냈나요?

친구B 사실은 친구가 2년 전 인천 땅을 매매하고, 그 돈 처리 문제로 나에게 의논했었습니다. 물론 자세히는 모르겠지만 10억 출처는 잘 알고 있습니다. 자신이 죽기 전엔 공개 말고 사후에 식구들에게 알리라는 사후 유언공증서를 작성한 터라서….

어머니 무슨 뜻이지요, 네?

친구B 오늘 아침 조간신문에 실렸습니다만… 10억 중 5억은 이북에 두고 떠나온 부모님과 그분을 돌봐주었을 분들을 생각해서 그 고마움을 이제다 떠나고 안 계실 분 몫으로 남쪽에 자식 없이 버려진 노인들을 위해 써 달라며 노인복지 사업단체에 기증하셨습니다. 그러고 부인 앞으로도 자식들과 의논해서 요긴하게 쓰라고 5억을 작성, 공증해두었어요. 미리 알리면 안 된다기에 숨겼던 것이니 양해바랍니다.

어머니 (울음이 터져 나오는 것을 참으며) 아, 그랬었군요.

친구B 그럼 자세한 이야기는 저희 공증사무실로 오셔서 유서공개장을 보시고 자세한 얘기도 듣기로 하시고요.

어머니 고맙습니다. 가까운 시일 내에 찾아뵙겠습니다.

아줌마 무슨 일이?

어머니 응, 아줌만 천천히 알아도 될 일이야. (잠시 마음을 가다듬고)

아줌마 고정하세요. 무슨 일이진 잘 알 수 없으나….

어머니 (혼잣말처럼) 아무튼 나의 60평생도 생각하면 무서운 파도를 헤치며 산 셈일세….

이때 다시 전화 벨소리

어머니 (직접 받으며) 네 네? 응 그래 정숙이냐?

정숙 (정숙 목소리) 엄마 기뻐하세요. 글쎄 내 이번 작품이 칸느 영화제에서 금년 최고 작품상으로 선정됐다는 소식이에요.

어머니 (기뻐하며) 뭐라고? 어느 작품인데?

정숙 시나리오는 「그의 고백」이라고요.

어머니 그래 축하한다. 역시 우리 딸 최고야. 그간 고생한 보람이 있구나. 그런데 아버지가 계셨으면 얼마나 좋아 하셨겠니?

정숙 (수화기에서) 엄마 그런데 이따 오 감독이 아버지 초상 때 못 왔었다고 집으로 간다네요.

어머니 뭐하러 와. 아직도 집안이 어수선한데….

정숙 그럼 어떡해요. 간다니까 그리 아세요.

아줌마 (덩달아 좋아하며) 그게 무슨 상인데요?

어머니 응, 그런 상이 있어. 많은 영화를 상영하고 심사해서 뽑은 칸느영화제라고, 그 얘가 2004년 시나리오상 최고작품 수상자로 선정됐단 소식이야.

아줌마 축하합니다, 사모님. 그런데 누가 오신대요.

어머니 아 참. 그 얘 작품 감독한 오 감독이라고 그 사람은 3년 전에 상처한 홀아빈데 정숙일 무척 좋아하나봐 그가 조금 후 방문한다네.

아줌마 잘 됐네요. 그럼 웬만하면 두 사람 맞춰주시지요?

어머니 그야 정숙이가 가려고 해야지. 억지론 안 되는 일 아닌가?

아줌마 그럼 준비를….

어머니 준비는 뭘 양주에다 얼음과 마른안주나 준비해놓지.

아줌마 (안으로 들어가며) 사모님은 사과 주스 좋아하시니까 갈아올게요. (들어간다.)

이때 전화 벨소리

어머니 여보세요. 응, 호주 시드니라고. 아, 철수냐 그래 잘 도착했다고. 애들도 잘 있을 테지…. 사돈 내외께서도. 안녕들 하시고?

철수 네 모두 잘 계세요. 어머니, 몸도 허약하신데 이번 일로 얼마나….

어머니 응 괜찮다. 아참 그런데 두 가지 알릴 사건이 있다. 하나는 너희 왔을 때 아버지 건망증 때문에 행방불명이라 했던 인천 땅 판 돈 10억 중 5억은 자선 사업재단에 기증하고, 5억은 내 구좌로 입금됐단다. 그 일은 아버지께서 받은 사회사업가 협회 노인복지시설에 써달라고 기증했다는구나. 공증인협회 이 선생께서 사후 공개하랬다고 오늘 조간신문에 크게 냈단다. 응, 그래 그리고 정숙이 시나리오가 이번에 칸느영화제에서 최우수 작품상 수상자로 선정됐다는구나.

철수 그것 참 잘 됐네요. 그리고 어머니, 우리 내외 의논 끝에 내년까지 시드니 슈퍼 정리하고 내년엔 귀국하기로 약속됐어요.

어머니 애들은 어쩌고?

철수 애들은 외가가 사시니까 좀 돌봐주시고요. 기숙사에서 졸업

할 때까지 있게 하고요.

어머니 얘, 서둘지 마라. 이젠 아버지도 안계시고, 보고 싶어 할 사람은 나 하나뿐이다. 나도 언제 세상을 떠날지 모르겠고. 그러니 너희들 편리할 대로 하렴.

철수 아니에요. 집사람도, 이젠 귀국해 살자네요.

어머니 그래 나야, 너희들이 와 있으면 든든하겠지만.

철수 어제 아버지 모교에 전화로 문의했더니 내년 봄엔 정치과에 교수 자리가 있다고 그때 오라는 응답을 받았거든요.

어머니 그럼 잘 됐다. 그만 끊자. 그래 그래, 아 참 그리고 어쩌면 말썽꾸러기 정숙일 시집보낼 상대가 생긴 것 같다. 잘됐다고. 응, 그래. (수화기를 놓는다)

아줌마 아드님이 귀국하신대요?

어머니 응, 마침 대학에 자리가 내년 봄에 신학기부터 있다고.

아줌마 참 잘 됐네요. (이때 초인종 소리)

어머니 (당황해하며) 누굴까?

문이 열리며 정숙 백합과 흰 국화꽃으로 아담하게 만든 꽃바구니를 들고 그 뒤를 오 감독 과일바구니를 들고 들어온다.

정숙 엄마 꽃 받으세요. 이거 오 감독님이 사왔어요. 저 과일도,

오감독 안녕하셨습니까? 벌써 인사드려야 했는데 늦어져서 죄송합니다.

어머니 아니요. 뭘 이렇게 많이 사오셨어요. (과일 받아 아줌마에게 건네주고, 정숙은 꽃바구니를 아버지 사진 앞에 갔다 논다.)

어머니 응접실로 들어가지요.

오감독 네 아버님께 인사드려야겠네요.

정숙 국화꽃 한 송이를 뽑아준다.

오감독 영정 앞에 정중히 올려놓고 인사한다.

어머니 이리로 앉으세요.

오감독 네 (앉으며) 영화 관계로 외국 다녀오느라 늦게 찾아 뵈서 죄송합니다.

어머니 아닙니다. 알고 있습니다. 그리고 참 이번에 애 많이 쓰셨어요. 우리 정숙이 작품 입상시키느라 힘드셨지요?

정숙 (2층에 올라갔다 내려오면서) 엄마는 원래 내 작품이 좋아서 선택됐지 힘은 무슨 힘. (눈을 흘긴다.)

오감독 암요, 자기 실력이지요. (약간 웃으며)

어머니 내가 영화엔 문외한이다만 아무리 우수한 작품이래도 영화는 감독의 실력이 큰 도움이 되는 것쯤은 알고 있다. 머리가 둔한 감독이 맡으면 죽 쑨다는 것쯤 나도 알고 있어요. (아줌마 음료수랑 가져와요)

정숙 (일어서 식당으로 가서 같이 날라 온다. 양주에다 얼음을 넣고 포도주잔 에도 얼음을 넣는다) 자 드세요.

어머니 오늘은 딸의 축하파티로 (포도주를 들고, 오 감독 잔에 부딪히며) 드십시다.

오감독 감사합니다. 어머님.

정숙 어머님이란 말이 하나도 어색하지 않게 들리네요. (비꼬는 듯 웃으며)

어머니 그럼 어머닌 친구 어머니도 어머니지.

정숙 엄마 오늘 오 감독님이 다방에서 내내 문안드릴 겸 청혼신청하겠다고 그래서 말렸었거든요. 그래서 하는 소리예요.

어머니 그것 듣던 중 반가운 소식이다. (웃는다.)

오감독 어때요. (정숙을 보며) 어머님께서도 좋아하지 않아요? 어머님. 오늘 만나 뵙는 기회에 아주 정식 청혼신청드립니다.

정숙 아이 참. 왜 그렇게 조급하세요.

어머니 나야, 본인만 좋다면….

오감독 네 본인도 절 좋아합니다.

정숙 어머나 이인 참 못 말려. (쑥스러워한다.)

어머니 잘 됐다. 너만 좋다면 (아버지 사진을 보며) 여보 사윗감 선 좀 보세요. (모두 웃는다.)

오감독 특히 제 늦둥이 딸애가 초등학교 5학년인데 그놈이 정숙씰 어찌나 따르는지….

어머니 아 그러세요. 언제 만난 적이 있니?

정숙 아 네 가을에 학교 어머니들 모임이 있다고 어머니 대리로 부탁 받아 거절하기 힘들어 갔었어요. 그때 사귀었어요.

어머니 그래 잘했다.

오감독 요새는 매일 새 엄마도 같이 살고 싶다고 야단입니다.

어머니 그렇기도 힘든 일인데. 얘, 넌 배 안 아프고 예쁜 딸 생기질 않았니.

정숙 (쑥스러워 하면서) 원래 난 아이들을 좋아하는 성격이라….

오감독 어머님, 허락해주십시오. 아버님 100일상 지나서 결혼식을 올릴 계획입니다.

정숙 혼자 달리는 거예요. (웃는다.)

어머니 나야 저한테 맡겼어요. 두 사람 잘 의논해서 결론지시지….

오감독 벌써 어머님을 찾아뵙고 싶었으나 상처한 제가 과분해서….

정숙 그만 일어나세요. 우린 오늘 저녁 축하파티 열기로 했잖아요. 영화 출연자들이랑.

오감독 아차, 그렇지. (일어선다.)

어머니 (나가려는 딸에게) 아버지 10억 사건은 알아냈다. 사후 발표해달라는 유서공개로 아버지께서 2년 전에 자선사업 단체에 5억은 기부했단다. 그리고 5억은 내 구좌로. 오빠 네도 내년 쯤 귀국해서 서울 아버지 모교 정치과 교수로 초빙됐다는 전화가 왔다.

정숙 (나가면서) 잘됐네요. 이래저래 일이 잘 풀려 나가네요. 엄마 소원대로. (나간다. 오 감독 인사하며)

오감독 갑니다. 장모님. (모두 웃는다.)

어머니 (아줌마에게) 사람이 아주 쾌활하고 성실해 보이지….

아줌마 네 그러네요. 모두 연분이 따로 있나 봐요. 아가씨도 마음에 드나 봐요.

어머니 글쎄 여태까지는 결혼 말만 나오면 고래고래 소리 지르며 안 간다던 애가….

아줌마 그러게 연분은 다 따로 있게 마련이에요. 잘 어울리는 쌍으로 보이던데요.

어머니 글쎄 총각이 아니라서 좀 흠이지만 성격이 아주 털털해 보이고 이해심이 많을 것 같이 보이더만…. (생각이 난 듯) 아참 자네 중국에 사는 딸에게 전화 걸어 아버지 만났다는 소식 전하게. 아마 깜짝 놀라겠지? 그리고 앞으론 사모님이나 아가씨의 호칭을 바꾸게. 어머니, 정숙이로 부르게. 나도 오늘부턴 금자야 라고 함세. (걸어놓은 아버지 사진을 금자에게 안겨주며) 지금까지 속 시원히 아버지란 말 한마디 못 나눠보고 가신 분, 마음껏 아버지라고 소리 높여 불러보게나….

아줌마 (마음 놓고 끌어안으며) 아버지 아버지, 어찌 만나자마자 이별입니까. 내 이름 한번만이라도 정답게 불러주시지 않고…. (흐느낀다.)

어머니 (조용히 정원으로 내려와 눈을 맞으며) 여보, 날씨가 쌀쌀하네요. 오늘 당신이 떠나신 지 꼭 일주일이 되네요. 사후에나 밝혀 달라했던 당신이 숨긴 비자금. 오늘 조간신문에 발표 났어요. 놀랍고 고마웠어요. 그 돈 남은 식구들에게 골고루 나눠 쓰겠어요. (숨을 가다듬고) 그 말이 그렇게 힘드셨나요? 그럼, 이제 우리 아이들 다 당신 마음대로 됐어요. 철수 내외도 내년이면 귀국해서 당신 모교에서 근무하게 됐고요, 시집 안 간다던 정숙이도 제 짝을 만난 것 같아요. (웃으며) 글쎄 그 애가 당당한 시나리오 작가로 등단했고요. 세상 사노라면 좋은 일도 생기네요. 뒤돌아보면 60평생 당신과 나 사이 미움의 감정이 큰 해일로 엄습할 때마다 슬퍼진 내 마음의 빈자리는 십자가를 그으며 삭여왔었어요. 그건 나의 비밀이었고요. 당신의 말 못했던 사정, 사는 동안 내가 모르게 했던 것 잘했어요. 왜냐고요? 난, 당신을 독점하구 산다는 믿음이 절대였거든요. 아이들은 늘 내 발목에 채워진 사랑의 족쇄였으니까요. (다시 호흡을 가다듬고) 그런데, 여보. 이상하네요. 아프고 미웠던 감정이 이젠 모두 저 눈처럼 녹고 있으니 말이에요. 이젠 나라 걱정도 말고요, 우리 다음 무대를 살아갈 총명한 아이들에게 맡기고요, 편안히 쉬세요. 날씨가 차가워지네요.

이때, 음악이 깔리며 눈이 한층 많이 쏟아지며 막이 서서히 닫힌다.

-막-

# 그때 그 사람들

(1막5장)

2013년 제1회 여성극작가전(한국여성연극협회),

대학로 알과핵소극장 공연

2009년은 1910년 구한말 국권을 일본에 빼앗긴 후 탑골공원에서 1919년 기미년 독립 선언서를 선포한 지 90년을 맞은 3 · 1절 기념의 해가 된다.

이 작품은 일제 36년간의 그들 악정을 많이 보고 느낀 사람들을 나름대로 한 편의 희곡으로 엮어 이름 없이 떠나간 많은 순국 선열 열사들에게 위로와 진혼의 글로 바치고자 쓴 작품이다.

때 : 흘러간 공간에서 1944년~1950년 사이
그리고 2009년 광복 90주년 3 · 1 축제 공원 무대.

곳 : 1930년 전후, 10년 전에 중국 상해로 조선독립을 위해 망명한 김 대감 집.
퇴색한 사랑채, 방이 두 개 붙은 마루, 마당엔 나무 몇 그루,
그 옆으론 나무토막으로 만든 의자가 두개 놓여있다.
할아범이 마당의 낙엽을 쓸고 있는데서 막이 열린다.

**나오는 사람들**

안방마님 _ 60세. 김 대감의 처. 조선시대 명문가 처.
김 대감은 현재 상해 독립단원으로 65세
김철호 _ 23세. 김 대감의 외아들. 동경 명치대 유학생.
사랑채 마님 _ 62세. 이 대감 처.
이 대감은 67세로 김 대감의 친구, 숨어사는 독립단원.
이석화 _ 20세. 이 대감의 외동딸
유치원 보모.
박선희 _ 21세. 철호와 부친끼리 약속한 약혼녀, 옥사당한 항일투쟁 선봉자의 딸.
할아범 _ 75세. 대대로 김 대감집 하인.
형사 A _ 50세. 일본인 정보계 형사 주임. 사꾸라이(櫻井).
형사 B _ 35세. 조선인 형사 부장.
엿장수 _ 40세. 조선인 독립단 연락원.
최희망 _ 75세. 연출 총 진행.
악사 A, B, C

## 제1장

막이 오르는 징소리가 크고 작게 들려오고 밖에서는 아이들의 구슬픈 노래 소리가 들려온다.

(아리랑 노래)

할아범 마당을 쓸다 노래 소리를 듣고 밖을 내다보며.

**할아범** 애들아, 누가 들을라. 그 노래가 금지된 노래인지도 모르고 부르니. 에잇, 망할 놈의 세상. (노래 조용해진다)

(노래)

아리랑 아리랑 아라리요
아리랑 고개로 넘어간다
아리랑 고개는 열두 고개
아리랑 고개마다 수심의 고개
아리랑 아리랑 아라리요
우리네 타는 마음 그 누가 알까
아리랑 아리랑 아라리요
아리랑 고개는 눈물의 고개

**석화 모** (방문을 열고나오며) 할아범 뭘 그렇게 소리를 지르세요.

**할아범** 아, 저애들이 금지된 노래를 부르잖아요. 잡혀가려고….

**석화 모** (마루에 걸터앉으며) 세상이 하도 어수선 하니까, 모두 걱정이 되네요.

**할아범** 말도 함부로 하면 사상이 나쁘다고 다 잡아가고요, 마구 두들겨 패서 반병신이 되서 나온다네요.

**석화 모** 그뿐인가요, 2년 전부터는 학교에서 우리말인 조선말을 못 쓰게 하고, 실수로 조선말을 쓴 애들은 하루종일 벌을 준다네요.

이때 방에서 석화 나온다.

**석 화** 어머니, 전 오늘부터 유치원 못가요. 사상이 불순한 교사가 있는 유치원은 모두 폐원시켰어요.

**석화 모** 그럼 우리 생활비는 어떡하니? 막막하구나….

**석 화** 걱정 마세요. 인천에 있는 고무신 공장에 이력서를 어제 내고 왔어요.

**할아범** 그나저나 요사이 상해 임시정부에서 밀파된 연락원 엿장수도 안 오고, 궁금해서 어젯밤 근처 복덕방에 갔더니, 일본유학생 우리 도련님은 무사하냐고 묻데요?

석화 모, 석화 할아범께 다가가며

석화 모 일본 유학생들이 어찌 됐데요?

석 화 라디오도 못 듣게 하니까 세상 돌아가는 걸 통 알 수가 없네요.

석화 모 그런데 도봉산 기도원으로 백일기도 떠나신 안방마님은 또 왜 이렇게 소식도 없으시고, 안 내려 오시는지….

할아범 (한숨을 쉬며) 글쎄올시다. 가뜩이나 몸도 쇠약하신 분이 식사나 잘 챙겨 드시는지….

석화 모 그러지 말고 내일 마님께서 잘 잡수시는 별식을 좀 만들어 드릴 터이니 할아범이 좀 다녀오세요.

할아범 그렇게 하세요. 그럼 내일 제가 다녀오겠습니다.

안으로 들어가고 담 옆으로 선희의 모습이 보인다.

선 희 (초인종을 누르고 석화 문을 연다.) 석화야.

석 화 언니, 별고 없으시지요.

선 희 응 나야 집에만 있으니 별고 없지만, 어제 조카가 와서 유치원이 내일부터 폐원된다니 무슨 소린지 궁금해서 왔다.

석 화 언니도 소식 들으셨군요?

선 희 동굴 속 같은 산속에서 살고 있으니, 통 세상 돌아가는 물정을 알 수가 있어야지? 그래서 어제 조카네 집으로 숨어 내려왔다 석화소식을 알게 됐어.

석 화 언니, 꼼짝 말고 숨어 있어요. 온통 조선이 뒤죽박죽이 됐어요. 상해로 간 안채 김 대감님이나 우리 아버지는 요사이 죽었는지 살아 계신지 통 몇 달 동안 소식이 캄캄하네요. (숨을 몰아 쉰다. 사방을 살피며) 꼭, 꼭 2~3개월에 한 번씩은 엿장수를 통해 소식이 전해졌는데 벌써 5개월째 통 소식두절이에요. (조심스러운 어조) 우리 아버지가 가지고 가신 군자금은 받으셨는지도 알 수 없구요.

선 희　그런데 일본으로 유학 간 철호 씨는 무사하실까?

석 화　소문엔 일본에서 조선 유학생들이 징병으로 자진 출두 하라는 명령이 내려졌다는데…. 어찌된 영문인지 그곳에서도 아무 연락이 없네요.

선 희　(한숨 쉬며) 석화야, 어쩌면 좋겠니? 그렇다고 내가 가서 찾아뵐 수도 없고, 난들 일본 땅에 가본 적이 없으니 용기도 안 난다.

석 화　언니, 걱정되시겠어요. 결혼식만 안 올렸지 철호 씨와 언니는 집안끼리 벌써 10년도 전에 약속한 사이가 아녜요.

선 희　그야 아버님 두 분의 약속이지 어디 우리야 한 번도 만나서 사랑의 표시도 해본 사이가 아니잖니?

석 화　(쓸쓸히 웃으며) 당시 두 분께서 구한말에 궁중에서 만난 같은 신분의 친구이시고, 지금은 조국 광복을 위해 망명해서 상해 임시정부 조직원으로 목숨 걸고 구국운동하시는 친한 친구 아니세요.

선 희　어쨌든 목숨 걸고 소식 전하던 엿장수 아저씨가 오셔야 상해 소식을 알 수 있을 텐데….

석 화　그럼요. 소식 아는 대로 할아범을 통해 알려 드릴게요. 그리고 일본엔 군수 공장 같은 데서 할 일이 많아서 공장 직원을 많이 모집한다는데 같이 안 갈래요 언니? 임도 보고 뽕도 따고. (웃는다.)

선 희　글쎄 네가 가면 나도 따라 나설게. 참 고맙다. 그럼 잘 있어. 내일 다시 인천 고무공장 앞에서 만나 의논하자.

석 화　(돌아가려는 선희에게) 언니, 조심히 가세요. 요사이 곳곳에서 처녀 실종 사건이 하루에도 몇 건씩 생기는데 통 발표가 안 난다네요. 비밀리에 납치해 간대요.

선 희　그래, 이 무서운 세상을 어찌 살아야 할지….

조심스럽게 사면을 둘러보며 나간다.

석 화　(담 안에서 손을 흔들며 인사 나눈다.) 조심히 가요.

이때 석화 모 방에서 나오며

석화 모 석화야 듣자니 선희랑 일본 취직하러 가겠다고 하던데, 아예 그런 생각일랑 거두어라. 그놈들이 좋은 직장이라고 그러지만 그 말을 어찌 믿고 그러니?

석 화　그야 갔다 마음에 안 들면 돌아오지요 뭐….

석화 모 그리고 선희는 자기 약혼자가 있으니 그런 대로 만나면 되겠지만 야 그 천리 타향에 갔다가 마음에 안 드는 직장이면 어떡하겠니? 안 된다. 절대 못 간다.

석 화 어머니, 걱정 마세요. 아무데 가 있어도 자기만 정신 차려 싫으면 그만 두고 돌아올게요. 돈 벌이도 되고 넓은 세상 구경도 할 겸. 그리고 철호 씨도 한번만 더 만나보고 싶구요.

석화 모 아예 그런 생각 마라. 그렇지 아도 철호 도령이 선희 보다 널 더 좋아 하는 것 같더라. 아서라 아예….

석 화 어머니, (쑥스러워 하면서) 어머니도 눈치 채셨어요?

석화 모 그야, (한숨을 쉬며) 우리 집안이 독립운동가라고 재산 몰수당하고, 갈 데 올 데 없이 쫓겨났을 때 그때가 벌써 10년 전이다. 그때부터 이 댁에 와서 신세지며 살림 돌보고 살았으니 희들이야 친 형제처럼 살아온 사이니까 정도 들고…. (말을 못 잇고 눈물만 닦는다.)

석 화 (목메어 하며) 어머니, 괜찮아요. 물론 우리들 사이는 친 오누이처럼 지낸 사이지요. 그러나 두 사람의 신분은 엄연히 달라요. 이제는 양반집 도령과 소작인의 딸 사이…. (목이 메인다.)

석화 모 어쨌든 동경 갈 생각일랑 접어라.

석 화 걱정 마세요. 제 일은 제가 알아서 할게요.

석화 모 그리고 그 일본 정보 밀정 놈들의 말을 곧이곧대로 들어서는 안 된다.

이때 등화관제 사이렌이 울린다.

석화 모 또 비행기가 왔나보다.

일어나 등잔불을 끌 때 무대 암전

## 제2장

징소리와 함께 불이 들어온다.

다음날 아침

**할아범** (대문 초인종을 누른다.)

**석화 모** (문을 열고나오며) 누구세요?

**할아범** 접니다.

**석화 모** (맨발로 뛰어 나오다 마님을 보고 화들짝 놀라며) 웬 일로 마님께서 이렇게 일찍 오셨어요.

**철호 모** 그간 잘 있었나요?

**석화 모** 안녕하셨어요.

할아범 지게를 메고 들어와 한 에 세우고 먼지를 턴다.

**석화 모** (안으로 들어가 방석을 들고 나와 마루에 놓으며) 이리 앉으세요.

**철호 모** (억지로 몸을 가누며) 내가 집을 떠난 지가 벌써 4개월째 되는가요?

**석화 모** 그러믄요. 해외 나가 있는 두 분을 위해 백일기도 드린다고 가신 지가 벌써 그리 되네요.

**철호 모** 석화는 어디 갔나요?

**석화 모** 네, 오늘은 새벽부터 인천에 다녀 온다구요.

**철호 모** 인천엔 왜요?

**석화 모** 네, 다른 게 아니라 직장이 문을 닫게 되서 직업이 없으면 생활이 안 되고, 그래서 인천 고무신 공장에다 이력서를 냈나 봐요.

**철호 모** 아, 그래요. (고개를 끄덕이며) 망할 놈의 세상. 아니 어린애들 교육 기관까지 못 하게 하고…. (다시 말을 꺼내며) 그뿐만 아니라 어제 도봉산 기도원에서 들은 얘기인데 밭에 나가 김매는 처녀아이를 둘이나 잡아 갔다네요.

**석화 모** (놀라며) 네? 여자 아이들을요? 왜요?

**철호 모** 말인즉 일본에 취직자리가 많으니까 가면 월급도 많이 받고, 대우도 잘해 준다고 하면서….

**석화 모** 에구머니나, 우리 석화도 사꾸라이(櫻井) 형사 앞잡이가 그런 말을 하면서 보내 주겠다고 하더라구요.

**철호 모** 그놈들 말을 곧이들어선 안 돼요.

**할아범** (짐을 들여다 놓고 나오며) 말씁니다. 세상 종말이 온 것 같으네요.

**석화 모** 그나저나 아침 준비를 해야 할 터인데…. (안으로 들어가려 할 때.)

밖에서 가위소리가 들리며 엿장수 노래가 들린다.

엿장수 엿 사시오, 엿이요. 깨엿은 오전(五錢) 호박엿은 두 가락에 오전(五錢)이요.

할아범 (대문을 연다.) 아니 이게 몇 달만이요.

엿장수 그간 안녕들 하셨어요.

철호 모 (맨발로 내려오며) 아니, 어떻게 오늘에야….

엿장수 (사방을 살핀다.) 그간 제 고생은 말도 마세요. 고생고생 끝에 군자금을 전달하고 다시 돌아오다 조선 비밀 정보원으로 붙잡혀 유치장에서 죽을 고문당하고 일주일 전에야 간신히 풀려 나왔어요.

철호 모 그래, 세 분은 안녕 하시던가요?

엿장수 고생이 말이 아니죠, 식솔들은 늘고 돈은 떨어지고 겨우 죽으로 연명하고들 있어요.

석화 모 조선 동포들이 많이 협조해야 하는데….

철호 모 그럼 이 집이라도 마저 팔아서 보냅시다.

할아범 아니, 그럼 마님이나 행랑 식구들은 어디로 갑니까요?

철호 모 우리야 기도원에라도 모여서 살면 되지만….

할아범 그건 안 됩니다. 마님께선 몸도 성치 으시고, 그리고 일본에 간 아드님은 어떻게 찾아오라구요.

석화 모 그러믄요. 우리 식구는 다 건강해서 기도원에 같이 가서 숨어 살 수 있지만, 마님께선 쇠진한 몸이시라….

철호 모 (담배만 피우던 엿장수에게) 아저씨는 댁에 가 좀 쉬세요. 내가 조만간 집 처리가 되면 연락할게요.

엿장수 (일어서며) 그럼 가까운 시일, 다시 들를게요. (일어서 나간다.)

할아범이 배웅하려 할 때 형사 A, B 등장.

형사 A (나가려는 엿장수 목덜미를 잡으며) 어이, 고라칙쇼(짐승 같은 놈). 이거 뭐야. 엿가락 몇 개 가지고 이집 저집 돌아다니며 정보 연락이나 해주고 먹고 사는 놈이지.

발길로 찬다.

엿장수 (일어서서 유유한 태도로) 아니, 악명 높은 사꾸라이 형사님 아니니까?

형사 A 이놈이 내 이름까지 안다….

엿장수 아니, 이 마을에서 정보계 호랑이 주임님을 모르는 이가 없을 텐데요?

형사 A (형사 B를 보고) 야 이 새끼야, 넌 뭣하고 있어? (소리친다.)

형사 B (담배를 끄고) 제가 알아서 처리하겠습니다.

엿장수 누구 맘대로. 넌 그 악명 높은 조선인 형사, 일본 경찰 밀정으로 잘 알고 있다.

형사 B 이 자식이 누군데 함부로 까불어?

엿장수 (엿가락을 집어 입에 처 넣으며) 자, 이거나 하나 잡수시고 정신 차리시지. 넌 네 몸에 조선 사람 피가 흐르고 있다는 사실도 모르나. 나라 잃은 민족이 제 나라를 찾고자 목숨 걸고 투쟁하는 이때 는, 왜놈들 밀정 노릇을 하다니.

형사 A (분노하며) 아니, 저놈이 누굴 믿고 까불어 대.

엿장수 난 나를 믿는다. 나는 조선 사람이라는 것, 이 나라는 우리 조선 사람들 것 이라는 것. 그걸 믿고 살고 있다.

형사 B 말조심해. (헛기침) 아, 재수 없을라니까. 어디서 저런 놈이….

엿장수 난 며칠 전에 죄 없이 유치장 신세도 지고 몇 달 만에 풀려난 몸이다. 이제 네놈들 학대도 더 이상 받을 수 없기에 최후 발악하며 사는 놈이다. 내 민족을 위해 죽음을 각오하고 사는 놈이 무서울 게 뭐, 있겠니? 희들은 그 교활한 수법으로 우리 조선의 황후, 명성황후까지 살해하고도 더 이상 무슨 악랄한 흉계를 또 꾸미려느냐?

형사 A 저놈이 요주의 인물…, 수사 대상이로구만.

형사 B 부장님, 저런 놈을 잘못 취조하다간 우리네 목숨이 위태로우니 오늘은 그냥 놔둡시다.

엿장수 아주 영리한 놈이군, 이놈아 그 머리를 내 나라를 위해 써라. (목판을 메고 나간다.)

형사 A 그런데 이 집엔 아들이 몇 달 전 일본 거처에서 어디론가 사라졌다는데. 집엔 안 왔나?

이리저리 살피다. 사랑채도 뒤지고 나온다.

철호 모 뭐라구? 우리 철호가 행방불명이라고?

형사 B 일본의 유학 간 대학생들, 명예로운 학도병으로 자진 입대 하라는 명령에 많은 학생들이 반대하고 도주 했답니다. (눈치를 보며) 그중에 댁의 아드님두요.

철호 모 (놀라며) 우리 철호도?

형사 B 그래서 지금쯤 집에 와 숨어 있을 거라는 소식 듣고 이렇게 온 겁니다.

할아범 우리 도련님은 온 적도 없고, 도무지 요사인 소식을 모릅니다.

형사 A 이 늙은 놈아. 우리가 물어본 건 네가 아니고 그 아들놈 어머니께 물었다.

형사 주먹에 가슴을 맞은 할아범 마당에 넘어진다.

철호 모 아니, 여보시오. 모르는 걸 모른다 하는데 사람은 왜 쳐요.

석화 모 (할아범을 일으키고) 여보시오, 형사님들 돌아가 시오. 생사람 잡지 말고.

이때 석화 들어온다.

석화 (어리둥절해 하며) 아니, 마님. 돌아 오셨네요. (둘러보며) 형사님들은 웬일이세요?

형사 A 응, 이쁜이 석화 양 좀 만나러 왔지.

**석 화** 나를요? 왜요? 무슨 일로? 제게 무슨 용건이라도?

**형사 B** 여기선 분위기가 좀 그렇고, 내일 다시 와서 조용히 의논합시다.

**형사 A** (끄덕이며) 좋소.

뒷짐을 지고 나간다.

**석화 모** (뒤에다 대고) 희들이 또 무슨 흉계를 꾸미려고 그러느냐?

뒤에다 침 뱉고 문을 닫는 가운데 무대 암전

## 제3장

다음날 새벽 문을 두드리는 소리.

할아범 뛰어나와 문을 연다.

철 호 (다급히 들어오며) 안녕하셨어요?

마루로 가서 앉는다.

할아범 아니, 도련님이 어떻게? 안으로 들어가시지요.

철 호 잠깐만요. 숨 좀 돌리고 들어갈게요.

할아범 급히 안으로 들어가며 소리친다.

할아범 마님! 마님!

석 화 (옷을 입으며 나온다.) 누구세요. 아니, 철호 씨가….

석화 모 (옷 고름을 매며 나오며.) 아이구, 얼마나 고생을 했기에….

철 호 안녕들 하셨어요. 나 물 한 그릇 주시겠어요?

석 화 (물 대접 들고 나오고 철호 모 다급히 나온다.)

철 호 (물 한 대접을 벌컥벌컥 다 먹어 치운다.) 어머니.

안에서 철호 모 나오자 철호는 어머니를 끌어안고 한참 소리 없이 운다.

**철호 모** 이게 꿈이냐 생시냐? 네가 어디서 숨어 다니다 오늘에야…. (운다.)

**석화 모** (안으로 들어가면서.) 식사 준비를 해야겠네요. 할아범 나무 좀 갔다주세요.

안으로 두 사람 들어가고, 석화와 철호 마루에 나란히 앉는다.

**철호 모** 애야, 그래 이 꼴이 뭐냐? 어디서 어떻게 지내다 언제 도착했니?

**철 호** (웃으며 윗도리 단추를 풀며) 말씀 마세요. 일본 숙소를 떠난 지가 오늘로 꼭 3개월이 되네요. 도 이 한 벌로, (숨을 돌리고) 3개월 전 일본 유학생 전부에게 자진 군 입대 명령이 내려지고 강제 체포령을 내리자 대부분의 학생들이 숨어 다니다, 전 다행히 조선으로 오는 밀선을 만나서 바다에서 한 달 표류, 겨우 부산으로 도착해서 지리산으로 들어가 산골짜기로 산골짜기로 헤매며 2개월 밭에서 고구마, 감자, 무 등 마구잡이로 먹고 때로는 산에 사는 우리 사람들의 온정으로 겨우 오늘까지….

**철호 모** 그 고생을 하면서도 죽지 고 살아 왔으니, 하느님의 보살핌이다.

석화 안으로 드세요. 도 갈아입고, 식사 준비 전에 좀 쉬세요.

철호 (일어서며) 그래, 그러는 것이 좋겠어. (석화를 자세히 바라보며) 아, 그새 석화 많이 예뻐졌구나.

석화 쑥스러워 하고 철호, 어머니를 따라 안으로 들어간다.

석화 (안으로 들어가는 철호를 물끄러미 바라보다 대문 으로 가서 사면을 둘러본다. 마루에 걸터앉으며.) 오늘 아침, 인천에서 선희 언니와 만날 약속을 했는데. 그때 철호 씨가 온 것을 알려주고 일본으로 취직 갈 약속은 그만 두기로 해야지…. 선희 언니가 이 소식을 들으면 얼마나 기뻐할까? (쓸쓸해하며 소월시를 읊는다.)

산산이 부서진 이름이여 허공중에 헤어진 이름이여!
불러도 주인 없는 이름이여 부르다가 내가 죽을 이름이여

이때 안으로 들어갔던 철호가 다시 나오며 시 낭송을 듣는다.

철호 (석화 손을 잡아 안으며) 석화야! 보고 싶었다. (볼을 비빈다)

석화 (뿌리치며) 어머! 누가 보면 어쩌려고….

철호 보면 어때. 그간 난 네가 보고 싶었다. 그 시는 석화가 제일 좋아해서 늘 읊어주던 소월 시 아니니.

석화 맞아요. 제가 늘 외로울 때면 읽어보는, 아니 철호 씨가 그리

워지면 읊어보는 유일한 위안의 시니까요.

철 호　그래. 나도 이 세상에서 제일 그립고 보고 싶은 사람은 바로 야.

석 화　(웃으며) 어머나 누가 들으면 어쩌려구. (쑥스러워 한다.)

철 호　솔직한 내 마음인데 누가 들으면 어때.

석 화　선희 언니가 들으면 기절하겠네요.

철 호　응. 아, 선희 씨. 글쎄…. (쑥스러운 표정) 아, 아직 식사가 안 됐나? 석화가 유치원 보모랬지.

석 화　그게 며칠 전에 유치원 문을 닫으라는 일본 당국의 명령으로 이젠 직장도….

철 호　저런 고얀 놈들 같으니.

석 화　특히 내가 다닌 중앙보육전문대학은 항일운동가로 낙인이 찍힌 임영신 선생님이 학장이시니. 그 학교 출신들은 모두 요주의 인물로 낙인이 찍혔다네요.

철 호　저런, 고얀 놈들. 오직 어린애들 보육을 위한 교육기관인데….

석 화　몇 달 전 임 학장님이 일본 연락선을 타고 꽃바구니 속에 비밀문서를 넣고 미국에서 독립운동을 하시는 이승만 박사님을 만나러 가셨댔어요. 무사히 문서는 전달 됐지만, 소문이 들어간 모양이에요. 그뿐만 아니라 임 학장님은 16세 여학교 시절에 교실에 걸린 일본 천왕의 사진을 발로 밟아 찢었다고 무서운 고문도 당하고 유치장에도 몇 달 계셨더래요. 그래서 항상 그분의 뒤에는 밀정들이 따라다니고 있다네요. 그러니 그분 제자들은 모두 요주의 인물로 낙인이 찍혔대요.

철 호 망할 놈의 세상.

석 화 여성으로선 구국운동가 유관순님도 있잖아요. 모두 훌륭한 지도자지요. 그런데 이토록 조선이 어수선한데 앞으로 어떻게 하시려고요?

철 호 아, 나? 나는 집에서 잠시 쉬고 상해로 갈 결심이야.

석 화 상해요? 상해도 요사이 어찌된 영문인지 통 연락이 없어요. 5년 전에 저희 아버지가 가지고 간 군자금 받았다는 소식도 통 연락 두절이에요.

철 호 힘들 테지. 조선 사람의 망명 수는 늘고 자금은 달리고….

석 화 그리고요. 참, 어제 선희 언니가 왔다 갔었어요. 철호 씨 소식 좀 알고 싶다고.

철 호 선희 씨가?

석 화 네, 무척 보고 싶은 모양이던데요?

철 호 아 그래요. (쑥스러운 어조로) 선희 씨는 어디서 어떻게?

석 화 네, 그 언니는 이리저리 피해 다니며 어머니와 함께 철호 씨 소식만 기다리고….

철 호 (쓸쓸해 하는 석화 손목을 잡으며) 석화, 퍽 보고 싶었다.

석 화 (수줍어하며) 저도…. (말을 못 잇는다.)

철 호 그래 모두 참고 지금은 나라를 찾는 데만 힘을 쓰자.

석 화 그만 안으로 드세요.

철 호 응 그래, 우선 몸부터 씻어야지.

철호 안으로 들어간다.

석화 모 (철호, 방으로 들어가려는데 어머니 나온다.) 석화야 아침 좀 먹고 나가야지. 오늘 인천에서 선희랑 만난다고 하지 았니?

석 화 먹고 싶지 아요. 그냥 나가서 선희 언니랑 사 먹고 올게요.

방으로 들어간다.

석화 모 (방에다 대고) 아예 일본 갈 궁리는 하지마라. 이제 철호 학생도 봤고….

석 화 (옷을 갈아입고 나오며) 걱정 마세요. 바람도 쐴 겸 인천만 갔다 올게요.

나간다. 어머니 대문을 닫고 여기저기 둘러본다. 마루로 가서 앉는다. 할아범 나온다.

할아범 (석화 모가 멍하니 앉아있고, 할아범 먼지를 털며) 마님과 의논을 해 보았지만 부엌으로 통하는 땅굴을 파야겠어요.

석화 모 그래요. 서두르세요. 행랑채 다락방은 누구나 다 알고 있으니, 그것이 좋겠어요.

할아범 일어서서 우측 안으로 들어가 곡괭이와 삽을 들고 부

억으로 들어가려 할 때

석 화 어머니 저에요.

석화 모 아무 생각 없이 대문을 열고 놀란다. 뒤에 선 형사 A · B를 보고

석화 모 석화야 웬 일이니, 인천 간다고 나간 애가 왜 벌써 돌아오니?
형사 B 네, 어젯밤 수상한 남자가 이곳으로 들어왔다는 보고를 받고 저희도 오늘 인천으로 가려다 이곳 먼저 다녀가려구요.
석 화 아니, 왜 제 말을 안 믿으세요? 아무도 안 왔다니까요.
형사 A 그래 좋아, 그럼 다 둘러보고 곧바로 우리 경찰차로 떠나면 인천서 기다리는 선희를 제시간에 만날 수 있으니. 가만히 앉아 있어.

사랑방, 안채 등 뒤지고 있다.

석 화 (성난 어조로) 당신들이 정 내 말을 안 믿는다면 나도 인천에도 안 가고, 일본 취직 알선도 사절합니다. (소리 지른다.)
형사 B (안채로 들어가려다 다시 돌아서며) 뭐? 지금 뭐랬어?
형사 A (석화 따귀를 치며) 이놈의 계집이 왜 이렇게 앙탈이야. 일찍 죽고 싶어서 환장했냐?

석 화 그래 지금 난 살고 싶은 생각이 하나도 없다. (운다.)

석화 모 아니, 왜들 이러슈. 내 딸이 무슨 죄가 있다고? (감싸 안는다.)

형사 B (생각을 고치며) 아닙니다. 이제 그만 가겠습니다. 따님 말을 믿고말고요. (아양을 떤다.)

형사 A 나무 의자에 걸터앉으며 형사 B에게 담배를 주고 피운 두 사람, 눈짓으로 무슨 신호를 한다.

형사 A 자 그러면 믿고 가야 하는데 물이나 한 모금 주시오.

석화 모 (안으로 들어가려 할 때 석화도 어머니를 따라 들어가며)

석 화 잠깐만요. 혹시 오늘 인천 갔다 바로 일본 연락선을 탈지 모르니까 안방마님께 인사나 하고 나올게요. 몸이 쇠진해 누워 계시니까요. 시간 좀 주세요.

어머니 따라 들어간다.

형사 A (고개를 끄떡이며) 빨리 나와.

형사 B 무 윽박지르지 마 시오. 그러다 안 간다고 하면 우리 계획이 하루아침에 무 질지 모르니까요.

형사 A (통쾌하게 웃으며) 그래그래. 역시 자네 머린 비상해.

형사 B 일단 인천에서 만나서 연락선까지 아무 탈 없이 유도해 인계 돼야, 그때 우리가 받을 많은 상금도 돌아 올 것이며. 사실 그

이후야 그 계집애 둘이 어디로 배치될 것인지도 알 수 없지 습니까?

형사 A 그야 우리 임무는 인천 항구 출항까지만 무사히 끝내면 되니까.

형사 B 그럼 돌아올 때 우리 손에 약속한 돈은 들어오는 거겠지요?

형사 A 암, 암 여부가 있나. (만족해하며) 오늘 보내고 내일은, (속삭이듯이) 이 집은 쥐도 새도 모르게 한 밤중에 불을 지른다. 그러면 혹시 어디 숨긴지 알 수 없었던 아들놈이 튀어 나온다. 그때 잡으면 수월하게….

형사 A 하하하하!

형사 B (놀란 어조로) 그럼 방화죄로….

형사 A 이런 멍청이! 우리가 방화했다는 사실은 쥐도 새도 모를 터이고, 우리는 도망자를 잡고 한 계급씩 올라가는 게야.

형사 B 그야말로 일석이조(一石二鳥)란 말에 해당되네요.

형사 A (너털웃음을 지으며) 자넨 역시 유식해. 하하하하!

석 화 (안에서 나오며) 무슨 재미있는 얘기가 있으셨어요?

형사 B 어서 떠나야지 인천서 만나기로 한 친구, 아니 친구라기보다 학교 하나 위 선배라고 했나?

석 화 (마음을 가라앉히고) 맞아요. 보육전문학교 하나 윗반이에요.

형사 A 그러면 일본 가도 외롭지 겠네. 자, 그만 떠납시다.

형사 A · B 먼저 나간다.

석화 모 절대로 저 사람들 말 듣고 일본 가면 안 된다. 인천에만 다녀 오 라.

할아범 (급히 나오며) 안 되네 안 돼. 저놈들 말 믿어서는 안 돼.

석 화 할아버지 그동안 수고가 많으셨어요. 혹시 오늘 우리가 되돌아오지 못하더라도, 두 어머님 잘 부탁드릴게요. 철호 씨께도 만나 뵙지 못하고 가니, 혹시 갔다 다시 돌아올 수 있으면 다행이지만. 지금 우리가 저자들의 명령에 따르지 으면 철호 씨나 우리 집 모든 식구들께 큰 해가 돌아 올 것 같아서 그냥 다녀올게요.

눈물을 머금고 나가려는데 암전.

# 제4장

징소리가 은은히 들리고 아리랑 노랫소리가 고요히 흘러나오며 무대에 불이 들어온다.
구성진 아리랑 노래

1, 2, 3장의 장치 앞에는 흰 막이 쳐졌고 환등기를 볼 수 있는 장치가 내려있다.
그 옆으로는 축제를 연상할 수 있는 대형 화분이 놓여있다. 전면은 관중석이다.

**최희망** (중앙에 마이크를 들고) 제가 4장의 총진행을 맡은 최희망이라 합니다. 보신 바와 같이 이 연극은 너무나 방대한 사건이고 광복절 이야기이기 때문에 1, 2, 3장까지만 연극으로 보여 드렸고 4장은 환등기를 사용해서 그때 상황과 설명만으로 보여 드릴까 합니다.
우선 3장에서의 궁금증만 알려 드리겠습니다. 석화는 철호의 수색을 막으려 잠깐 다녀오려던 인천행이 선희와 영영 돌아올 수 없는 곳으로 납치되어 일본 특수부대 군함에 실려, 일본 군부대 위안부가 되었고. 철호 집은 그날 밤 원인 모르는 화재로 철호 모와 석화 모 두 분과 할아범까지 질식 사망했습니다. 다행히 철호는 뛰어 나오다 잡혀가 다시 일본 군수품 제조 공장으로 배치되었습니다.

그리고 일본은 그 후 조선인들이 우물에 독약을 넣어서 일본 사람들 학살을 계획했다는 조작으로 수많은 조선 교포를 학살했었고, 날로 심해가는 폭격소리와 신음소리, 결국 히로시마와 나가사키가 여름에 원자탄 폭격을 당하고서야 일본 천왕의 항복소리가 라디오를 통해 들려 왔습니다. 네, 그때 제 나이가 겨우 10세였으니까요. 전 영문도 모르고 어른들이 울면 따라 울고 방공호로 끌려 다녔습니다.

아마도 이 작품을 쓴 작가도 내 나이가 전쟁 사건을 잘 알고 있으리라 믿고 연출 진행을 맡긴 것 같습니다. 그럼 이쯤에서 1945년 8월 15일 광복된 우리 조선은 3 · 8선으로 허리가 잘린 나라로 지금까지 남한에서 7~8명의 대통령이 통치를 했지요? 물론 그 사이에 일어났던 정치파동, 분쟁, 이런 저런 이야기는 나보다 더 여러분이 잘 알고 있고 판단하고 계실 것이라 생각합니다.

안중근 의사가 하얼빈에서 일본군 대장 폭파 사건 후 조선 청년 윤봉길 의사(호: 매현)도 1932년 4월 24일 일본 침략군이 상해(上海)사변 전승축하식 때 폭탄을 투척하여 상해주둔 일본 파견군 사령관 시라카와 대장 등을 폭파시켜 현장에서 체포되었습니다. 윤봉길 의사는 그해 12월 19일 일본 가네자와에서 25세의 장렬한 일생을 마쳤습니다. 그 후 상해는 조선 독립투사 집단이 김구(金九) 선생 지도하에 뭉쳐 조선 구국운동을 1945년까지 목숨을 걸고 싸운 혁명가 집합소였습니다. 환등기로 상해 임시정부 건물(사진엽서로) 몇 곳과 큰 사건만 당시 TV 뉴스사진 몇 장으로 보여드리고 오늘은 김구 선생과 민족대표 33인이 주도했던 광복 90주년의 3 · 1절 축하 행사가 아주 재미있는 여흥으로 짜여져 있어서 흥미 없는 환등기를 그만 끄고 특별한 여흥으로 진행을 하겠습니다.

어두워지면서 무대 암전

## 제5장

음악소리가 들리는 가운데 불이 들어온다.

악사들 A, B, C 자리를 잡고 앉으며 제 각기 악기를 시험해 본다.

**최희망** 자, 그러면 오늘의 축제에 특별 출연자 두 분을 소개할까 합니다. 출연 전에 (귓속말하듯 관중석에다) 오늘 모실 분은 한 분은 도봉구에 있는 남성 장애자 100여 명이 모여 거주하는 '사랑의집'에서 선출된 김요셉 님을 모셨고, 또 한 분은 동대문구에 여성만 200여 명 거주하는 '소망실버센터'에서 장기 자랑에 뽑힌 여성분, 이름은 이마리아 님입니다. (안을 향해) 자, 나오 시오.

악사 A 일어서서 막 뒤로 가서 눈먼 철호 손목을 잡고 나와 의자에 앉힌다.

**최희망** (또 안을 향해) 다음 여성 대표분.

악사 B 안으로 들어가 석화가 탄 휠체어를 밀고 나온다. 박수 소리가 진동한다.

**최희망** (청중의 박수 소리를 손으로 막으며) 자, 그만 치시오. 장기를 보기도 전에 이렇게 큰 환영을 받는 광경은 사회자의 70평생 처음 보는 광경입니다. 그런데 여러분 이 두 분은 오늘 이 자리에 나오기 전에 절대로 본명은 밝히지 말아 달라는 부탁이 있었습니다. 왜냐구요? 그건 저도 알 수가 없습니다. 그분들의 크나큰 숨은 사연들이 있는가 봅니다. 우린 그저 듣기만 하고 박수로 환영만 합시다.

슬슬 악사들의 조율이 시작된다.

**최희망** (철호 앞으로 가서 귓속말, 일어서서 나온다.)

**철 호** (색안경을 낀 철호) 여러분 전 노래 전공한 사람도 아니고 별로 잘 부를 줄도 모릅니다. 다만 저희 장애자의 '사랑의 집' 대표로 선출되어 나왔을 뿐입니다. 오늘 이 자리가 우리 민족의 염원이었던 독립광복 90주년 3 · 1절 행사라고 하기에 이 추한 모양새로 여러분 앞에 섰습니다. 전 이 나라를 위해 부모를 다 잃고 이처럼 불구자의 몸으로 안간힘을 다해서 살고 있습니다. 그것은 죽기 전에 평화 통일된 조국을 보고 갈 욕심이고 또 하나는 첫사랑의 애인을 한번만이라도 만나보고 싶은 간절한 그리움 때문이었습니다. (목이 메인다.)

청중석 웅성웅성 하는데 사회자 손으로 조용하라는 신호를 보낸다.

**최희망** (악사들에게 신호를 보내며) 자, 시간상 그만 노래를….

**철 호** (지팡이를 짚고 아리랑 노래 구슬프게 부른다. 앙코르 박수 소리가 터질 듯이 울린다.)

**최희망** (끝내고 돌아서려는 철호에게 재청을 원한다.)

철호 다시 구슬픈 노래 '내 청춘을 돌려다오'를 부르고 자리에 앉는다. 청중들의 우렁찬 박수소리

**최희망** (청중을 향해) 여러분 고맙습니다. 그러나 시간상 뜻에 따르지 못하고 그냥 진행합니다. 다음 분은 여성 대표입니다.

휠체어를 사회자가 마이크 앞으로 끌고 간다.

**석 화** (무척 쑥스러운 태도로) 고맙습니다. 저는 노래 대신 시 한 구절을 낭송하겠습니다. '소망실버센터'의 원장님께서 대표로 꼭 가야 한다기에 나왔습니다만, 내가 설 자리가 아닌 듯싶습니다. 전 노래는 통 불러본 적이 없습니다. 젊어서부터 제가 좋아하

던 시 한 구절 낭송하겠습니다. 소월의 시 '혼'을 낭송하겠습니다.

(목소리를 가다듬고 쑥스러워하며)

산산이 부서진 이름이여!
허공중에 헤어진 이름이여!
불러도 주인 없는 이름이여!
부르다가 내가 죽을 이름이여!

심중(心中)에 남아 있는 말 한 마디는
끝끝내 마저 하지 못하였구나.
사랑하던 그 사람이여!
사랑하던 그 사람이여!

붉은 해는 서산마루에 걸리었다.
사슴의 무리도 슬피 운다.
떨어져 나가 앉은 산 위에서
나는 그대의 이름을 부르노라.

설움에 겹도록 부르노라.
설움에 겹도록 부르노라.

부르는 소리는 비껴가지만
하늘과 땅 사이가 무 넓구나.

선 채로 이 자리에 돌이 되어도
부르다가 내가 죽을 이름이여!
사랑하던 그 사람이여!
사랑하던 그 사람이여!

낭송이 끝나자 청중은 숙연해지며 모두 일어서서 박수를 친다. 그러나 누군가 관중 속에서 소리를 지른다. 큰 소리로 다시 한 번 더 들읍시다.
동의한다는 기립박수가 터진다.

**철 호** (자리에서 일어서며) 잠깐만 (큰 소리로) 지금 그 시, 낭송한 분의 이름을 일고 싶습니다.

**최희망** (다급히 막으며) 본명은 절대로 처음부터 밝히지 기로 약속하고 출연한 분입니다.

**석 화** (손을 저으며 눈물을 닦으며) 절대로 안 됩니다.

**최희망** 사연은 알 수 없으나 본명은 모르겠고 세 명만 이마리아로 기재가 됐습니다. 그러니 알려고 하시지 말고, 그냥 두 분은 왜놈들이 말하는 대동아 전쟁 때 피해자라는 것만 알고 가 시오. 그럼 약속 시간상 이것으로 막을 내릴까 합니다. 감사합니다.

청중들 웅성, 웅성거리며 퇴장하고, 사회자 군중이 다 떠난 자리에서 두 사람을 향해

최희망 혹시 출연자 두 분께서 조용한 대화가 요하시면 한 시간의 기회를 드리고, 연락처를 알려드리겠습니다.

석 화 (휠체어를 철호 앞으로 다가가서 멍하니 쳐다만 보고 있다.) 혹시 김철호 씨가?

최희망 (석화에게) 무슨 할 말이라도 있으신가요?

석 화 (놀라서 뒷걸음질 치며) 아닙니다. 어쩌면 똑같은 분도 계실까요?

철 호 사회자님 다시 묻겠는데요. 지금 그 시 낭송한 분 좀 만나 뵐 수 있는 시간을?

석 화 (자세히 올려다 보다) 저 혹시 철호 씨가….

철 호 (놀라며) 누가 내 이름을 분명히 불렀는데?

최희망 (이상한 눈치를 채고) 그럼 두 분이 아시는 사이 같으시니, 양 단체 손님은 다 보내놓고 제 차로 모셔다 드리겠습니다. 한 시간 동안만 이 공원에 앉으셔서 옛날 얘기라도 하시지요. 제가 볼일 좀 보고 한 시간 후에 오겠습니다. 그리고 모셔다 드리겠습니다.

모두 퇴장한 공원 벤치, 두 사람 말을 잊고 앉아있다.

철 호 석화 살아 있었구나? (목 메인 소리로) 그때 60년 전 석화가 인

천으로 형사들 따라 갔다 온다기에 꼭 올 거라고 생각했었지. 그런데 그날 밤 우리 집은 누가 방화했는지 식구가 모두 질식사 당하고 나만 그놈들 손에 붙들려 다시 일본 군수공장으로 끌려가 폭탄 제조소에서 일하다가 폭탄이 터지는 바람에 나는 두 눈을 잃게 되고 병원 생활 하느라고 석화나 선희는 찾아 볼 엄두도 못 냈지. (눈물을 닦는다.)

석 화 우리 두 사람은 인천에서 만나 다시 집으로 돌아가자는 약속을 했었어요. 그런데 그들이 준 음료수에 수면제를 넣었는지 잠이 들었고, 2시간 후에 눈을 떠보니 벌써 바다 한 복판에 서 있었어요. 일본에 강제로 끌려가서 보니, 그곳은 일본 특수부대 위안소였었어요. 철창 없는 감옥살이 2개월에 선희 언니는 임신 2개월이 됐구요. 그래서 선희 언니는 고민하다 그만 자결했어요. 그날 밤 저는 영안실에 간다는 핑계로 빠져나가 병원 원장실에 올라가 살려 달라고 애원했더니 마쯔무라(松村) 원장님이 자기 자가용으로 날 원장님 댁에 숨겨 주었고, 알고 보니 그분들은 독실한 기독교 신자들이였어요. 그 부인이 고맙게 대우도 잘 해주시고 조선이 해방되자마자 연락선까지 배웅해 주셔서 그런 대로 무사히 살아 왔어요, 정신대 여자였다는 소문도 더럽고 기가 막혀 그 치욕적인 정신대 여자란 이름 때문에 난 내 아버지가 지어준 이름을 잊고 산 사람입니다. 평생을 숨어 살다시피…. 이곳저곳을 헤매며 혹시 어느 곳에서 단 한 번이라도 철호 씨를 만날 수 있을까 기웃거리며 살아 왔어요. 무나 그립고 보고 싶었어요.

철호 우리 집 소식도 알았었나?

석화 그때 방화로 다 돌아가셨고 선희 언니네 집도 어머님이 딸을 기다리며 매일 인천 부둣가만 헤매다 돌아 가셨대요. 귀국해서 안 사실이구요.

철호 망할 놈들, 그토록 악랄한 짓들을 하더니 원자탄 세 를 받고야 정신을 차리다니.

석화 그나저나 상해 망명 가셨다 그토록 고생을 하셨던 아버님 두 분은 아무런 대가도 없이 고생과 희생으로 한 세상 맞으셨네요.

철호 국운이지. 아직까지도 갈팡질팡 하는 나라꼴이 안타깝기만 해.

석화 우리까지는 그런 대로 이해와 용서가 되지만….

철호 석화, 우리가 고생한 대가가 겨우 노인 양로원 신세라니. 우리는 지금 연옥에서 헤매는 것 같다.

석화 누구에게 호소합니까. 그러고도 아직 일본 정가 사람들은 강제 위안부 소리만 나와도 외면하고 그때 일은 우리가 왜 책임지나 옛날 일이야 라고 호통만 치고, 쓸모없는 섬, 독도 하나를 놓고 자기네 것이라고 큰소리치는 꼴이란 한심하고 분통이 터질 것 같습니다.

철호 석화. (석화 손목을 더듬어 잡으며) 우리 황금 같은 청춘은 어디서 보상받지?

석화 철호 씨, 아직까지 살아주신 것만도 고마워요. 단 한 번이라도 꼭 만나 뵙고 싶었어요.

철 호　사랑했어, 보고 싶었어. (석화를 끌어안는다.)

석 화　지금도요? (약간 쑥스러워한다.)

철 호　그럼 언제까지나…. 이 생명 다할 때까지….

석 화　고마워요. (눈물을 닦으며) 전 이젠 지금 죽어도 여한이 없어요.

이때 자동차 클랙슨 소리가 들린다.

최희망 (무대로 나오며) 자, 그만 다시 만날 기회를 드리겠습니다.

최희망 자, 이만 두 분 다시 만날 기회를 드리겠습니다.

(객석을 향해)

그랬습니다. 나라 잃은 민족은 억압과 치욕의 삶을 살아야 했습니다. 누구에게나 가장 소중하다 할 사랑조차 산산이 부서진 이름이 되었고, 아리따운 나이에 젊은 처자였던 우리의 할머니들이 정신대의 이름으로 끌려가 종군위안부로 이용되었던 그 시절의 슬픔.

70여 년이 흐른 지금, 아직 끝나지 않은 그 불행에서 헤어나지 못하고 있는 현실을 마주하고 있습니다. 이분들, 백여 명이 넘던 그 희생자들이 우리들의 할머니들이 마침내 한 분 한 분 기다리다 지쳐 세상을 떠나가고 있습니다. 글쎄요. … 과연 누가 어떻게 이 숙제를 풀 수 있을까요?

(앉아 있던 두 사람이 조용히 일어서고)

아리랑 노랫소리 멀리서 밀려오고, 다시 애국가가 들려오며 막이 서서히 내린다.

암전.

- 폐막 -

# 지울 수 없는 나의 그림자

— 2012년 10월 25일 예술원보

2013년에 봄에 출간 예정인 나의 열 번째 희곡 선집을 준비하다 보니, 아득한 그 옛날의 일들이 순간 주마등처럼 스쳐지나가며 마치 한 편의 흑백영화를 보는 듯하다. 왜 그리도 험난한 고비가 많은 인생행로였는지, 지금은 생각조차 하기 싫은 순간순간들이 선명히 다가온다.

내가 세상에 태어나던 날, 산파 역할을 맡아 하셨던 외할머니께서 나를 받자마자 하신 첫 말씀이 "계집아이가 이 무더운 여름날, 그것도 호랑이해 해질녘에 태어났으니…" 하시며 한숨을 푹 쉬셨다는 어머니의 말씀이 생각난다. 나는 1926년 음력 6월 1일 저녁에 태어났다. 그해 여름도 올 여름처럼 무더위가 극성을 부리던 해였나 보다. 외할머니는 내가 열여섯 살이 될 때까지 옆에서 보살피고 보호하는 가장의 역할을 하시며 사신 어른이시다.

나는 아버지에 대해서 잘 알지 못한다. 다 자란 후에 우연히 아버지에 대해서 들은 이야기는 다음과 같다. 아버지는 평안남도 강서에서 태어나 그곳에서 성장하시고, 일제시대 말에는 평양 법원의 직원으로 계셨다. 내가 태어나기도 전에 항일운동의 주동 멤버로 체포 명령이 내려지자, 할아버지는 칠남매 중 막내인 아버지를 황해도 재령의 첩첩산골로 피신시키셨다. 당시 외할아버지께서는 전 재산을 정리해 중국 상해 임시정부를 찾아 떠나셨고, 이후 혼자 지내시던 외할머니는 하나뿐인 자식인 내 어머니를 걱정하셔서 외동딸을 따라와 함께 살고 계셨다. 그렇게 숨어 살면서도 아버지는 그곳 청년들과 단합하여 다시 항일운동을 하시다 결국 일본 경찰에 체포되어 사살되셨다고 들었다. 이러한 사실을 외할머니와 어머니는 줄곧 내게 비밀로 하시며 나를 키우셨다. 사실을 알게 된 후 있을지 모를 나의 우발적인 행동을 염려하셨으리라….

내 나이 4~5세 때 아버지가 돌아가시자 우리는 급히 황해도 해주로 이주하고, 두 모녀는 고심 끝에 나를 해주 의정여학교(懿貞女學校)에 입학시켰다. 그 학교는 해주에서 유일한 기독교 학교였다. 지금의 초등학교에 해당하는 의정여학교는 영국 선교사 부부가 설립한 6년제 사립학교로 여학생만 300명이 되었다. 토요일에는 마경일(馬慶一) 담임목사님의 성경공부가 1시간씩 있었다. 3학년이 되자 우리말 사용을 금지하는 조선말 폐지 명령이 내려졌고, 조선말을 쓰다 들키면 그 벌로 청소를 해야 했다. 6학년이 되자 나라가 극도로 어수선한 상황에서 15세 이상인 여자아이들을 이곳저곳에서 뽑아 정신대로 데려간다는 소문이 퍼지기 시작했다. 그 나이 또래의 여자아이들과 그 부모들은 모두 공포에 떠는 나날을 보냈다.

당시 '아랑'이라는 극단이 1년에 한 번씩 해주로 공연을 왔다. 크리스마스 때면 교회의 무대에서 성경낭송을 하고, 초등학교 행사 때에는 강당에서 연극을 하던 나는 배우가 되고 싶다는 막연한 희망을 가지고 있었다. 어느 날 아랑극단이 해주에 왔다는 소식을 듣고 나는 극단의 대표인 황철 단장을 찾아갔다. 그는 "집에서 배우가 되는 걸 허락하는가?"라고 물었고, 나는 아무 생각없이 "네, 찬성하셨습니다."라고 대답했다. 그러자 그는 고개를 갸우뚱하며 머뭇거리다가 "그렇다면 오늘 공연이 끝나 우리 극단은 서울로 떠나니까, 후일 언제든지 이 주소로 찾아오라."며 쪽지에 '서울 국일여관 아랑극단 합숙소'라 적어주고 떠났다. 15세 소녀였던 나는 하늘을 날아갈 것 같은 기분으로 집에 돌아와 쪽지를 어머니에게 보이며 "나 오늘부터 배우가 됐어요."라고 자랑했다. 잠시 상기된 얼굴로 묵묵히 계시던 어머니가 "아니 네가 광대가 되겠다고?"라는 목멘 소리와 동시에 쪽지를 찢어버리시며 매를 드셨다. 순간 나는 "내 희망이 배우인데 왜 못하게 하세요? 어머니가 나한테 해준 게 뭐 있다고…"라며 소리 질렀다. 나의 목멘 분노의 목소리는 어머니의 가슴에 대못이 되어 박혔으리라, 두고두고 후회에 또 후회를 한다.

서울로 아랑극단을 찾아 떠날 계획을 포기한 나는 해주도립병원 부설 4년제 간호학교에 입학하여 기숙사 생활을 시작했다. 당시 취미로 독서를 즐겼고, 병원 개원기념일 행사 때면 내가 직접 대본을 쓰고 연출까지 하는 수선을 부리며 연극 공연을 했다. 지금 생각하면 그 용감함에 웃음만 나온다. 제목이 〈외로운 사람들〉이었던 그 연극은 등장인물이 모두 다섯 명이었고, 내가 주인공을 했다. 여하튼 성공리에 끝나 모두의 박수갈채를 받았다. 이것이 나의 연극을 무대에 올리는 첫 시도가 되었다.

1945년 3월 간호학교 졸업식에서 우수상을 타고 도립병원 이비인후과 수간호가로 임명되었다. 그해 8월 15일 라디오 새벽 뉴스에 "우리 일본은 항복한다."라는 일본왕의 침통한 목소리가 들렸다. 잠에서 깬 우리 조선인 간호사들은 서로를 부둥켜안고 기쁨의 눈물을 흘렸다. 꿈같은 순간이었다. 그날 이후 일본인 의사들과, 간호사, 사무직 직원들은 그 누구도 병원에서 찾아볼 수 없었다. 조선인 의사들과 간호사만 남은 병원은 해방의 기쁨으로 온통 축제의 도가니였다. 그렇게 며칠이 지나자 어느 날 갑자기 소련군 장교들이 들이닥치고 우리에게 모두 병원에서 나가라는 명령을 내렸다. 병원을 자기들의 숙소로 정했으니 짐을 싸서 나가라는 것이다. 해방의 기쁨도 잠시 이 무슨 날벼락이란 말인가! "이 사람들이 일본을 함락시키는 데 일조했다니 우리는 병원을 비워줄 수밖에 없습니다."라는 공태헌(孔泰憲) 의사의 지시에 따라 우리는 아무 말도 못하고 눈물을 삼키며 기숙사에서 옷과 개인용품만을 몇 가지 챙겨 떠날 수밖에 없었다. 이후 시내의 일본인 거부가 살던 적산가옥 빈집에 모여 환자를 돌보다가 소련군의 행패가 나날이 심해지자 다시 피난보따리를 싸들고 월남을 해야 했다.

고향땅 해주에 어머니만 남기고, 간호사 오수경 선배 그리고 김영자(현재 서울 거주) 후배와 함께 옷 몇 벌과 외할머니와 어머니 사진, 간호사 면허증, 해주 음악전문학교 재학생 신분증만을 챙겨 가슴에 안고 운명의 38선을 넘어 서울로 향했다. 우리 세 사람은 곧바로 서울대학병원을 찾아가 간호사 면허증과 학생증을 인정받고 취업이 되었다. 당시 그곳은 전에 근무하던 일본인 간호사들이 모두 도망가 빈자리가 많았기에 우리는 아무 어려움 없이 취업이 되어 다음날부터 정식근무를 시작할 수 있었다. 그때가 1946년 2월이었다.

나는 다시 공부를 시작해야겠다는 결심을 하고 9월에 있을 전문학교(지금의 대학교) 시험에 응시할 준비를 시작했다. 당시는 9월 초가

신학기의 시작이었다. 숙명전문학교 문과와 중앙전문학교 교육과를 응시하여 두 곳 모두 합격이 되는 행운을 얻었다. 진로로 놓고 고민할 때에 항상 자문 역할을 해주시던 변종호 목사님께서 "임영신(任永信) 총장님에 계신 중앙전문학교를 가는 것이 좋겠다."라고 권유하셨다. 교육과를 다니던 나는 1년 후 학교가 중앙대학교로 승격되자 장차 글을 써보겠다는 신념을 갖고 심리학과로 전과하였다.

외지에서 대학 4년간의 힘겨웠던 생활, 그 추위와 배고픔을 어찌 이겨냈는지 지금 생각하면 기적과 같은 나날이었다. 등록금이 없어 울며 야간근무처를 찾아 헤매다가 정동방송국(현재 KBS)에 성우로 합격이 되었을 때의 기쁨은 이루 말할 수 없었다. 아침 9시부터 오후 5시까지는 학교 공부, 저녁 6시부터 밤 10시까지는 방송국에서 성우로 근무했다. 그 당시는 왜 그리도 추웠는지, 겨울에 영하 15~20도로 한강이 꽁꽁 얼어버리면 그 얼음판을 걷다 넘어지고, 울며 일어서서 혼자 남기고 온 어머니께 "내가 공부 더 해서 꼭 좋은 직장 잡으면 돈 많이 벌어 어머니를 모실게요."라고 한 약속의 말을 되뇌었다. 그런데 이렇게 살아온 나는 지금 누구인가? 과연 나는 무엇인가? 결국 어머니를 버린 여자가 되지 않았는가?

올해 여름은 왜 그리도 더웠는지, 16년 만에 돌아온 폭염이 매일 밤 나를 괴롭혔다. TV에서도 18대 국회의원 선거로 매일 시끄러웠고, 16호 태풍 '산바'의 피해, 그리고 가을로 들어서면서 다시 대통령 선거로 뒤숭숭한 나날들이다. 선거를 앞두고 벌어지는 끊임없는 말싸움, 정말 당분간 TV를 보지 말고 조용히 살고 싶어진다. 나도 한때는 정치가가 되고 싶었다. 지금 생각해보면 일찍 포기한 것이 참 다행인 것 같다. 1950년 3월 중앙대학 졸업 후 나는 한국문화연구소 기자로 입사, 글 쓰며 뛰고 있을 때 신춘문예 공모에 수필 〈어머니〉로 당선되어 문단에 등단했다. 그때 모교 총장이셨던 임영신 박사님께서 나를 공화당 중앙상임위원에 추대해주셨다. 일본 전국여성간담회에도 한국 대표로 초청되었고, 미국 버펄로에서 열린 세계여성극작가대회에도 한국 대표로 참가해 강연을 했었다. 그리고 가정법원 조정위원을 30년 넘게 봉사도 했다. 그런대로 열심히 살아온 인생이라 자부해본다.

자칫했으면 정치에 발을 들여놓을 뻔했던 나의 인생, 6·25 전쟁 시기에는 피난생활을 하며 〈희망〉이라는 잡지사에서 기자 생활을 했고, 서울 환도 후에는 옛 연극동지들과 '제작극회'라는 극단을 만들어 신극운동을 열심히 했다.

1960년에 조선일보 신춘문예 희곡공모에 입선하고, 다음해엔 가작 입선, 그 다음해에는 당선 등의 분주한 시간들을 보내며, 그중 몇 작품은 공연무대에 올리기도 했다. 다른 곳에 눈 돌리지 않고 대학 4년간 6편의 연극에 출연도 했었다. 연극이라는 한 방향만 바라보며 묵묵히 살아온 것이 참 잘한 일이라고 생각된다. 내 출생 시에 외할머니께서 우려하셨던 말씀이 예언처럼 적중한 것 같아 쓴웃음을 지어본다.

몇 번의 죽을 고비를 넘기며 살아온 나의 삶이다. 한평생 억울하게 살다가신 내 외할머니와 어머니께 참회의 기도를 드리며 지금은 온갖 욕심 다 버리고 여기 미리내 실버타운(유무상통마을)에서 조용히 살고 있다.

방상복 신부님이 설립자이신 이 실버타운은 대건효도병원이 부속 시설로 구비되어 휴일도 없이 근무하고, 30여 명의 남녀 복지사들이 입주자들을 돌봐주고 있다. 무엇보다 깊은 사랑과 신앙심으로 방상숙 원장님 이하 모든 분들이 입주자의 건강과 안전을 위해 최선을 다하고 있기에 오늘도 진심으로 감사한 마음뿐이다.

(2012년 10월 25일 새벽 3시 일기 중에서)

## 나의 기도

지나간 48년 그리움으로 멍든 나날들
그때 우리는 해방의 환성도 가시기 전에
망향의 길가에 눈물을 뿌렸었지.

오랜 가슴앓이는 흰서리가 내리고
못다 나눈 사연들이 돌처럼 응어리졌네.

아직도 변함없을 수양산아 말해다오
백세청풍 굽이굽이 맑게 흐르던 광석천아
다시 묻자 - 얼마나 더 기다려야 하는가를

황해도란 거대한 땅 덩어리는
수많은 위인들이 탄생된 고향
불의와 싸우다 산화된 민족정기가 넘치는 곳
자랑스럽고 기백이 넘치는 땅.

자유와 평화
민족단결을 외쳤던 그분들의 숨소리는
아직도 생생히 들려오고 있다.

아~ 그때에 우리는 탯줄을 묻고 떠나온
실향민의 한 피붙이들
아직도 애타게 그리운 사람의 이름을
불러본다, 사랑하고 있다고.

이제 그만 형제를 겨눈 그 아집의 총칼일랑
황해바다 깊숙이 던져 녹슬게 하라, 녹슬게 하자구나.

지난 세월 모든 잘못들은 흐르는 강물에 띄워 보내고
오직 서로 아픈 상처를 얼싸안게 하옵소서.

칠천만이 자유와 평화를 힘차게 합창케 하옵소서
세계만방에 울려 퍼지게 하옵소서
자손만대 세세토록 사랑의 낙원 이루게
은총 내려주옵소서.

(해주기독교인 연합예배 헌시 1993년 4월 22일 상동감리교회)